「青春散场
你若还在」

「青春散场 你若还在」

如果我也能穿越时空的话，我一定也是会选择再次回到与你相遇的那个时刻。

「青春散场 你若还在」

那堆燃烧完毕的青春灰烬,伴随着刚刚的那阵风,此刻正散布在我房间的每一个角落里……

幻想与现实的偏差向来不会让人太幸福，我承认我猜到了前头，但没猜到眼前的结局。

「青春散场 你若还在」

吉良 ◎ 著

- 有时候你以为告别是最好的结束方式。其实，不告而别才是。
- 青春不过十年。挥霍起来，太少了。

新世界出版社
NEW WORLD PRESS

图书在版编目（CIP）数据

青春散场，你若还在 / 吉良著. -- 北京：新世界出版社，2016.4
ISBN 978-7-5104-5596-4

Ⅰ. ①青… Ⅱ. ①吉… Ⅲ. ①言情小说－中国－当代 Ⅳ. ①I247.5

中国版本图书馆CIP数据核字(2016)第021807号

青春散场，你若还在

作　　者：吉　良
责任编辑：丁　鼎　　张晓翠
责任校对：宣　慧
责任印制：李一鸣　　程国鑫
出版发行：新世界出版社
社　　址：北京西城区百万庄大街24号（100037）
发 行 部：(010)6899 5968　　(010)6899 8705（传真）
总 编 室：(010)6899 5424　　(010)6832 6679（传真）
http://www.nwp.cn
http://www.nwp.com.cn
版 权 部：+8610 6899 6306
版权部电子信箱：nwpcd@sina.com
印　　刷：北京市通州运河印刷厂
经　　销：新华书店
开　　本：880×1230　1/32
字　　数：220千字　　印张：9.5
版　　次：2016年4月第1版　2016年4月第1次印刷
书　　号：ISBN 978-7-5104-5596-4
定　　价：36.00元

版权所有，侵权必究
凡购本社图书，如有缺页、倒页、脱页等印装错误，可随时退换。
客服电话：(010)6899 8638

目录 CONTENTS

001 / 引言

007 / 我的邻居不可能那么可爱

031 / 一种和平

051 / 月影人遮

081 / 相聚片刻

097 / 叛逆的"李李仁"

125 / 寂寞的夜

147 / 羽球王子

171 / 听见涛声

193 / 油麦菜之墓

215 / 蝉鸣之时

243 / 浪客见心

267 / 裴哲，尚蒂，我，刘浪

引言

青春散场，你若还在

"你相信让自己回到过去这种科幻电影里才会有的事情吗?"

坐在咖啡馆里喝葡萄汁的时候,一个最近常来光顾的男生,坐在我旁边的位置上,冷不丁地问我。

这间咖啡馆的名字叫作"那里",但这儿的咖啡很难喝,人们大多只点软饮或酒来喝。

更奇妙的是,它同时还兼卖很便宜又量大的扬州炒饭。饭不算难吃,而且也满足了上班族对于饭菜经济实惠的要求。跟我搭话的这个男生,便会为了炒饭,常常光顾这间离我的住所还算近的咖啡馆。

每次在吃完炒饭后,他还会享用一杯免费红茶。

我明明记得这间咖啡馆里是没有红茶卖的。

这个男生于是成为这间咖啡馆里,唯一喝红茶的人。

这个男生的名字好像叫许清楠,我听咖啡馆的老板提过。

说是老板,其实和服务生是同一个人,叫作十五。

十五倒是对许清楠颇热情的样子,我有时会抱怨,同为客人,为什么对我就冷淡得多。

"有谁会喜欢跟一个整天悲观绝望的人多说话啊。"十五每次都这么语气不悦地回答我。

他说的其实也没错。

这些年我一直是一个人度过,不知什么时候开始,我逐渐对我自己所处的这个状态感到失望,慢慢地,也就演变成对于未来的绝望。

就像是我一直在等一个人,但从对于那个人一定会回来的"希望",逐渐冷却成了那个人不会回来的"失望"一样。

我自己也开始变得无聊,甚至是乏味和惹人厌。一杯明明很好喝的酒喝到一半,我会伤感起酒怎么就只剩一半;一部好看的爱情电影让整个电影院的情侣都感觉甜蜜,只有我会感叹着电影外现实里的这两个演员,根本就没有银幕上的人格那么美好。

我很清楚自己的性格越来越不讨人喜欢。但就像是一个溺水的人一样,没有办法靠自己的力量,阻止自己的沉没。

"电影始终是电影吧。"我放下手中的杯子,叹息了一句。

"可是啊,我觉得未来一定是存在这种科技能力的呢!"许清楠也放下了手中的红茶,像是要努力跟我攀谈的样子,"甚至我就觉得,我们身边一定存在着许多从未来回到现在的人。说不定就有未来的我们自己呢!"

"要真是那样,未来的自己遇到现在的自己,把未来中大奖的或者天灾人祸的事件告诉现在的人,世界不就乱套了吗?"

"所以啊!所以啊!"许清楠大约是难得跟我聊到他感兴趣的话题,两眼放光,"在那些科幻电影里都会强调,未来的人回到过去,不能让过去的自己碰到,必须乔装打扮甚至完全易容,才不会改变历史。"

"既然不可以改变历史,那为什么还要回去呢?"

"因为虽然说'规定'不允许改变历史,可还是会有人一心想要改变历史。这就像是法律明明规定了很多事不可以做,但总会有人为了某些目的,不得不去违背法律,而且他们的这些目的,并不全都是不好的事情。"

我不打算再接他的话,因为这个话题并不让我很感兴趣。但他似乎不打算终止这个话题,反而继续追问我:"假如……我只是说假如……把我们身处的这个'现在'作为中心的话,我们曾经历过的算作'过去',我们还未迎来的,叫作'未来'——你觉得我们的这个'现在'

所必须存在的意义是什么?"

我没有太关心他想要聊的事情,对于他提的新问题也没有仔细听。甚至,我觉得我被他的问题搞得有些迷糊,但我又觉得完全不回应实在不太礼貌,只好点点头,示意他继续往下说。

"对于我们身处的'现在'来说,'过去'是已经注定的事情,但'未来'还没有发生,所以是可以改变的事情——这么想似乎是理所当然的,对吧?"

我又点了点头,示意他继续说。

"但是,这实在是太片面的看法了,因为这完全是站在我们现在这个时间段的基础上去想问题的,我们武断地认为我们自己就是一切的中心,所有的时间,都以我们这个时刻为核心,往前就是'过去',往后就是'未来',你有没有想过,如果是对于'过去'的我们来说,'现在'的我们,其实也是他们的'未来'呢……"

我略微想了想,觉得他的说法并不算荒谬,也不打断他,或者说我懒得打断他,仍然让他说下去。

"所以,如果想要改变'现在'的我们,就必须改变'过去'的我们——但是这里就出现悖论了:如果'过去'的我们被改变了,那么'现在'的我们也就随之改变甚至不存在了,这样'未来'的我们更可能面目全非,所以说,'现在'的我们这个定义本就不正确,因为对于'过去'来说,'现在'就是他们的'未来',对于'未来'来说,'现在'就是他们的'过去',这么看来,'现在'岂不是最不应当被定义的时间段吗?"

人类就是这么自以为是的生物,不仅认为世界是他们的,就连时间,也会自大地妄图去定义。我似乎有点了解了许清楠想要说什么,但又并不确定,只好示意他接着说,并且我还真的有了一点点的兴趣。

"因此才会有人认为时空是平行的、多个的。'过去'是因,连接着许多个'未来',而'未来'是果。时空间彼此互相影响且联系,当一个决定因果的关键点出现时,一个因就会被引向相应的果。打个比方来说,就好像铁轨,火车沿着铁轨向前行驶,在前方有着许多个岔路口,当某个'关键点'发生作用时,岔路的铁轨会被有意地更换,火车就朝着相应的方向开过去了,那个'关键点'就是时空的扳道工。"许清楠大约说得有点渴,咕噜噜地把一大杯红茶都喝完了。十五迅速地帮他把茶又续上。

"倘若有人想要改变历史的话,他可能需要做的不仅仅是回到他认为最关键的那个时空里去改变一件事,而可能要穿梭很多个时空做很多的事情。比如,他需要先返回离他的时空相对稍早一点儿的时空里,促成某些人的相遇,以确保他希望能实现的未来在大格局上条件是齐备的。然后再从这个时空里向前跳跃,沿着这个时空的轨迹去改变再早一点儿的时空里的人和事。A是过去,那有可能会有B、C、D三个近未来的可能,看关键点会将其引向哪个,而B、C、D又会各自有B1、B2、B3、C1、C2、C3、D1、D2、D3等许多个未来,那么身处B2的人想要改变历史,就不能直接跳去A,因为他的举措很可能让A这辆火车开往了C或者D,那么身处B2的自己就会灰飞烟灭。他只能跳回B,让B发生的人和事满足可以通往B1、B2或B3的条件后,再从B跳回A。"

"我……我有点被你搞晕了耶。"我诚实地回应他。

"总而言之,你只能沿着你的隧道按部就班地返回每一个设置有'关键点'的过去。从过去到未来具备着多通道的可能性,但从未来回到过去,就只能是单通道循序渐进地返回。"许清楠又抿了一口红茶,被烫得皱了皱眉头,"所以说'改变过去'不是那么容易的事情,就是因为时空理论从来都没那么简单。"

"哦。"

"那么……你想回到过去吗？"

被他一问，我又怔住了。现在是2014年。我仍然孤身一人，但我确实曾经跟几个人似乎亲密又似乎淡漠地相处过。如果真给我一个可以回到过去的机会的话。我会有哪几个时间段想要回去，或是说，必须回去呢。

"你想回到过去的理由又是什么呢？"

有那么一瞬间，我心中的阴霾都被驱散了。我所有的困惑、迷惘、悲伤、失落、寂寞、绝望，在顷刻间烟消云散。我隐约想起了一些人，一些事。我也记得我在等什么人，忘不了什么事。

我笑着回答他："我想再见见那个人。"

许清楠吓了一跳似的盯着我的脸，轮到他一时说不出话来了。许久，他才有点讷讷地回应我：

"这是第一次，我见到你，发自内心的笑耶。"

我没有接话，而是缩到了咖啡馆的角落里。十五开始播放一首优雅的钢琴曲，我蜷在昏黄的灯光里，开始回忆起我一直忘不了却又不想正面应对的过去。

是的，许清楠的故事是另一个故事。

而我接下来所回想的，是我自己的故事。

我的邻居不可能那么可爱

青春散场,你若还在

人什么时候会感到寂寞呢？

比如，晚上回家的时候吧。

没有光线，灯打开的话，房间还是早上出门的样子。

读过的报纸放在原来的地方，洗衣篮里的衣服也都没有洗，早上没来得及刷的碗还油腻腻地躺在洗碗池子里。

这个时候就会开始想了：啊，原来我是一个人的呀。

其实，我并不讨厌一个人的生活。甚至于，有时还很庆幸。

庆幸的心情大多发生在打电动打到三更半夜也不怕有老妈来查房，从网上下载了最新的电影，捧着爆米花连续看三个钟头都不需要担心女友的巡视，即使把有着浓重个人气息的内裤丢到沙发上也不会尴尬于保洁阿姨的清理。

总之，我所庆幸的重点可以归纳为一个，那就是我不用跟女人一起生活。

女人，真的是很麻烦。

然而就像刚才说的那样。我毕竟还是会感到寂寞的。

即使有庆幸的成分在，就像是开一罐梅菜扣肉罐头，饿的时候吃新开的固然很好吃，可吃饱了再回头看剩了一晚上的半个罐头，已经凝结成白色固体的肉和油难免就让人觉得恶心。

我用完了所有的庆幸，寂寞就像是白色的肉油，粘乎乎地糊了上来。

所以，就算女人是很麻烦的动物，我偶尔也会想念她们。

就像我每隔半年都会很想去动物园隔着笼子看河马一样。

你们大概觉得河马是很温驯的动物，可我偏偏觉得它很凶悍。

因为我从小学到高中，总是会被不同的女同学欺负。

不是被强迫帮她们代写功课，就是周末陪她们约会。

最可恨的就是跟她们在一起，我永远也别想一个人安静地享受整包的零食。

这些女同学的嘴都很大，让我终生难忘的是她们咀嚼个不停的模样——对，就像是被选择了循环播放的DVD一样，她们留给我的画面，只有重复地咀嚼这个和那个，咀嚼完所有食物后又不甘心地开始吮吸手指的景象——而且，要命的是，她们都姓何。

或者，姓马。

尚蒂出现在我面前的时候，我就问过她关于姓氏的问题。

我的发问，从来都不是没有理由的。

"我可以做你的邻居吗？"

这个戴着黑框眼镜，穿着粉色格子睡衣（不得不说一下，那种因为洗了一百多遍，逐渐褪色的粉红，真的应该入选世上最可怕的颜色之一），用一根橡皮筋把头发奇异地绑在头顶成为朝天辫的女生，在半夜十二点来敲我的门，见到我的第一句话，就像是幼儿园小朋友"我可以跟你做朋友吗？"般的幼稚。

"你姓何吗？"我问。

"我姓尚。"她回答。

"那……你姓马吗？"我问。

"我姓尚！"她回答。

"那我允许你做我的邻居。"我把门关了起来，想去厨房泡碗面，然后接着"打Liquid（《合金装备》人物）"。Liquid是我新买的游戏《合金装备4》的大反派，他与主角的关系既是有着相同基因的"兄弟"，又是宿命羁绊的敌人——相爱相杀。唔，这种设定最能吸引我。

"等等。"她一把挡住了即将闭合的门，力道不小，吓了我一跳。

"你要做什么？"

"作为新结交的邻居，参观一下是应该的！"她用右手的中指推了一下鼻梁上几乎占据她脸部面积二分之一的眼镜，径直走了进来。

奇怪的不是她会擅闯民宅，而是她竟然用右手的中指推眼镜——如果不是因为的确有眼镜这个实物架在她脸上，我会以为她在粗鲁地冲我比不雅的手势。

我开始紧张起来，下意识地拦在了厨房的门口。

"一般来说，男人都会挡住卧室不让女生进的。"她一把将我拽开，力气奇大，"厨房有什么？"

"难道有死尸？！"她闯进厨房的时候无意识地加了一句。

我本能地哆嗦了一下，张嘴不先问有没有蟑螂或者臭鸡蛋，目标很明确地冲着死尸而去，我不止心虚，也油然地察觉到这个女人身上飘散着一种危险的气息。

而且，不晓得是不是我的耳朵出了问题，她的语气听起来……很兴奋？

但我担心的是，厨房里即使没有死尸，也好不到哪里去。

因为躺在切菜板上的，是一摊血。

一个成年人的血。

她打开了厨房的灯，聚精会神地开始看那摊血。

"这……是鸡血……"我的声音有些颤抖。

"好新鲜的血液啊……新鲜得就像……嗯……怎么说呢……就像是一年后才应该流出来的血。"她摸了摸溅在洗碗池边缘的血，放在鼻子前闻了闻。

"不……可能……"我继续颤抖，因为确实是今晚的血。

"如果你拥有可以穿梭时空去杀一年后的人的本事的话，记得告诉我。"她的话音里满是藏也藏不住的喜悦，"这样我从现在就可以填写仇人录了。"

我下意识地把落在厨房门口地砖上的菜刀拣起来，冷冷地盯着她专心致志看那摊血的后背。

她却突然一转身，从我身边擦肩而过，眼镜后面透着似有似无的笑容。

"晚安，好邻居。"她轻车熟路地绕过客厅地板上散落着的啤酒罐直接走向大门，轻描淡写地冲我挥了挥手打着招呼，轻盈飘逸地从门缝里钻了出去，并轻而易举地替我把门反手带上。

一切都是以"轻"作为动作的中心点，行云流水，一气呵成。

可我却从骨子里涌上来一阵难以自持的寒意。

是的，半夜里的"轻"女人，绝对不会比轻音乐让人惬意，因为无论是小倩还是贞子，都没有资料记载过她们的体重曾让电子秤有过任何数字的显示。

我家客厅靠门的位置有一个电子秤，是我用银行信用卡的积分换回来的。

这个电子秤的兑换积分是54000，平时用信用卡每刷1块钱就积1分，也就是说我足足刷了54000块钱，才换回这么一个在批发市场里价钱不到60块钱的电子秤。

我每天上班前，都会习惯性地踩一脚电子秤，等到它显示出"0.0"的数字表示启动之后，我才心满意足地出门。

电子秤的启动方式就是轻踩它一脚，液晶屏出现计数后再整个人站上去，可以精确地测量出体重。

我对称体重向来没有多大的热情,"临门一脚"的习惯只是为了确定它是否在正常工作状态,以安慰我那花出去的54000积分。所以尽管我每天都在"使用"它,可它从来都没有真的显示过关于我体重的那个准确数字。

反倒是我同系的学妹,常常在我大学毕业后跑来我公寓串门,在发现了电子秤之后,更是呈现出战战兢兢的喜悦状。

"为什么喜悦还要战战兢兢的?"我努力扶住她哆嗦得快要"夭折"的身体,因为我不想邻居寄养在我这里的猫被她吓死。

那猫此刻正躺在她怀里,像生平第一次坐疯狂过山车一样地惨叫着。

"你怎么能体会得到少女在称体重之前那种既期待又怕受伤害的微妙心情呢?"她白了我一眼,猫叫得越发绝望了。

接着她就开始脱自己的衣服,先是外套,然后是衬衫,再然后是裙子,连夹和假睫毛也都取了下来。

那猫突然获得自由,飞一般地窜出了房间,只是走路多少还有点歪歪斜斜。

"你……你做什么?"赶在她脱胸罩之前,我惊恐地叫道。

"称净重啊,不然咧!"她理所当然地白了我一眼,接着把手伸到后背去解胸罩的扣子。

"我……晚上还要打牌的!"我着急地吼了两句,夺门而逃,尽可能地远离凶兆。

那只小猫正在门外的走廊上徘徊,一副很失落的样子,见我也逃了出来,反倒幸灾乐祸起来,不断地用向上扬的尾音喵喵地叫。

我学狗叫吓它,因为我总觉得猫狗是永恒的仇家,结果那猫开始哧哧地喘息,像在不怀好意地怪笑。

等我估算着时间差不多足够一个正常男人上完两次大号外加抽两支

烟之后，才小心翼翼地推门回去。学妹正趴在桌边喝果汁，电子秤依旧被摆在原地，只是上面罩了一条我洗脸用的毛巾。

"为什么把毛巾丢在那里？"我问她。

"因为我不想看到我的体重。"她闷闷地回答我，听声音似乎有些不高兴的样子。

我对于她这种一叶障目、掩耳盗铃、掩秤瞒重的做法不置可否，不过也托她的福，我的电子秤总算有真正地"用武"过，即便以后感慨廉颇老矣，也有资格问一句"尚能称否"。

顺便一提，我的学妹姓"何"。

今天出门前，我照例又踩了一脚电子秤。

不过这次我却没有着急出门，而是耐心地等到"0.0"的数字出现以确认正式启动后，才双脚先后站了上去。

数字略微上下浮动了一下，最终停止在"76.3"的位置上。

我叹了口气，悻悻地从电子秤上走下来，接着转身出门。

门锁上的一刹那，我才注意到我右手挎着装有笔记本电脑的背包，里面除了电脑，还有两个苹果、一瓶矿泉水、一台PSP、一本《海贼王》，以及三颗有些磨损的网球。

换句话说，有这么一个沉重的背包在身上，我还是没能准确地称出自己的体重。

到底为什么我会破例想称体重，理由我自己也想不到。

昨晚新邻居的莫名到访，多少给我留下了一点儿不舒服的感觉，直到早上刷牙的时候都还是心里毛毛的，一想到她临走前的神秘笑容，就连后脊梁也在发寒。

我再次叹了口气，赶在电梯关门之前，一猫腰从快要闭上的缝隙里钻了进去。

我的公寓在六楼，南北通透的604号房间。原本这里不叫604的，因为中国人很忌讳"4"这样的数字出现在电话号码、车牌号乃至门牌号上，于是据说公寓物业在申请门牌号的时候是以"60D"作为标准的，可相关政府部门以"必须符合城市建筑规划"为理由驳回了申请，因此"60D"还是只能叫"604"。

物业最终还是折中了一下，改以中文汉字的"六零四"标示，仿宋苍劲的字体刻在铜板上，反倒更有一种集中营式的残酷感。

我对门牌号的数字无所谓，但我对房租的价钱很有所谓。

门牌号和电话号的数字里带有"4"的房子，租金通常比其他的要便宜不少，因此别人眼中的冷门，在我这里却是优先考虑的大热门。

在搬来这间公寓之前，我曾问过房屋租赁处的介绍人："请务必给我电话号码是'64444444'的四零四号房间。"

结果遭到了那头顶微秃的西装男的白眼："号码是'64444444'的是八零八号房，四零四号房的电话是'68888888'。"

原来不止是门牌号折中过，就连门牌号与电话号码之间的并存关系，也都做过折中。

果然是很精明的物业。

进了电梯后，我才发现电梯里已经有一个人了。

一个二十来岁的年轻女生，穿着干练的职业套装，头发蓬松并微微卷曲，染了一点点茶褐色，很自然地披在肩上。

她饱满的嘴唇涂过口红，颜色不艳也不会太素，勾勒出清晰的唇线。眼睛大而富有神采，睫毛很长并整齐地向上翘起，看人的时候哪怕只是一瞥，也似乎觉得她在聚精会神地打量。

她拎着一个小巧而精致的皮包，在她的人和包之间有一条白色的耳机线相连，一端埋在包里，一端隐没在蓬松的头发中。

于是看起来她整个人就好像赖在音乐里一样，明明就是早上起床还有些困意，可她那么蔫蔫地倚靠在电梯的门边，偏偏就会给人一种从骨子里流露出的娇俏感觉来。

无可否认，这是个美女。一副OL（白领女性）的打扮，不用明说也能从她的行头里嗅到些小资的味道。

她见我冲进来，微微有点讶异。下意识地往电梯里边挪了挪位置，下巴略抬高，注意着我有点急躁地不断用手指敲打电梯的关门键。

"电梯不是电视机，你就算用力敲它，它也不会突然就显示出CCTV-1。"

电梯门关闭的一刹那，她在我身后说道。

我没有多余的钱缴有线电视费，也没有多大的兴趣浪费在无聊的肥皂剧上，因此我公寓的电视仅仅只是一个用来玩游戏机的显示设备而已，不管我怎么敲，除了"Play Station（家用电视游戏机）"的LOGO（标志）之外，它也不会显示出多余的其他内容来。

更何况，为了防止名叫贞子的少女会夜晚借助电视机潜入我的房间袭击我，我睡觉前总是会把电视机屏幕调个头，让它死死地贴着墙壁。

没结婚前坚决不能失身。在婚姻恋爱观上，我承认我很传统。

电梯美女的一句话，让我有理由可以转身仔细地审视她。

进来前的惊鸿一瞥显然不够营养，出于对女士的礼貌，我矜持加懦弱地背对着她站立，多少让我在这个密闭空间里有点小尴尬。

既然她先开了口，能够与这个同住一栋楼的漂亮邻居搭上话，大概也足够让我的心情愉悦一上午的了。

"是啊。"

我刚一张嘴就后悔了。就跟在QQ上聊天说"哦"跟"呵呵"一样，这种毫无意义的寡淡回答，只能让刚起步的对话陷入就此中断的窘境。

更何况乘电梯的时间本来就很短，想再开个新话题重新聊开当然也不合时宜。

如果我的回答稍微长一点儿，我就有充足的时间完全转过身直面她。可"是啊"两个字脱口而出的时间着实够短，我的身子刚转了一半，话音已落，于是只能再度尴尬地停下来，侧面对着她。

眼看电梯已下降到了三楼，我因失去与美女交谈的机会而由衷失落，她反倒又先开口说话了：

"上帝。"

我愣了一下，随即毕恭毕敬地双手合十，冲她作了深深的一个揖："阿弥陀佛。"

这回轮到她微微发愣了，两秒钟过后，她似笑非笑地解释道："我是说我的名字叫尚蒂。高尚的尚，昆汀•塔伦蒂诺的蒂。"

哪有人解释自己名字的时候会用"昆汀•塔伦蒂诺"这么偏门的外国人名字。

然后她把iPod（苹果多媒体播放器）的耳机从耳朵上摘下来，似乎是怕音乐声太大会错过我说的话一样。摘下耳机后她还顺便理了理两侧肩膀上的头发，动作轻巧而优雅。

美女与丑女的区别就在于：美女拂发是"见花见月见风雅"，而丑女拂发则是"头屑头屑白花花"。

我不是外貌协会和种族歧视的成员，但我是"丑人还非要作怪"抵制社团的小组长。

所以我拒绝收看某某姐姐的一切新闻与图片，并以此为典范打击所有跟荷花、菊花、菜花有关的"非法组织"及"领导人"。

这样做虽然没有任何实质性的报酬，但我始终坚信这与改善地球变暖和救助失学儿童有着千丝万缕的联系。

我坚信。

"哦，谢凯。"我忙不迭地也把自己的名字告诉这个刚刚让我"见花见月见风雅"的女生。

跟偶像剧里那些会照顾男女主角邂逅而故意中途出故障或者爬个两层楼都能磨叽半个小时的识相电梯不同，我所搭乘的这部电梯一点儿也没有"偶像剧明星电梯"的资质。我话才刚说完就立刻抵达了一楼，不用我敲击按键，门就神速地敞开，如此平凡加煞风景的演技估计刚参加海选就马上会被淘汰，难怪只能默默无闻地在这所有些年头的公寓楼里服务。

听到了我的回答之后，尚蒂轻轻笑着，从我身边擦肩而过，率先走了出去。

不知出于什么动机，我下意识地冲她的背影喊了一句："我不是宗教信仰者。"

她脚步微一迟缓，又把耳机戴上，闪身从楼栋的大门走到了小区外面。

被说话的工夫一耽搁，那电梯门就又猴急地要再关上。我反应过来自己也得抓紧时间出去赶地铁，可手指还没碰到开门键，从外面伸进来的一只手已经抢先把即将合拢的门给拉开了。

"连信不信宗教都要这么大张旗鼓地宣布，谢凯你的行事原则可真不低调啊。"

站在电梯外的，是一个笑起来连蜡烛都要融化的男子。

他穿着一整套的运动服,额头上还挂着几颗没擦掉的汗珠,像是刚从外面跑了几公里回来的样子。

"刘浪,早上好。"我先是礼貌地冲他打着招呼。

然后目瞪口呆地盯着他右手的手指。

刘浪。住在我楼上,也就是七零四号房的住客。

他搬来并不久,其实才是这一两天里的事情。

初次遇到他,正是昨天。我晚上下班回来,按了电梯准备回到六楼的家里。

我正忙着玩PSP里的《怪物猎人P2G》游戏,捕杀一头野猪王杀得正开心,注意力全放在手上那个4.3英寸的液晶屏上,只在按电梯按钮的时候瞥了一眼楼层显示,电梯正从十三楼慢慢降下来。

只是0.1秒的工夫,我突然意识到:我住的这栋公寓楼是小高层,顶楼是十二楼,从来也没有十三楼一说。于是寒毛倒竖地赶紧再抬头盯着楼层显示以确认一下:十二楼。

原来只是眼花。我叹了口气。心中默念的六字真言也随即刚到"唵嘛呢叭"就中断了。

真奇怪。我明明宣称不信任何宗教,但一遇到诡异事件的时候,第一时间寄予希望用来防身的却还是宗教的念词。

人都是矛盾的生物。越是矛盾就越希望追寻单一的信仰。

况且我之所以是"叹了口气",而不是"松了口气",可能也是由于我的内心里正潜伏着某种期待。

不过这么一分神,现实中没有发生惨剧,但我的PSP里却传来一声哀鸣。

我慌忙低头看屏幕：那只我原本要猎杀的野猪，趁我看电梯的工夫虐杀起了我在游戏里扮演的猎人，那哀鸣正来自于我操作的猎人，已经倒在地上宣告力竭而亡。

"你这该死的猪！"回天乏术，我救不了我的猎人，只能愤怒地冲着那只野猪王恨恨地怒骂。

电梯门恰巧匪夷所思地打开了。

理论上我公寓楼的电梯速度绝没有这么快，可事实上正赶在我骂出口的时候走出来的，是一个短头发，穿着白色衬衫的年轻男子。

他显然被我的骂声吓到了，但开口说话的声音还是平静而温和的：

"跟新邻居打招呼的最好方式，绝对不是站在电梯口骂他是猪。"

我没来得及回应，他已经率先伸出了左手，很礼貌地自我介绍：

"谢……呃，谢谢你出人意料的问候……刘浪。"

联系起之后我与尚蒂在电梯的相遇，我想我的理解能力一定出了不小的问题。因为当时对于他的自我介绍，我的反应竟然是与他握手的同时，很本分地回答了一句：

"没有，我在这里已经定居了快两年了。"

他不以为意地笑着，好像他的表情里除了笑容就还是只有笑容一样：

"谢凯。大学毕业这么久，你这间歇性犯傻的毛病一点儿都没变呢。"

我结结实实地愣住了。

愣住的原因有三：

第一，我确定我绝对没有见过他。

不管是这么让人难以忘记的名字，还是他那轮廓很鲜明基本靠近女生所评价的"帅到没天理"的境界的脸蛋，理论上只要见过这个男子一次，除非失忆，否则绝不可能对他一点儿印象都没有。

我紧急地回想了一下昨天晚上吃的晚饭是吉野家的双拼饭一份,还特别要求多加了汤汁,外加五毛钱一袋的辣酱——这说明我最近没有失忆的迹象。

第二,我确定我刚才没有说过自己的名字。

可是,既然我都不认识他,那他又怎么会晓得我的名字?

第三,我确定我现在肚子开始饿了。

都已经这个时间,回家的路上我只顾着打游戏,忘记中途下车把晚餐给解决了。

比起前两个原因,最后一点对我的影响显然更重大。

"你是在紧张什么事情?"刘浪笑着问,"你的手心在不断冒汗。"

我立刻回过神来,发现想事情的这段时间里,我居然一直抓着他的手没松开。

"抱歉!我又间歇性犯傻了!"我慌忙把手抽回来,并随手从裤子口袋里抽了一张面巾纸递给他。

坦白说,直到今天我才是第一次听到别人用"间歇性犯傻"这么一个特色鲜明的专有名词来描述我的个性。

奇怪的是,被刘浪说得如此风轻云淡,蓦然就有一种亲切的感觉从心底泛起来,隐隐约约地觉得好像在以前的确有人也这么说过我,朦胧地在记忆深处勾勒出了一个暧昧的影子。

"我现在住你楼上,七零四。"他说。

"为什么要用汉字标房间号。"我听见他小声嘀咕了一句。

"真没想到毕业后一直没联系,居然在这里又碰上了。"他又说。

我的思维正混乱,没办法在和他对话以及回想往事之间自由地切换,竟然就维持着愣愣的状态站在电梯口。

"你还没吃晚饭吧?"他问。

不等我开腔，然后他就自己也替我回答了："我也没吃。刚好我正要到附近买吃的，不如我都买了，一会儿到你家一起吃吧，顺便叙叙旧。"

他的自问自答，流畅得一气呵成。

"哦，好。"出于对食物的渴望的生理本能，我的嘴很没骨气地尚未经过大脑批准，就丢盔弃甲抢先投敌。

"咪哞。"他笑嘻嘻地拍拍我的肩，从我身边擦肩而过，"佛教真言这种东西，最好还是全念完，不要半途而废比较好。"

我费解地看着他的背影，他从楼栋的大门走出去，一转身就被刚刚亮起来的小区的路灯灯光给吞没了。

"叙旧"这种事情，基本上是要有"旧"可以叙，才会让人觉得有趣。

刘浪坐在我家的地板上，眉飞色舞地跟我描述着据说是我大二那年在系运动会开幕式上发表演说，结果错拿成由于英文精读课翘课太多而被老师罚写的检讨书去读的糗事。

真奇怪。他说得那么绘声绘色，可我无论如何都想不起来这糗的程度足以成为一生污点的"回忆"。

所以与其说是跟他在"叙旧"，不如说是在听他一个人在"叙新"。

"美术系的林学妹你还记得吗？她有一次去水房打开水回宿舍洗澡，结果被你撞见了她刚好在俯身关水龙头的时候，内衣从衬衫的领口滑出了一条肩带，羞得她一个月里见到你就跑。"

林学妹我固然是记得的。

因为她的名字叫作"林岱豫"，刚进校的时候就凭在花名册上字迹娟秀的报到签名，让我们这些当时已经升上大二、负责新生接待工作的学长们虽未谋面却心生向往。

只是到了新生从校外结束军训,回到本校正式上课的那一天,找遍各种借口翘课溜到美术系偷看"林妹妹"的学长们,眼见课上老师的一声点名,响应着"林岱豫"的呼唤站起来的,竟是一个明明身高跳起来头就能撞到篮板却还装可爱地绑着麻花辫,腰围让最大号的救生圈都自愧不如,并且一说话就腮帮子晃得让人心慌的壮实女生。

是的,"岱"在汉语里原本的意思就是"雄伟的山峦"。

至于"豫",她张嘴就是浓浓的河南口音。

我只能说,为她起名字的父母只可能是两种个性中的一种:要么饱读诗书富有情调,要么做人本分实事求是。

林学妹这个人我不曾忘记,可刘浪所说的事情我还是没有印象。

如果被我看见了林学妹的内衣肩带,一个月羞于见人的理应是我而不是她,偏偏此等"可怕"的"过去",在我听来竟然是新事一件,我不免有点莫名其妙起来。

"还有隔壁班的小马,世界杯赌球输给我们,于是只能脱掉内裤穿着纸箱子在宿舍区跑十圈,那天整个学校都轰动了……"

刘浪依旧一副兴奋的表情在说,摆在他面前的卤味几乎都没怎么动,就连啤酒也只是抿了一小口,还是满满一杯的样子。

"刘浪,你真的跟我是同班同学吗?"

一根鸭脖子还没啃完,趁着他又叙完一件"新",还没接上下一件"新"的短暂空闲,我见缝插针地问。

按理说我的确不可能忘记有过这么一个听起来跟我关系还不错的同学,只是所有从他嘴里说出来的别人和我都是千真万确存在的,可发生在别人以及我身上的事件,我竟然毫无印象。

就像是偷了别人的人生过来强加在我身上一样,让我此刻有了一种很不舒服的生硬感。

当然这种不舒服的感觉还来自于我嘴里的鸭脖子,今天的大料加得太多,少了素日的鲜香味。我闷闷地想。

刘浪端起杯子放在嘴边,眼睛细细地眯了起来。

他没有喝酒,而是故意让声音从水下发出来一般,带有点模糊的神秘。

"这种事情,你去看看毕业纪念照不就知道了吗?"他说。

被他说中了心事,我随即起身去书柜里翻找。那里存了我毕业以来的全部证件文凭和从学校带出来的、对我而言有着纪念意义的东西。

当然,纪念照这种东西也是会有的,只是因为尺寸实在太大,一般来说都会被我压在抽屉的最底层。

事实上,毕业照作为备忘录的用处要远远超过它本身的纪念价值。

因为没有多少人会在若干年后,还能记得自己大学时期班上每一个同学的长相和名字。只有日后在听说自己班上的同学成了大明星或者高官显达的时候,才可以翻出毕业照来认证一番,以备作为炫耀的谈资。

我仔细审视着手上的毕业照,辅导员和系主任的脸上因为被压过药水瓶的缘故,两个人的五官已经看不清楚,只附着了一层黄褐色的胶质。

曾揭发过我期中考夹带小抄的副班长,脸上有深深的回形针的印子。

班花被保护得很好,她身上只压过新华字典,平整而且光滑。

我自己因为身高算高的缘故,躲在男生阵营的最右侧,一脸愤世嫉俗的表情。

"我在这里。"刘浪指了指照片上倒数第三排从左数第五个位置上的男生。

我顺着他的手指看过去,由于五十几个人挤在一起,每个人都不可能拍得跟杂志封面人物一样显眼，所以照片里那个身形并不特别高大的男生，面目辨认起来不算真切，但笑容的确温暖和煦。

照片最底端的全员名单上，对应着那男生的位置标示出的名字，果然是"刘浪"。

但凡是集体大合照，总会有一个角落上的人会在不经意间被我们渐渐遗忘。

日后追寻起来的时候，你说他是李世民也好，或者是布拉德·皮特也罢，都无从辩驳，因为记忆这东西，一旦逝去，便死无对证了。

刘浪此时便是一脸"我就说吧"的表情，他嘴角微微一撇，勾出一抹耐人寻味的笑容，然后不知在庆祝什么似的，竟然豪气地一口就把整晚都没怎么喝的啤酒喝了个干干净净。

"我明天是不是该去医院检查一下我的脑袋？"我用严厉的目光把照片上印着的"刘浪"两个字快看出磨痕了，才心情复杂地问他，"说不定里面长了个瘤子，或者是橡皮擦什么的。"

刘浪显然对于我的笑话没什么兴趣，他用左手的拇指和食指捏住一根鸭脖子往嘴里塞，咀嚼了两口便皱起眉头，露出厌恶的表情。

"大料加太多，把鲜香味都盖住了。"他咬下一截，剩下大半截丢回盘子里。

我把毕业照塞回抽屉，找照片时扒拉出来的杂物懒得整理了，就都胡乱扔进抽屉里。

只是在扔的时候，我还是刻意地避开班花的脸，只把新华字典这样的贵宾待遇留给她。

刘浪的位置，我压了瓶快干了的英雄牌墨水。

"关键的问题在于，一点儿都不辣！"刘浪语气里带着忿忿的情绪，"不辣还叫什么鸭脖子！"

我想鸭子生下来并不知道自己的脖子一定要够辣才会被人类所认可。它们只是借助脖子连接脑袋和身体，天冷的时候就缩短得几乎看不到脖子的存在，偶尔心情好的时候还会弯起来向着天空歌唱什么的——不过真的会这样做的，似乎只有它们的近亲——鹅。

我不是爱吃辣的人，奇怪的是，我却在吃鸭脖子的时候格外注重辣的味道。

而且是越辣越好，最妙的就是辣到浑身冒汗，接着灌上一大杯酸梅汤，那种舒爽的感觉无与伦比——刘浪在吃鸭脖子的口味上，倒与我很是相似。

"厨房里有辣椒粉。"我前后左右各摇了摇脑袋，想确认里面是不是已经有个什么物体存在，或许一晃动就能听见"哐啷哐啷"的声响了。

"那我去给这些乏味的鸭脖子做二次加工好了。"他站起身，端着盘子走向厨房。

"麻烦你再把它们切一切，我不怎么喜欢用自己的牙齿咬断它们的感觉。"

听到骨头被咬碎的声音，我会被自己的凶残本性吓到。

我不喜欢听到一切骨头被弄碎的声音，就像许多人很怕听到用指甲在黑板上抓挠的声音一样，这也是我诸多古怪毛病中的一个。

所以我通常在约女生吃饭的时候，尽量避免点任何跟软骨和脆骨有关的菜，因为无论是多漂亮的女生，只要从她的嘴里传出骨头碎裂的声音，都会在我眼中被自动披上一层狰狞的面纱。

我宁可她们用吸管去吸食大棒骨里的骨髓，也绝不愿意她们一边娇俏地说着"人家刚才看那恐怖电影的时候小心肝吓得扑通扑通狂跳呢",一边从牙缝里涌出骨头们的绝望呻吟。

这也是为什么到现在我依旧欣赏班花的原因。

我大三那年的时候在食堂见过她跟男友吃午饭,那男生要了份糖醋小排,吃得津津有味不说,还意犹未尽地把啃光了肉的骨头咬得"咯嘣"作响。

当时班花便捂耳啜泣,泪奔而去,第二天便跟男生分了手。

尽管我后来从别人口中听说他们分手的原因,是班花想吃排骨但男生却不解风情地一个人全部吃光,班花嫌他不够体贴不够善解人意之故。

可我固执地认为班花心存善念,与我是一国的人物。

这种固执,有时莫名得近乎可笑。

我有时会心血来潮地自己在家做饭。

不算惊天动地的美味,也不会难吃到难以下咽。

只是在选择刀具的时候,我尤其追求锋利的程度,最好一刀下去,砍排骨之类不会发出太大的响声,也不会因为一刀没切断还需要再大力地补上几刀。

所以摆在我厨房里的刀,也许还没到达吹毛可断、削铁如泥的地步,但是用来入选兵器谱的排名至少也能挤进前十的行列了。

五分钟后,刘浪端着切好并重新撒了辣椒粉的鸭脖子回来,脸色苍白。

我捏了一小块鸭脖子到嘴里,有点担心地问他:"你的脸色好像不太好。"

"鸭脖子应该不会有血腥味。"他勉强挤出一丝笑容,"我有小心地避开盘子。"

"什么意思？"我有种不大好的预感，嘴里含着的鸭脖子死活也没力气去咬了。

他朝我比出了右手的中指——要是在往常，我一定会认为他是在用不雅的手势骂我——此刻他右手的中指位置竟然血肉模糊，原本应该竖立着的中指竟然满是鲜血！

"我忘了早点提醒你不要买这个牌子的刀具了，锋利得有点过头。"

毕业后就一直没见面的人，怎么可能知道我会买哪个牌子的刀——他竟然还有心思说笑。

我努力告诉自己要镇定，尤其那个被切得惨不忍睹的手指主人分明比我还镇定，只是我的面部肌肉不听使唤地抽搐起来，嘴里的鸭脖子还没来得及咀嚼就自己滚进了喉咙里。

我被噎得难受，连连咳嗽捶着自己的胸膛。

刘浪居然一副事不关己的样子，额头密密地渗出汗珠：

"切鸭脖子居然把手指切得鲜血淋漓，说出去会很丢脸吧？"

因为吓到而把鸭脖子吞下去差点噎死自己，这个说出去才更丢人。

我慌乱地从沙发上摸出手机要拨急救电话，被刘浪一抬手阻止了我拨号的行动。

"我自己去医院就好。"他笑着说，即使脸色比隔夜的新鲜牛奶还要苍白，他依旧看起来是很轻松的样子。

"这么晚了让救护车来惊动邻居多不好。"他摆了摆手，示意小事一桩。

我侧转过身子，很没种地努力不让视线正对着他的右手：

"那我陪你过去吧。"

"只是小伤口，要个大男人陪着去也未免太小题大做了。"

他很体谅地将受伤的手藏到背后，完好的左手协同语气挥出满不在乎的手势。

基本上我对于"小伤口"的定义,是界定于挤青春痘挤到流血的程度之下。类似于擦窗户的时候被玻璃割伤手掌,在我看来都是不得了的重伤。

更何况把手指切得近似于喷血,在我看来随时都可能血流干而死,怎么可以如此轻描淡写地应付过去。

"而且你不觉得,大晚上的两个男生一起去医院包扎伤口,是件很暧昧的事情吗?"他意有所指地说道。

看起来,他执意不让我陪着一起去医院。

我也是个固执的人,有时遇到对方也固执地坚持着某件事,我反倒很能理解对方的心情。

于是我不再要求陪同,更何况我担心他随时可能因为失血过多而昏死在地板上,便替他把外套抓过来披在他身上,小心翼翼地把他送到电梯口。

"明天见。"他朝我微微一笑。

不知是不是因为电梯里灯光偏向明黄的缘故,刘浪的脸色看起来没有刚才那么苍白了,笑容也更温暖,半点没有刻意掩饰痛苦的样子。

"啊,快点去医院,别耽误。"我亡羊补牢地嘱咐道,胃火辣辣地烧起来,似乎刚才的那块鸭脖子上沾了太多辣椒粉。

电梯的门合上了,我死死盯着楼层显示的数字从"6"降到"1",才提心吊胆地拖沓着走回屋。

脚有点软,虽说游戏里常常见到血浆喷满屏、残肢处处飞的场面,但货真价实地看到身边的朋友飙血却还是头一遭。

我绕开了有可能明天就成为凶杀勘察现场的厨房,尽可能告诉自己不要再额外添加我的指纹进去。

毕竟万一刘浪没能抵达医院就死在半路上，我也要保证自己能不受怀疑和牵连。

万一。我说的只是万一。

鸭脖子没心情吃了。我多少觉得有股血腥味掺和在骨头和辣椒之间，便忙不迭地全倒进垃圾桶里。

随即给PS3装上一张《合金装备4》的游戏光盘，企图分散注意力，缓解一下紧绷着的神经。

或许我的神经真的太紧绷了。即使在玩游戏的时候，我也老在回想电梯里刘浪的笑容。

那不是让人讨厌的笑容，相反，给人一种很安心的感觉。

勉强要形容的话，就像是虔诚的信徒见到天使降临时，心中所涌现出的安全感。

我不信宗教。我的形容方式自然也就没什么说服力可言。

只是刘浪的笑容，真的让人难以忘怀。

既然他有着如此鲜明的特征，那么我到底为什么会忘了这个与我大学同窗过四年的家伙？

而且，我以为只有我这个右撇子，才会古怪地只有在使刀切菜的时候，偏偏用到左手。

这天早上出了电梯的时候，再度碰到了刘浪。

他昨天晚上果然没有住院，也没有因为失血过多死在半路上。

我莫名地感到一阵失落。

然后便注意到了他举起来的右手，失落的情绪顿时被惊讶所充斥。

我惊讶了三分零八秒。

于是这天上班，我迟到了三分十二秒。

还有四秒的多余时间是浪费在了哪里?
我想了半天都没想到。

一种和平

青春散场,你若还在

从公司坐地铁按早上出发的路线原路回到家的时候，已经是晚上八点半了。

我手里拎着一大袋香蕉，是老板收到的客户的礼物。

老板自己懒得带回家就硬要我带回来。还说这是公司的福利，放在办公室容易腐烂，干脆让我全拿回家慢慢处理。

于是我就眼馋地看着他办公室角落里堆着的一堆盒装高级鱼翅，是另一家客户送来的礼物。

"我老婆对香蕉过敏，水果只能以鱼翅代替。"

老板一眼看穿了我的心思，斩钉截铁地扼杀了我小小的邪念。

中午时跟同事在公司楼下的成都小吃店随便吃了碗盖浇饭，然而我很不习惯四川人做菜时放太多辣椒，只吃了一点儿就觉得胃里辣得像火烧。

下班时饿得厉害，但灼烧感依旧，只好一路上剥着香蕉填填肚子。

走到自家门口的时候，才发现包里没有门钥匙，吓得我出了一身冷汗。

仔细回想着，才记起早上出门的时候光顾着用电子秤称体重，忘了从客厅的桌上把钥匙拿上。

结果现在没办法进屋，着急之余嘴巴反倒更勤快，于是便愣在门口无助地吃香蕉。

果然自从楼上和隔壁来了新邻居以后，这两天的生活都有点不太正常。我郁闷地想着，不自觉整个人已经蹲下来，两眼无神地望着前方的地面，继续不间断地吃香蕉。

其实邻居跟我的生活理应是没有直接关系的。

对于习惯了城市生活的人来说，高楼间邻里的关系比起几十年前的四合院和小瓦房都冷漠了不少。

我搬来这间公寓之前，曾在市中心的一栋楼里住了一年。

当时住在我隔壁的据说是一位漂亮女士，半年里我连她一面都没见过。

只有在每天我出门上班顺手将垃圾袋放在门口等保洁阿姨来收拾的时候，才能看到她门口也同样丢着垃圾袋。

所以即使我跟这位邻居很不熟，我们两家的垃圾袋见面的次数却比较多。

不过透过半透明的垃圾袋看过去，我装的都是些泡面、饼干等速食的盒子，了不起有一两张刻录刻坏了的DVD光盘。

而她的袋子里则装的都是一些世界顶级名牌的外包装，偶尔还会有一两本《圣经》或者《牛津大学经济学理论研究》，封面都有些残旧，看得出来曾经被翻阅了很久。

我顿时相形见绌外加肃然起敬，从此只用黑色不透明的垃圾袋。

那邻居居然也跟着换了垃圾袋，同样是黑色，不过竟然是网纹纱质地的，袋口还有蕾丝装饰，而内容物除了名牌包装和优秀书籍之外，更多了内衣等叫人心猿意马的东西，惹得我每天早上出门的时候都怀着被挑逗的心情要朝她的门口多望几眼。有天甚至从那蕾丝垃圾袋里瞄到了封面赫然印着半裸女郎的时尚杂志，那女郎裸的远比她穿的面积大，让我心潮澎湃地想看看是哪本杂志这么敬业，却瞄到了竟然是2015年1月的刊号——因为赶着上班加上蕾丝垃圾袋实在太不透明，所以我很确定是自己看错了数字，并对于至今都没记住刊名而深深地懊悔。

久而久之这竟成了一种习惯，哪天要是没看见她的垃圾袋，那一整天的心情都会没来由的失落。

好日子没能持续太长，后来那邻居便搬走了，据说嫁给了一个富商，去了法国定居。

这些"据说"的来源，都来自那个小区门口管理出入的每天都在收集自己掉了的头发的老保安。

在没有邻里关系的都市生活里，这样的保安反倒是交换邻里信息的最直接途径。

黑色蕾丝垃圾袋邻居搬走后没多久，就又来了新的住客。

我也是没见过新邻居的样子，听老保安说是个宅男，每天就知道躲在房间里玩网络游戏，一个礼拜只出门一次采购生活用品，没看见他出去工作过，也不晓得他的经济来源。

我也喜欢玩游戏看动画，可我还没宅到那种程度。

反正我无所谓非得跟邻居交谈才会心安，他过他的生活，我过我的生活，相安无事就好。

尽管再也看不到黑色蕾丝垃圾袋会有点惋惜，至少我满意于安稳平静的生活环境，这样就足够了。

可时间一长，新邻居的坏习惯就渐渐惹怒了我。

他总不爱把垃圾袋束口扎好，就那么肆无忌惮地敞着，毫不介意别人看到他的垃圾都有哪些货色。

冬天也就罢了，夏天的时候，他垃圾袋里传出的臭袜子味、肉类和鱼类变质的味道、摆放超过一个月的方便面纸碗里残渣长霉的味道、烂到流汁的水果的味道……统统混合在一起，袅袅地散发着能看得见形状的气体，熏得走道里让人难以站立超过一分钟。

我那急躁地快速敲击电梯按钮的习惯，就是在那个时候养成的。

为了躲避恶臭的攻击，我总是迫切地希望电梯赶紧来。

可即使你在他门口贴纸条也好，或者按门铃希望跟他谈谈也好，这位宅男邻居都通通用石沉大海的沉默来应对。

纸条会消失得干干净净，连半点痕迹都不留下，仿佛根本就没存在过一般；门铃按到连楼下的住户也抗议太吵，门里倒一点儿反应都没有。

不是因为他不在家，好几次我按门铃前还能听到门里传出日本女优大声嘶喊让我脸红心跳的声音。

但我一按下门铃，门里就变成寂静一片，仿佛一瞬间屋内的人和物都被异次元空间吞没了一样。

我不是个心怀恶意的人，纸条上的留言通常措辞都很客气，按门铃想找他谈谈之前也都会事先准备好小点心作为见面礼，甚至我发自内心地想当面请教他究竟是去什么网站可以下载到如此高质量的电影——可对方就是不愿搭理。于是在挣扎了两个月之后，我宣告放弃，搬到了现在的这所公寓里。

由于公寓楼的地理位置不是太理想，所以我住了很久，隔壁都一直空着没人租。

我一度以为我会继续安静地过着日子，然而昨天晚上突如其来的新邻居拜访，令我的心底油然升起了担忧的火苗。

八点四十五分的时候，电梯在六楼停住了。

我还没想出能够进去家门的方法，伴随着电梯门的打开，我听见了高跟鞋敲击地面的脆响。

"为什么不进去？"

高跟鞋的脚步声停止后，随即响起的便是有点沙哑的声音，像是刚通宵唱完KTV的那种沙哑。

是昨天晚上突然拜访的邻居。

硕大的黑框眼镜实在有点扎眼，头发没再用橡皮筋绑成朝天辫，而是似乎做过精心的打理，看起来是卷曲的，只是似乎刚在十级台风里跑过马拉松一样，蓬乱得令人触目惊心。

她穿着牛仔裤，上身是一件黄色的套头毛线衣，一套看起来仿佛是工作套装一样的衣服，被她粗暴地塞进了明显尺码小一号的手提包里。

整个人看起来有点萎靡，有种与"2014年"完全不搭的不协调感。

"我在看家。"

我没好气地回了她一句，难道她以为我蹲在门口很好玩吗？

"哦。"

她竟然相信了，自顾自地翻包找房门钥匙。

我心里一动。因为这栋公寓楼在拐角两户房的卧室里都有着邻近的阳台，或许我可以从她家阳台翻越到我家也说不定。

我站起身，甩甩有些发麻的双脚，等她开门进屋。我现在心中唯一的念头就是只想回房间好好躺一会儿。

"奇怪了……"我有些不祥地听到她嘟囔了一句。

"怎……怎么了？"

她一脸无辜地冲我绽放笑脸："我的钥匙好像丢在公司了，要不你先开门，借阳台给我翻一下吧……"

"什么！"我差点没吼出来，这个白痴真的看不出来我也是因为没钥匙才进不去的吗？

"莫非……你也没带钥匙？"

她后知后觉地反应过来，好歹还不算无药可救。

我已经没力气跟这个傻女人解释了，想起手机里是存有刘浪号码的，赶紧拨个电话给他。

既然从隔壁翻墙无望，我只好寄望于从楼上空降而下。

不是翻墙就是空降，我突然觉得蜘蛛侠可能在获得超能力之前，也是有着忘带钥匙的切身之痛的。

"抱歉啦，正忙着做买卖呢，你俩先找个地方待会儿，我十点左右才能回去。"

刘浪只说了这么一句话，就有些火烧火燎地匆匆挂了机。

我知道，他今天遇见好买家了。

刘浪昨晚告诉我，他现在的职业算是一个全职游戏人，之所以这么说，是因为他现在的生活开销全依赖于网络游戏。

据说他的父母是河北某个乡村的农民，家里不算富裕。

刘浪1999年大学毕业之后，先是做了两年的广告策划。那几年正是广告业蓬勃发展的时候，刘浪工作业绩不错，也就存了点钱。

他用积蓄加贷款买了一套北京市区的房子，但他父母毕竟还是在乡下待惯了，只在刘浪的新家待了两个礼拜就熬不住清闲赶回乡下种地去了。

到了2002年的时候，广告行业竞争逐渐激烈起来，刘浪一方面不想继续做这份让他有些厌倦的工作，一方面也考虑到以后的发展趋势，便毅然辞了职。

可他偏偏又是个有些散漫个性的人，辞职在家赋闲两个月后就已经懒成一滩烂泥，总没什么心思再去找工作。

结果这一闲就闲到了现在，后来因为收入实在不能按月稳定在一个能维持生活的水准，便索性把房子租出去，靠租金偿还每个月的银行分期房屋贷款，自己则搬到现在这所相对便宜的公寓楼里，过起了自由职业者的生活。

严格说起来，刘浪还是有工作的，可惜这工作在保守的人眼里似乎总有些不大光彩。

刚开始赋闲在家那会儿，刘浪就迷上了网络游戏。

因为空闲时间十分充足，他几乎玩遍了市面上流行的所有网络游戏。而我所说的他现在的工作，也正是跟他玩的网络游戏有关——他从事的，是出售游戏里的各种装备的生意。

尽管我以前也玩过《传奇》《奇迹》《魔兽世界》，但我一直都无法将这种虚拟的数据与现实的货币联系起来。

但刘浪却不这么认为，他无论在哪款游戏里都能神通广大地弄到一些被称为"极品"的装备，而他从来也不留给自己用，反而在该游戏的论坛上发出帖子，明目张胆地叫卖起来。

他注重游戏道德，自然也遵守商业道德。

他总是要求买卖双方见面交易：谈妥价钱就约个时间碰头，寒暄几句后找个网吧坐下来，一手交钱，一手就在游戏里把装备交给对方。

他一个月出门做买卖次数不多，除非是手头真的缺钱花了，一次交易回来就足够在家躺个把月的，看起来倒也消遥自在，可我始终觉得他这样的"工作"实在不可靠。

或许我心中还隐隐藏着一丝嫉妒的情绪吧？

因为比起朝九晚五的生活来，刘浪如今的日子听起来竟然有点惬意的感觉。

黑框眼镜邻居从挎包里抽出张纸巾，开始一丝不苟地擦门口的地面。

"你在做什么？"我好奇地问她。

"现在又没有门钥匙，只好学你坐在这里等喽……"她回答得天经地义，理所当然。

天！这个女孩的脑容量比家禽还少吗？

我开始觉得跟她沟通比背完一整本牛津英文辞典还难。

"你不饿吗?"我尽量忍住烦躁的情绪,极力温柔地问她。

"饿啊。"她老老实实地回答,那听话的神情看起来竟有些乖巧。

"饿了该干什么呢?"我趁热打铁地继续追问。

"吃饭啊。"她想都没想就接上了话。

"既然你也觉得饿的话,那你打算怎么办?"似乎有些上路了,我开始尝试将她往正常的思路上引导。

"等你楼上的邻居回来,你从他家跳下来开了自家的门,我再从你家回到我家,然后做饭吃啊……"她再一次回答得天经地义,理所当然。

手中一根还没剥开的香蕉突然被我挤炸了,飞射出的香蕉撞击在墙上成了一摊看起来有些恶心的烂糊。

她吓了一跳,不做声呆呆地瞪着我看。

我已经懒得再跟她解释了,索性抓起她的手就往电梯走。

"你……你做什么?"她惊呼一声,使劲地想将手抽回去。

"你不知道这个世界上还有个叫'饭店'的地方可以一边吃饭一边等人吗?"

她好像一瞬间茅塞顿开,但还是硬生生地抽回手:"哦,你要请我吃饭是吗?"

"AA!"我想我额头的青筋一定爆了两根,我才不会没事找事地请她吃饭呢。

她又不吭声了,从挎包里又抽出张纸向我走来。

我以为她是想递给我擦擦刚才捏爆香蕉的那只手,赶紧先说了句:"谢了。"

"哦,不客气。"她本能地应了声,然后转身开始擦墙。

"你在干吗?"我强制性地忍住想掐死她的念头,用快要突破临界点的声音颤抖地问。

"擦墙啊，不知怎么的这里突然就脏了……"

我改为一把拉住她的挎包背带，无视她小声的抗议，直接拖入电梯——再多待一分钟，我可能都会克制不住自己想直接把她拖入焚尸炉的欲望。

楼下不远处就有家小饭馆，所幸是东北菜而不是四川菜，因此我还能凑合着饱餐一顿。

我要了份东北乱炖，一大锅那种，分量刚好够两个人吃。

黑框眼镜却将她原本点菜单上的小鸡炖蘑菇画掉，只要了盘东北拉皮。

我心里隐隐有些不满：虽说是AA，各人付自己的菜钱，但菜还是合在一块吃的。她只点了份凉菜，也未免太便宜了些。

等到上菜的时候，黑框眼镜将拉皮放在我面前，自己倒揽过了乱炖摆在旁边。

我虽不乐意，但也不好说什么，她倒是先开口了：

"你有便秘的毛病，所以尽量少吃油腻的东西……拉皮里的黄瓜和萝卜都算清淡，我也特意吩咐别放辣椒……"

我愣了愣，连忙补上一句："我没有便秘！"

她没有回答，只是死盯着我那只装满了香蕉的塑料袋看。

我顿时涨红了脸，连说话也变得不利索："这……这是公司发的……"

"你喜欢海吗？"

她没头没脑地突然冒出来一句。

"啊？"

黑框眼镜的右手抓着筷子，但没有伸向任何一道菜。她左手撑在桌子上托着下巴，双眼，不，是四眼直勾勾地盯着饭馆门口养水产的大玻璃缸。

"那是海里的生物，也是海的主人，"她指着玻璃缸里形形色色的鱼虾说道，"就像陆地上的人类一样。"

能把美味的海鲜说得听起来让人完全没有食欲，她的确有做政治家的天分。

趁她发呆的工夫，我连连"偷袭"她面前的东北乱炖——土豆炖得再烂些就更好了。

"只有在大海面前，我们才会知道自己的渺小。"

她轻轻地叹了口气，仿佛那些干等着水煮过油的虾蟹鱼贝已经把她拉到海底了一样。

戴黑框眼镜的人都有成为诗人的潜质吗？我哆嗦地想到了徐志摩，再哆嗦地想到了李敖，再哆嗦地想到了顾城，再哆嗦地看着眼前的这个女生。

"海里的生物变成了我们的食物，由此可以推断连海的主人也是我们才对。"我塞了一嘴米饭，含糊不清地应付着她的诗兴。

她转头目不转睛地看着我："你看过海吗？"

"电视上看过……"我夹了一块茄子，见她微皱了眉头，赶紧添上一句，"画报上也见过……"

"等你真正看到了海，你就不会这么不以为然了。"她又叹了口气。

是的，海边的比基尼泳装绝对要比市体育馆泳池里的密封型泳衣有看头，所以我绝对不会不以为然的——我在心里偷偷地说。

难得看到她露出副认真的表情，我很怕一说错话就被她打到玻璃缸里提前与海里的生物交流。

这顿饭吃得很仓促，黑框眼镜没怎么动筷子，但拉皮却被我吃了不少——这又让我有些不好意思了。

结账的时候，黑框眼镜抢先连我那份也一起付了。

"说好了AA的！"我越发不好意思起来。

"你一会儿要帮我开房门的，理应我请……"她淡淡地说。

"早知道今天应该去海鲜城，让你与海里的生物亲近个够的！"我不无遗憾地感叹着。

"万一失足的话，也可能是你的最后一餐。"她临末又嘟囔了一句。

我狠狠地瞪她的后背，她倒是毫无知觉，反而是站在她旁边的服务生打了一个激灵。

一共三十八块钱，不算多，她付了张崭新的一百元，找回一张破旧的五十元，以及两张五块和两张一块。

她没有要求开发票，于是饭店的老板豪爽地再多找了她一块钱。

"钞票变多了。"她说。

她指的是1张钞票付出去，找回来六张钞票——我不确定她是不是在开玩笑，因为我对她的幽默感很没信心。

我看看饭馆墙上挂着的已经被油烟熏得发黑的挂钟，已经9点50分了。

"回去吧，说不定我楼上的邻居已经到家了。"我说。

她没有异议地点点头，尾随我在服务生很不标准的东北腔普通话"欢迎下次再来"声中走出饭馆，临末又多瞧了那些装有海鲜的玻璃缸几眼，很是恋恋不舍的样子。

回到公寓楼的时候，我的房门正大开着。

我估摸着应该是刘浪已经帮我把房门打开了，但转念一想，依稀记得我只是在电话里问了他什么时候回来，并没有告诉过他我进不了家门的事。

顿时脊背上密密地渗出了一排冷汗，右手下意识地紧攥成拳头，走路的步子也迈得极重。

"你的膝盖太僵硬了——你在怕什么？"黑框眼镜狐疑地问。

"我的内裤晾在外面还没收进来，天晚了会被露水打湿的。"我有些生硬地笑道。

走进客厅，从沙发背后露出一个脑袋，正背对着门口坐着翻报纸。

我家是不会出现报纸这种看完了不晓得应该放哪里的东西的。

年纪小在奶奶家过暑假的时候，倒经常见到奶奶总是把爷爷看过很久的报纸捆成一叠，丢在柴火堆的旁边，每到中午做饭的时候就会很节约地抽出一张来用火柴点燃了，然后丢在炉灶里给木柴引火。

只是如今的楼房哪里还有那种老式大锅饭炉灶的存在，就连我厨房里的天然气灶，也最多只是被我用来煮煮泡面而已。

其实煮泡面对我来说，算是不得了的大活动。

因为现在家家都有饮水机，功能更是繁复得可以烧开水，可以制冰水，可以过滤水，除了一拧龙头不能直接流出石油之外，我甚至怀疑贴在饮水机身上的那条广告语上写着的"负离子净化系统"，其实代表的真正含义会不会是说明这台饮水机可以连接着另外一个时空。

因此即使要吃泡面，我一般情况下也只是会把面碗直接放到饮水机的龙头下接满热水，盖上盖子后等个3分钟开吃。

然而我的嘴巴偏偏又挑剔，总觉得面这种东西，即使是"方便面""快餐面""速食面"的名字有所不同，也都还是煮了才好吃。

所以每当逢年过节我懒在家里一天不愿出门的时候，我便会郑重地启用我的天然气灶，将泡面细心地投入热水锅里煮上两分钟，那种调料与开水沸腾交融的滋味实在让我感动。

吃完之后还要刷锅洗碗便是享受之后的痛苦了，那种从高潮跌到谷底的心情转变，便正是我虽然爱吃煮面但平时总不愿开火的原因。

我正在判断报纸和人头的来历，坐在沙发的那人已经回头了——

"你们回来了啊。"

刘浪还是一副悠闲的笑容，然后把报纸折叠好，揣到了裤子口袋里。

"你从哪里来，我的朋友？"我的疑窦脱口而出。

"好像一只蝴蝶，飞进你的窗口。"他回答。

能把年代如此久远的歌词当作应答的对话，我对他的冷幽默也同样佩服得五体投地。

"我有跟你说过我的门打不开的事情吗？"我接着问。

他稍稍怔了一下，但是笑容却没有一刻从他的脸上褪去。

"你的记忆力怎么现在变得这么差了？你明明就在电话里跟我说过了啊，不然我也不会提早结束交易，风风火火地赶回来。"他说。

我记得打电话的时候，黑框眼镜是站在我身边的，于是我求证式地转身看向她，可是她竟然已经从我背后走出来，径直走到了刘浪的面前。

"上帝。"她说，语气不算友好也不算冷漠。

"流浪。"他说，语气算是友好但也算冷漠。

我愣了一下，隐约觉得这番对话似乎早上才刚经历过。

只是眼下物是人非，早上是见花见月见风雅，至于眼前嘛——我很担心接下来黑框眼镜会不会拨一拨头发，就让我倒足胃口地看到头屑头屑白花花。

"风尚的尚，斯蒂文·索德伯格的蒂。"她解释自己的名字——拜托！哪有人又会用到"斯蒂文·索德伯格"这么冷门的外国人名字举例的？

"文刀刘，水良浪。"刘浪小学时对于汉字的结构和偏旁部首一定学得很好。

然后黑框眼镜便陷入了沉默，意味深长地打量着刘浪。而刘浪丝毫没有因为被人死死地盯着而沉浸在尴尬中，反倒大咧咧地迎合着黑框眼镜的注视。

我原本是不相信"一见钟情"这回事的，但是在亲眼目睹黑框眼镜与刘浪的眼神交流之后——我就更不相信"一见钟情"会真的存在于这个世界上了。

"我好像见过你。"黑框眼镜平静地说。

"的确。或许吧。"刘浪莫名其妙地答。

刘浪现在虽然一副有点疲惫的样子，但眉眼里多少还沉淀着些许喜悦的神色。

我心里有数，他今天大概又捞了一大笔。

"赚了多少？"我小心翼翼地直线滑行，跟踪上了对方的轨迹。

"害你俩在外面等了那么久真不好意思，回头请你们吃顿饭吧！"刘浪没有正面迎击，改为侧翼飞行。

"才一顿饭而已？"我得寸进尺，反转机体180°尾随狙击。

"很累，我先回房睡了……"刘浪引擎全开，全速逃回了自己的领空。

他冲黑框眼镜微微点头示意，然后经过我的身边，从大门走了出去。

我突然又想到一件事，便追上前到了电梯口，把黑框眼镜一个人撇在客厅里。

"你的手指……真的不要紧？"我的声音里有控制不住的颤抖。

他的嘴角勾了起来，应该是微笑的弧度，但看起来却有点狡猾的样子。他朝我比出了右手的中指。

当然他并不是在用不雅的手势骂我,不过这个时候他就算借机骂我,我大概也不会察觉到。

就像我早上的时候惊讶的那样,明明昨天晚上我看到的血肉模糊的手指,就像是噩梦一般烟消云散:他的手指完好无损,一点儿伤痕也没有。

"你是壁虎人!"我大吃一惊地后退三步。

就像被蜘蛛咬了会变成爬檐走壁、手腕喷丝的蜘蛛人一样,被壁虎咬了也一定会变成被砍去四肢便会迅速再生的壁虎人。我一直这么认为。

他的眉头微微皱了一下:"可不可以从你的幻想世界里稍微回到现实中来一会儿?"

他拍了拍我的肩,面对我莫名的失落而泛起了一丝笑意:"早上的时候不就跟你说了,是我开的一个不大不小的玩笑吗?"

哪有人开玩笑会自残手指的。我闷闷地想。

"昨晚我的手指根本没有被切掉,为了惩罚你把我这个老同学给忘了,我故意吓吓你的。"他轻描淡写地说道。

电梯已经到了,他没有进去,而是伸出一只脚挡在电梯门的一侧,让电梯门无奈又无聊地开开关关,但始终无法完全闭合。

"那血呢?"我不死心地继续问,心里暗暗想到不会是番茄酱吧。

"番茄酱。"他很没有创意地回答。

"你等我一下。"我火速地冲回厨房里。

出于捍卫清白的目的,"命案现场"从昨晚到现在都没有动过——我用手指蘸了一点灶台上的红色流质,犹豫了两秒钟后塞到嘴里。

果然是酸甜的。

接着我又慌忙冲出门,其间路过黑框眼镜身边,她正对我去年生日收到的一份微缩人体标本的摆设产生了兴趣。

刘浪还是站在原地没动,电梯门烦躁不安地关了又开开了又关,与他气定神闲的表情形成鲜明的反差。

"番茄酱那么浓稠,看起来怎么可能有血液的逼真度?"我有点不满地说,语气里也有点气急败坏。

"那你就当它是塔巴斯哥辣椒汁好了。"他一摊手,一副很无所谓的态度。

"这种事情不是我当它怎样就是怎样的好吗?"

我被电梯门的情绪也连带有些心烦意乱起来,于是赶紧把他往电梯里推。

"那它就是塔巴斯哥辣椒汁。"他忽然斩钉截铁起来,反倒让我有点不知所措。

电梯门缓慢地合上了,抢在声音被阻隔的前一刻,刘浪竟然又撂出一句话来:

"今天帮你开门这么麻烦,不如从我家打条通道到你家吧。"

然后门就关上了,电梯快乐地跳跃着显示屏上的楼层数字。

开什么玩笑?他当这是在玩地道战吗?

我莫名地出于泄愤的目的踹了电梯门一脚,想让它清醒过来。

显示屏上的数字停在了"7"的位置,我晓得刘浪回到家了。

但还有一个人没有回家,我下意识地深深叹了一口气。

黑框眼镜窝在我的沙发里。

土黄色的套头毛衣与火红色的绒布沙发完全不搭,像是两种被人拿刀抵喉咙强迫着混在一起的颜色,痛苦地在扭曲和呐喊。

黑框眼镜自己浑然不觉,兀自抓着塑胶人体解剖标本在看。

"我去给你开门。"我走向阳台,为了怕碍事而把外套脱了丢在一边。

"哦，请便。"

她如同梦游呓语一般模糊地吐字发音，显然没有把注意力分给我一点儿。

我耸了耸肩膀，打开窗户翻上栏杆。

她家的阳台离我家只有一米不到的距离，轻轻一跃就能过去，虽然危险系数很高，但难度系数却不大。

我从未透过阳台张望过她家的情况，更何况对于这个才刚刚搬来的邻居，我没有存过半点好奇。如今第一次要亲近这个隔壁的房间，心里竟有了点忐忑。

只是她阳台通向房间的窗户是关着的，罩有粉红色的厚重窗帘。依稀能看到窗帘是用了多年的，也许洗过多次，粉红色早已褪了鲜亮，布料上还滚着许多恶心的毛球。

"哎呀！"我故意装出失足摔落的声音，以博取她的关注。

"声音太假了。"她冰冷地回了我一句，语气里听不出任何感情的波动。

但她好像突然从梦中回过神来一样，紧接着就着慌地甩了一个问题给我：

"你在做什么？"

"帮你去开门呀。刚才不是说了吗。"

我欲跳未跳，双脚半蹲在栏杆上，靠双手左右抓着栏杆保持身体平衡，俨然蜘蛛侠电影海报上的造型，为此我竟平白地泛起了一丝得意的心情。

"不必了。"她手忙脚乱地站起来，却还不舍得把标本模型丢下，"我自己来就好。"

我狐疑地看着她，话音刚落她就已经冲到了我面前，手里依旧抓着标本。

"可是吃饭的时候你不是还让我帮你开门的吗？"

"现在我改变主意了。"她表情庄重而坚决。

我不是个爱揽麻烦的人，既然人家都这么要求了，我也没兴趣继续坚持我的立场。

更何况我的立场里从来都不包括半夜跳到女生家里帮她开门，尤其这个女生的外表就给我一种可能家里丢满了发黄的内衣等可怕景象的感觉。

"那，你自己小心点吧。"

我识趣地从栏杆上跳下来，竟然在落地的一瞬间从心头涌出一股从英雄变回平民的失落。

她左手抓上栏杆，忽然又转身冲我扬起右手："喏，这个可不可以送我？"

她指的是右手里攥着不放的微缩人体解剖标本模型。

虽然是出于征询主人意见的询问句式，可她的眼神凶狠得分明在表示出如果我不肯给她她就抱着模型一同坠楼玉石俱焚的威胁气势。

"它是你的了！"我忙不迭地要将她送出门，并且还在为她晚饭请客的事情有些耿耿于怀，便将装有香蕉的袋子又拿到她面前，"这些你带回去吃吧。"

她满是疑虑地看了我一眼，见我很坚决的样子，便从袋子里折了两根："这就够了，你更需要多吃一些……"

看来她也是个很固执的人，对于我身患便秘的事情坚信不移。

她把香蕉夹在左胳膊的腋下，右手将人体标本模型护在胸前，左手扶着窗台保持平衡，双脚已经蹲在栏杆上蓄势待发。

"你有个姐姐也住在这栋楼里吗？"明知不该在她出发前打扰她，可我终究败给了自己的好奇心。

"我只有一个哥哥,叫上天。"

她否定了我的猜想,并且又开始惯性思维地解说起名字来:"时尚的尚,摩利支天的天。"

说"天空的天"不就好了么——我在内心深处大翻白眼。

不过话又说回来,"尚蒂"和"尚天",他们家人还真是会起名字。

"所以你真的叫'尚蒂'?"我的心像在即将倾覆的"泰坦尼克号"上一样,逐渐滑落到了冰冷的海水里。

"我已经在你面前说过两次我的名字了。"

她微微有些不满,然后不再留给我任何发话的机会,便使尽力气纵身一跳。

"哎呀!"

她的力气用得太大,整个人几乎是扑进了她家的阳台里,脚还没来得及先落地就整个人面门朝下摔在了阳台地面上,扬起了一阵灰尘弥漫。

即便如此,我惶恐地看到了香蕉被压烂在她身体底下,可她竟来得及抢先把右手高举起来,让那个在我看来有些可怕的人体标本模型得以幸存无恙。

我赶紧把窗户关上,以免灰尘入侵到房间里。

不想再去目睹尚蒂如何收拾惨状——我想她本人大概也不愿意我继续观赏——我先是把房门锁好,然后才有点扫兴地开始收拾从昨晚凌乱到现在的厨房。

灶台上的番茄酱居然变得稀释了不少,明明刚才看的时候还是一摊一摊浓稠的样子,现在居然更像是可以随着微微倾斜的坡度而四处流淌的鲜红液体。

我越发觉得奇异,便又用手指蘸了一点儿送到嘴里,竟然是呛辣的!

月影人遮

青春散场,你若还在

我显然低估了刘浪的固执程度。

不晓得是不是现在的人在潜意识里对于某些事情都有着偏执情绪，就像我会固执地不吃脆骨也连带厌恶所有吃脆骨的女性，而尚蒂会只因为看到我拎着香蕉回家就固执地认为我有便秘一样，刘浪的固执虽然没有显山露水得那么迅速，却也在我与他"重逢"后的第五个早晨大动干戈地伸出了坚硬的犄角。

据说脾气最犟的牛，在使性子的时候会一头撞倒南山墙。

刘浪没有使性子，但他还是掀翻了我的屋顶。

星期五的早晨，我不是被闹钟吵醒的，而是被一阵崩塌的声音给惊醒的。

我通常用手机的定时功能取代闹钟的地位。

一是由于单纯的闹钟总是会被处于极度渴睡状态的我随手扔到墙角摔成粉身碎骨浑不怕的烈士。

二是即使换成铁皮闹钟，挨了我的临空一扔之后就算没有杀身成仁，至少也会瞬间沉寂下去给我充足的时间滋生睡过头上班迟到的温床。

换成手机后，我骨子里的抠门个性会让我在被手机闹铃吵醒的那一刻将"扔"的动作戛然停止在半空中。

而且我的手机通常能连续设定5个闹铃，每隔5分钟一个，无论是凭质量还是靠数量，铃海战术总能有效地把我顺利地从床上揪起来。

只是达尔文的进化论在我身上体现得太过迅速。

据说鲸鱼从陆地转向海洋花了一百万年的时间，而我仅仅用了半个月就适应了闹铃的循序渐进火力网：

从最初的第一次铃声响起就骤然清醒，到现在会迷迷糊糊地熬过前三遍铃响，直到第四遍铃声大作的时候才不情不愿地睁开眼睛——看来过不了多久，突破第五遍铃响也指日可待。

天花板传来碎石落地的声音，是在第二遍闹铃开始鸣唱的时候。

仔细分辨的话，从右上方头顶的位置还间歇地涌现出了电钻声，随着我意识的逐渐清醒而越发嘈杂起来。

我一度认为是哪个没公德心的楼上邻居在大清早搞装修，可我尚未来得及将一个脏字骂出口，一大块石板轰然落地，很清晰地砸在我书房的地板上。

这时候要不完全清醒也难，我当时的第一反应是："地震了！"

然而没道理我的床还稳如泰山地沉静在原处，更何况我床头柜上摆着的上周喝剩的半瓶可乐，也没有出现让人惊慌的晃动迹象。

于是我很诧异地从床上跳起来，无视手机的第三遍闹铃，径直冲到书房门口一窥究竟。

我的耳朵没有欺骗我。书房此刻灰土飞扬，呛得我连连咳嗽。

透过大量的飞尘看过去，一整块圆形的石板狠狠地砸在地上，碎成了三瓣，而原属于这块石板的天花板的位置上，很诡异地冒出了一个刚好能容纳一个成年人钻过的大洞。

我目瞪口呆地从那个大洞朝上望，瞄到了刘浪似笑非笑的脸。

"早上好啊。"

他冲我招了招手，当然他的双手还抱着依旧在旋转得让人心惊胆寒的钻头。

"看来我把通道开在书房是正确的，不然就会吵到你睡觉了。"

会在这么大的动静里还不被吵醒的，除了聋子就是死人。

但这都不是重点，我的心中此刻被愤怒、惊恐、诧异等多种复杂的情绪充斥得几乎要爆炸，然而更多的是被无可奈何所主导，只能又好气又好笑地看着他。

"你把这么没有技术含量的大洞称为'通道'？"

我憋了半天，只酝酿出这句连我自己都觉得算是苦中作乐的话来。

"还可以再竖根钢管什么的，方便爬上和滑下。"

他关闭了电钻的电源，使得周围一下子安静了下来。

我将溅到脚边的一块碎石凶狠地踢飞——砸中了我书柜的玻璃门，发出惊心动魄的碎裂声——然后努力让自己的表情看起来不那么狰狞：

"我并不想把我家的书房变成消防员的整备室。"

"那我可以考虑在滑下的过程中换换衣服，增添点情趣什么的。"他半正经半玩笑地说。

"我也对改造成光武的战斗服更衣通道没什么兴趣！"

我瞥了一眼书桌上摆着的笔记本电脑，还好为了通宵下载《银魂》，我将电脑挪到了书桌拐角的网线接口处，要不然肯定难逃被飞沙走石蹂躏的危险。

"比起这个来，我更好奇于你怎么摆平物业的？他们不会就这么纵容你私自改造房子的结构吧？"

尤其是将上下两层打通这么夸张的工程。

他居然干活干到口渴，跟我说了声"等一下"就跑走了，一分钟后抓着瓶宝矿力水特回来，拽着条毛巾边擦汗边喝。

"我去跟物业的负责人打过招呼了，他说只要我不声张，他也就当不知道这件事情——当然我还是有偷塞六千块钱给他。"

刘浪冲我笑嘻嘻地说道，临末还不忘补充一句，"比孟母还多三千哦！"

我对于他的幽默感比尚蒂的要高明并没有表示出多余的赞赏，反倒是手机的第五遍闹铃声提醒我差不多该准备洗漱出门了。

面对着既成的事实，我当下的唯一选择就是先结束对话，再抓紧时间去排便、刷牙、洗脸、换衣服，抢在七点过一刻前出门去赶地铁七点半的那一班车。

"你到底为什么要这么做？"

从他出现在我面前开始，我对于他就有太多的不了解不明白。

"因为我觉得是上帝让我这么做的。"他一副很严肃不像在说笑的样子，"而且你日后一定用得着它的。"

"唉？"我的目光不由自主地朝着隔壁的方向瞄。

刘浪用手往头顶指了指，告诉我他指的是信仰而不是邻居，随后就从一旁拖过一个看起来很像是人形石像的东西，罩在了大洞的上方。

"清扫的事情就拜托你了。"他抢在脸被完全挡住看不见之前喊道，"顺便一提，你的内裤都还满有品的——早晨的生理反应都很正常，看来你身体还算健康。"

洞口被严实地堵住了，我面对着书房里的满目疮痍，在一瞬间感到身心俱疲的同时，打了一个漫长的哈欠。

作为衍生物，就从眼角挤出了一滴泪来。

我现在的工作，是在一家月刊杂志社里当编辑。

编辑的工作，总是听起来比实际做起来要轻松。

在我真的当编辑之前，我以为所谓的"编辑"，只需要每个月把杂志所需要的内容安排给专门的作者去撰写，自己喝喝茶、翻翻书、上网聊聊天混日子，等到作者交稿的那一天再把所有的内容汇集起来，整理好交给排版人员就可以了。

但事实上，真正的编辑平时所要为杂志写的文字量，远远要大于对外约稿的作者所提供的量，而且从创意到命题到撰文到排版到校对全都事必躬亲。

因为时间总是很紧张,喝茶只能喝速溶的袋泡茶,翻书大多是为了考据某个资料而四处求助于工具书,聊天软件上永远挂"忙碌"——最多在临下班的时候冲着一帮友人群发一句"我快要死了呀"以泄愤。

所谓的"编",就是无论上司提出什么刁难的命题,都要有"胡编乱造"还能自圆其说的勇气与才能。

所谓的"辑",就是在截稿期间举凡有遇到拖稿的作者,不但要自己捉刀上马,还要有发动一切管道将该作者"通缉"到无所遁形的精力跟胆识。

在我的牢骚可以单独收录成一张"专辑"之前,我倒觉得"编辑"更应该改名叫作"编缉"才对。

每到杂志临出刊前,身为编辑的我都会忙碌到无法用地球上任何一个词语能贴切修饰的地步。

硬要做类比的话,我也只能本分地说绝对不比过年前的屠宰场来得清闲。

这么个比喻其实很不恰当,因为屠宰场针对的是猪、服务的是人,而杂志社针对的是人、服务的还是人。

虽然双方最终的收入差不了多少,但是我还是能够骄傲地觉得自己是比屠夫高一个水平的工种。

直到我后来知道有一个北京大学的学生毕业之后做了屠夫,我才有些惭愧地反应过来现在大学学历的普遍——这还不包括后来我去北大参观时,得知北大食堂的某厨师连托福的证书都轻松拿下了,愣是惊出了我这个大学英语科目满分的高才生满脊梁的冷汗。

下班的时候,头脑有些昏昏沉沉的,早上起来被刘浪突如其来的惊吓，就已经弄得我神经有些过于紧张，再加上一整天的工作都是在不停地写专题稿和校对已完成的文章，看了太多字导致眼前什么东西都模糊不清。

我承认即使做了很久的编辑工作，我对于"编辑"的幻想至今都没有停止过。

在我渴望着的境界里，无非是按时将别人交上来的稿子整理出先后顺序，接着从网上搜索些可以用的图片，然后一起丢给美编由他们自己去安排设置版面，让校对的纠正过错字之后就能万事大吉等着到月底领薪水了。

这种基本上类似于饭来张口衣来伸手的生活，就是我一直憧憬着的"白领式小资人生"——从某种意义上来说，这种不用太过辛苦的工作状态下的薪水，还真有点"白领"的意思。

虽然实际上真要实现的话，也就是每个月都波澜不惊、清闲安详地数着朝九晚五，踩点上下班，从周一到周五，期待着双休和节假日，每个月唯一能感到有点刺激的事情也只剩下月底从薪水袋里清点这个月的钞票是不是多了一张或者少了一张……

听起来是有点无聊，但对于我这个以"蛀虫"为最高目标的人来说，一切都美妙得不可言语。

可我现在走在前往地铁站的路上，完全没有半点身为"蛀虫"的快感，倒是仿佛啄木鸟生平第一次凿完树洞般有些轻微的脑震荡。

好在出公司前稍稍在位子上逗留了将近一个小时——我始终觉得下班后在办公室扮勤奋是能够给上司留下好印象最直接的办法——到地铁站的时间是六点五十分，已经过了下班的高峰期，侥幸地在登上车的时候发现有一个座位。

暗自窃喜着自己的幸运，却还得摆出副不动声色的表情，沉重镇定地走向空位，因为我始终认为疯抢座位是一件极不文雅的事情。

当然，我曾在地铁里大嚼韭菜鸡蛋馅饼并因为强烈的声音和气味惹得无数人怒目相瞪前，我并不知道在地铁这种人挨人却毫无交情可言的公众场合是需要注意那么多细节的。

他家明明就是有电视，可他每天晚上还是非得来我家蹭电视看。

我有些怀疑他是为了省自家的电费，然而他又不是真的为了看电视而来——每次都是我在百无聊赖地把频道换了一遍又一遍，他自己坐在一旁专心致志地看他带来的报纸，偶尔会被电视节目的声音吸引，抬起头来瞄上两眼。

当时我在看一档旅游节目，刘浪的惊呼来自于对女主持人身材的目测评定。

"这个很正！"

"你是说林志玲吗？她是现在最火的模特兼主持人哦！"

"为什么要来主持旅游节目呢？可惜……"刘浪摇摇头，带着一副暴殄天物的遗憾表情出门回他自己家。

难道说旅游节目是很没有品位的吗？尽管不明白刘浪摇头叹息的意思，但我还是贪婪地多看一眼女主持人的酒窝之后换台改看时事新闻，结果却在伊拉克的最新冲突报道中睡倒在沙发里。

由此可见我并不适合转行从政。

我已经踏踏实实地走到了空位面前，车厢里站着的乘客似乎也没有老弱病残孕等需要让座的特例，我几乎可以确定在接下来的四站中我将以坐着的方式度过了。

我转身把臀部对准座位，就像进停车位需要倒车一样需要仔细地目测大致距离，等我没有任何风险地坐下时，还是听到了微弱的倒吸一口冷气的声音。

这种声音是相当扫兴的，好像开着一辆刚买的宝马倒车进停车位，正准备长舒一口气打算如释重负地熄火时，却听见车尾撞到了墙壁的声音。

明明是计算精确以为没有失误的，可不菲的修车费用和新车破损的怨气还是幽灵般不期而遇，那种洞房花烛夜却发现新娘在星巴克与别的男人喝咖啡聊哲学的感觉总是一样的窝囊，而为了表现绅士风度还要为新娘买单则更让不爽的情绪飙升到了极点。

那声抽冷气的声音立刻引起了我的不满，但是在下坐的惯性运动中，我的臀部并不具备完善的刹车装置，直到抽冷气的尾音结束，我也如愿以偿地坐在了座位上。

立刻有一种温热的呵护感透过牛仔裤包围着我的下半身，但我的心瞬间进入了冰河时代。

这种感觉很容易理解，就像小时候睡觉难免尿床：尿出来的一刹那是十分爽快的，突然温热的包围感也相当令人回味，但紧接着液体的冷却和妈妈的训斥始终是儿时记忆里很不愉快的一部分。

有什么东西源源不断地涌出来，抽冷气声还余音绕梁，那"韩娥"又惊叫起来。

"我的皮蛋瘦肉粥……"

古人云："韩娥歌唱，三日绕梁而不绝。"

抽冷气声未落，惊叫声又起，这神乎其技的发声理应值得我拍掌称绝。

但，如今的时间和地点都是不合宜的。

如果是早饭时间在豆浆店，我会很乐意听见服务生说类似的话，但在地铁里听见这句很不合时宜的话时，我立刻就有了种不祥的预感。

我反射性地跳起来，很不意外地在座位上发现不知什么时候多了一只塑料袋，并有白色黏稠的半流质物体从袋子里倾泻出来，还隐隐地散着热气。

我不禁要佩服那个"韩娥"的眼疾手快了。

从我走到位子前转身，到臀部完成着陆的整个过程所花费的时间不到两秒钟，能在这么一眨眼的工夫里将装有粥的塑料袋放置在座位上，这种见缝插针的深厚功力的确不是一般人可以做到的。

我来不及细看那"韩娥"的长相，低头就发现自己的裤裆处黏糊糊的全是米与水的混合物，并不断有滴落的惊心动魄。

瞬间以我和塑料袋为中心，半径两米的一个圆形区域内的乘客全闪到了一旁，车厢一下子感觉空荡了许多。

"先生，我的晚餐好像被您先享用了……"

"韩娥"先发制人，转眼间完成了到窦娥的转型，语气平静得很，可沉冤待雪的伏笔却一字一句砸得人耳膜震痛。

她的话似乎还有些骂人何需用脏字的味道，我从口袋里摸出两张上厕所时剩余的纸，由于位置比较尴尬，我只好草草地擦了擦，但裤子底下伴着葱花的咸味让我有些恼火。

为了加速风干的过程，我只好分开双腿，两脚间距极大地站着任其晾干。

"窦娥"反倒很有耐心地从皮包里抽出大量卫生纸，很仔细地将座位擦干净。

"小姐，好像是你先把东西放在位子上的，但这个位子明明是我先发现并坐下的啊……"

我有些不能接受她向周围的空气散播六月飞雪的冤屈气息，赶紧冲她吆喝着事实的真相，为了配合不雅观的站姿，我只好双手叉在腰间，反倒与骂街的泼妇极为神似。

"窦娥"不紧不慢地转过身来,将用完的卫生纸丢进盛粥的塑料袋中扎紧系好。这时车到了安定门站,车门刚开就被蜂拥进来的乘客再次填满了车厢的所有空隙。

大概是看到之前的乘客都不敢坐的缘故,散发着皮蛋瘦肉气息的座位还是没人理会——期间倒是有个男子不介意座位上曾发生过什么事,可惜他的臀围整整大我一倍,在努力了几次之后只得无奈地放弃。

我这才看清"窦娥"的脸,因为我无法不看清楚,越来越多的乘客几乎要把我俩面靠面的挤贴在一起。

其实这么说也不准确,她的身高只及我的脖子,真要是贴在一起的话,也只能是她将脸贴在我胸间,听起来有些暧昧。

"你今晚又得请我吃饭了⋯⋯""窦娥"叹了口气。

我无奈地陪着她一起叹气,遇见熟人是解决这种事故最无聊而且悲哀的方式。

好了,不用再以借代的手法来描述那么累了,尚蒂很努力地一手抓着扶手,另一只手不时地将快要滑落的黑框眼镜扶端正,极力保持着与我的身体间用肉眼很难分辨的空隙。

凌晨一点钟的时候,肚子开始不争气地叫起来。

那时我正在网络游戏里与一头牛怪搏斗,胃里饥饿感的强烈波动令我有些难过地俯身在桌上挣扎了三秒钟,再起身盯着屏幕就发现自己已经惨叫一声倒在草丛里了。

晚饭是用泡面解决的,而且还是从刘浪手上夺下的半碗面——早上挖好的"通道"立刻就派上了用场,我到家的时候正看到他坐在我的沙发上边看报纸边吃面,电视被打开了,他极少抬头去看,让我不懂他的动机何在。

吃面吃到一半他就突然喊着肚子疼直奔厕所，尽管会让人对面的安全程度产生怀疑，但当时饥饿得差点要把窗台那盆仙人掌吞下去的我，还是对碗里的荷包蛋产生了浓郁的兴趣。

尚蒂并没有真的让我请客吃饭。

路过那天吃晚饭的东北菜馆时，她没什么胃口的样子径自先走开了。不管她是没食欲还是忘记了要我请客这件事，总之我很自私地没有提醒她只言片语，很懂得沉默是金地尾随她到了家门口。

我先比尚蒂打开家门，便一脸木然地盯着刘浪发呆。他没有在意于我的回来，突然被什么所吸引，盯着电视流露出的让我有点吃惊的痴迷表情。

在看到我跟尚蒂同时到家的时候，他的痴迷稍稍匀了一丝好奇给我们。

他含着一口面，嗫了嗫嘴唇，我明白他的意思，他是在问："你们？"

"我们在地铁上偶然遇到，就一起回来了。"尚蒂似乎很清楚他的暗语，反倒抢在我前面回答。

他又用筷子指了指我的裤子，意思是："裤子？"

尚蒂又张口了，脆生生地蹦出两个词组："皮蛋、瘦肉。"

她的发音很标准，不是京片子的那种奇特韵味，而是普通话规定的字正腔圆。但这几个字的发音标准反而给了我一种胃出血的内伤感。

尚蒂大大方方地开门并走回自己的家，还不忘将房门轻轻地关起来，留下我这边满客厅的羞愤欲绝。

"皮蛋……"刘浪用嚼着面含糊不清的声音重复了一个单词，然后不经意地瞄了一眼我的裤子。

"瘦肉……"他又意犹未尽地重复了一个单词，然后又很不经意地再次瞄了一眼我的裤子。

"不是你想的那样啦!"我很努力地克制住自己,声音趋于镇定,不要有任何破音的不绅士举动出现。

"很正!"他猛地站起身,将面碗递到我手上,然后稳重地拍拍我的肩膀,接着就风一般地消失在厕所的门后。

我不知道他的那句"很正"是在指代什么,电视屏幕上跳跃的是某个"很可惜"的旅游节目,所以我无法确定刘浪是在针对林志玲还是在针对我的裤子。

那半碗面显然不能满足我的胃对于食物的旺盛需求,在玩了近半宿的《奇迹》之后,我决定先休息一会儿,走出房间寻找食物。

顺便也稍微遗忘一下同样在这个游戏里做买卖的刘浪,在看到我被牛怪砍挂时的无情讥讽。

"你怎么下线了?"

书房天花板上的洞又打开了,探下来一张好像不晓得疲倦是何物的脸。

"我饿。"大半夜的突然从头顶浮现出一张人脸,是个正常人都不会觉得心情太好。

"你晚上不是有吃面吗?"他端着一个很大的搪瓷杯,津津有味地不知道在喝什么。

"就吃你剩的半碗面,怎么可能会吃饱。"我没好气地回答他。

刘浪没再搭腔了,而是丢了两小袋东西下来,就把头缩了回去,接着洞口再次被雕像封住,又是一阵重物被推动的声音。

我拣起来一看,是两袋芝麻糊。

绕过客厅中间的有机玻璃茶几,我拉了厨房门口的冰箱,结果失望地发现除了上个月就已经干瘪的空心菜之外，什么吃的都没有。

我暗下决心明天一定得给冰箱里补充些干粮，一边抱着侥幸的心理又捏了捏空心菜，在确定连驴都不会有兴趣之后，无限唏嘘地关上了冰箱的门。

既然没有吃的，只好去饮水机倒点开水，捏着刘浪的"馈赠"，多少还是能有点踏实感，冲调了端到卧室阳台上，在看夜景的时候喝上一杯，聊胜于无。

连喝芝麻糊的同时都要欣赏夜景，我还真是很会为自己营造浪漫。

去把阳台上的窗帘拉开的时候，不自觉地往隔壁的方向瞥了一眼。

尚蒂从傍晚回来进家后就似乎没再出去过，不知道她晚饭是不是自己做了吃的——只是没听到有炒菜做饭的声音。

不晓得是这栋公寓楼的隔音效果太好，还是她根本私底下就是个很安静的人，我极少听得到从隔壁传来什么动静。

从她阳台那边望过去，她的卧室没有开灯，一片漆黑，而且有粉红的厚窗帘罩着，连月光也不可能"入侵"进去，令她的房间黑得足够彻底。

只是阳台上的窗户竟然是敞开着的，卧室通往阳台的门也同样是开着的。

夜风偶尔经过，那窗帘便是一阵轻微的摇摆，像是死水面上浮动的涟漪。

我吞了一口唾沫，小心翼翼地想伸脑袋看看房间里的情况，但理智劝阻了我，我停下了前进的脚步。

"她在搞什么鬼？"我明明没有张口，心里的声音却从脑后响了起来。

我吓了一跳转过身来，硬生生地将"鬼啊"两个字梗在喉咙里。

"你是想这么说的，是吧？"尚蒂坐在窗口，面无表情。

我是知道她平日也不怎么笑的，关键在于她这个"面无表情"出现在半夜里，就很不符合场景和气氛。

说她坐在窗口也不完全准确。

我们两家的阳台都是半封闭式的，在她阳台西边的位置上还有一个向外凸出去的悬窗，窗外有一个可以站一个人大小的露台。

她就坐在窗户的棂上，一只腿翘在窗台，一只腿挂在窗外，身上的衣服也是傍晚见到她时的那套。由于被一根装饰了古罗马风格浮雕的石柱挡住，刚才我并没有发现她就坐在那里。

"你在那里干什么啊？玩贞子COSPLAY（指利用服装、饰品、道具以及化妆来扮演动漫作品、游戏中的角色）游戏吗？"

月光淡淡地洒在她身上，她冲我扬了扬嘴角，勉强算是个笑容："房间里空气不好，想出来透透气。"

"哦，太晚了，而且外面有点凉，早点睡吧。"

我努力装出打呵欠很困的样子，从阳台窗口缩回来往自己房间走，想立刻结束对话。

凌晨时分，孤男寡女瞎聊天绝对不是什么值得高兴的事情。

她从窗台上跳下来——当然是跳回房间里——人看起来却没有往床上扑的意思。

"你去哪里？"我不是关心她，而是出于义务随口地一问。

"去晒月亮……有兴趣陪我同往吗？"她又笑了一下，不过这次没有勉强的感觉。

我刚想说"不必了，你自己享受"这样的客套话，她却真的穿过了卧室，接着便隐约听到她打开了屋门的声音，像是走了出去。

虽然我真的很想赶紧去跟芝麻糊亲热一番，但又觉得凌晨1点让一个女孩在大街上闲逛是件很不人道的事情。

于是我硬着头皮拿了件外套穿上，赶紧追出门去。

尚蒂已经乘电梯先下楼了，我连忙再把电梯叫上来——这个时候我才突然想到：把这件事丢给总是神出鬼没的刘浪来处理岂不是更好？

可惜电梯门开的时候，尚蒂已经在那里等着了，并对我追赶出来的行为并不感到惊讶。

"走吧。"她淡淡地说，声音却似乎是笑着的。

虽然同样是"晒"，但是"晒"月亮和晒太阳根本就是完全不同的两种概念。

如果是在夏威夷的海滩上，一切与"晒"字扯上关系的事情都具有强烈的挑逗意味。

防晒油、高叉泳装和金发女郎……这种从20世纪60年代起就广为流传的视觉享受，直到今天也丝毫没有褪色的迹象。

问题是，现在我是走在北京的大街上，是凌晨时分而不是在阳光灿烂的下午三点钟，冷冷清清的，除了偶尔从身边掠过的空驶出租车之外，基本没什么人影出现在街头巷角——会有人影晃动那才奇怪呢！我嘟囔着，极不情愿地跟在尚蒂身后小步跑着。

尚蒂似乎很喜欢被月光笼罩的感觉，竟然踏上了人行天桥，头也不回地径直往桥中走。

因为是高处的缘故，夜风比刚才更强烈。

倘若是在女生全民总动员穿裙子的夏天，我会很乐意风的级数在不吹倒房子的前提下不断升高。

然而假设始终只是假设，我禁不住打了个喷嚏。

北京到处都是柏油路，白天被日光照着，温度可以升得很快，到了晚上降温速度也很惊人。来得快去得也快，这种颇似上司表情的更替给人一种极不亲切的吝啬感。

好在喷嚏的声音终于还是惊动了尚蒂，她不再自顾自走得开心，而是停下了脚步，转身冲我略带抱歉地轻微撇了撇嘴角。

"那个……让你受冻了……"

她有些不好意思地用手指绞了绞衣服，脸上还是很难辨认出是在展现什么样的表情。

这种近似于马后炮的道歉，让我有些怀疑她之前是不是卖羊的。

亡羊补牢的做法并不能让我真正平息隐隐升起的怒火，不过她穿得比我还少的样子，我反而不太好意思借着气温来要挟她。

我房间的空调还是从之前的公寓带过来的，我自己掏腰包买的20世纪的三包产品：那该死的不知名制造商在保修卡上写明了"七天包换，三年保修"。

乍看上去与其他的品牌产品毫无两样，但没天良的就在于"七天"两个字前面还有一句细小的额外限定："限本世纪内"。

于是1999年12月买的空调，到了2001年1月就宣告罢工，结果我愤然去找厂商修理，却被一句"过了保修期一个世纪"为理由无情地驳回。

至今该空调制热功能奇好，用来蒸个把鸡蛋都没问题，可夏天也仍然会保持在35℃以上，令人郁闷至极。

在北京的下一个夏天到来之前，一定要攒够买新空调的钱——我心里暗下决心。

"这么晚了出来晒月亮,难道要比跟柔软的床缠绵更令人愉悦吗?"

她又爬上了天桥的护拦,让我跟着慌张起来。

"你知道北京一天里什么时间是最美的吗?"

她没有理会我的冷嘲,而是开开心心地坐在了栏杆上,两只脚开始无规律地摇动着。

虽然我是从文科毕业的,但我还是承认我的抽象思维能力实在是有点贫瘠。

徐志摩可以形容女生低头如同"水莲花不胜凉风"般的娇羞,而我即使搜刮完肠子里所有的存货,也形容不出女生害羞的表情。

就像此刻尚蒂突然问我城市美丽与否的问题,我瞠目结舌地有些跟不上她的思路。

"呃……应该是下午五点的时候吧……"我考虑了片刻才认真地回答她。

"为什么?"她很惊讶地反问我原因。

"因为那是学校放学和公司下班的时间,可以看到有很多女高中生和女上班族在大街小巷走来走去,感觉还蛮不错的——尤其是外国语学院附近哦!"

她像洗澡时发现浴缸里飘着只蟑螂一般惊愕地看着我,大概是觉得我的答案不太像是正常人的念头。顿了大约两分钟,她才又开口:

"北京最美的时候是在十五分钟之后……"

我下意识地看了看表,再有十五分钟就到凌晨两点了。

可是,我想我不太会觉得这个时间段的城市有着迷人的风韵。

一是因为我在昨天见到楼下年逾花甲的阿婆改穿高叉低胸旗袍时,都没有觉得能用"风韵犹存"或"半老徐娘"这样的词语来形容,而是及时地反馈给她"你的旗袍后背没有缝合"的重要信息,结果被她一阵猛瞪:"这是时髦!土包子!"。

二是凌晨两点一般是我第一个梦已经结束,半睡半醒去厨房喝杯水然后接着做第二个梦的过渡时间。

我从来不会去留心城市高楼大厦的哪一根钢管哪一块水泥比较漂亮。在我眼中,所谓的城市,只不过是一个允许混凝土建筑物占满既定空间的地方而已——没有冷暖,没有喜怒,自然也没有美丑。

不过我还是决定安安静静地等上十五分钟,毕竟她没有利用女孩子的身份任性地要求我陪她散步一个小时,就已经很人道主义了,我不断地在自我反省没有多穿一件衣服出来。

她也不再说话,很悠闲地坐在栏杆上,一点儿都没有担心过自己会不会不小心掉下去摔个粉碎。

从这点上来看,我理所当然要比她紧张:无论是她摔死致使我成为作案嫌疑人,还是她没有摔死反而连累我要照顾她终生,都不是什么值得高兴的事情。

况且,我也不认为她说十五分钟后北京会很美,是由于她打算纵身一跳造就瞬间璀璨的缘故。

死人就是死人,不论何种姿态,都不能算好看。

最近看了很多集的《X档案》,经常会独自想些很倒胃口的事情。

凌晨两点的时候,我开始面部僵硬表情、紧张地盯着尚蒂看——我没有去考虑会不会与她说的时间存在时差的问题,她说两点就一定是现在的这个时刻。因为我人在北京,所以这里就是北京时间——我很自以为然地想。

尚蒂稳稳地坐在护拦上,既没有跳回来的意思,也没有跳下桥的迹象。

她没有看表，却仿佛知道具体的时间一般，很专注地盯着桥下的街道看。

那是一条相当宽阔的马路，东西向的，长得看不见南北端。

由于是处在一天中最寂静和最熟睡的时刻，除了偶尔会看见运送货物的大型长途卡车无视交通灯的警示一路飞奔之外，这条马路上就什么都没有了。

相较于白天的忙碌和拥堵，眼前的空旷几乎要让人很难相信这会是北京的交通要道。

我每天上下班都会经过这座人行天桥，也会不时地转头看一眼这条马路。

可无论何时，它留给我的印象都是半天也不挪动的堵塞车队，以及等得不耐烦开始破口大骂的中年司机。

现在看这条路，有些陌生，也清冷通畅得出乎我的意料。

"来了……"尚蒂冷不丁地冒出两个字，成功地把陷入意识世界的我拉回人间，"快看！"

我虽然不知道她是在说什么来了，但我肯定至少不会是《康熙来了》。

见她目不转睛地沿着马路的纵向一直盯着看，我也只好探身努力捕捉她视线的聚焦点。

凌晨两点零五秒的时候，我和尚蒂的眼前出现了奇妙的景象。

仔细看的话，这条路不仅宽阔漫长，而且还被整齐的路灯包围。

由于位置并不是在靠近市区的地方，道路两旁大多还是零碎的没有完成改建的砖瓦矮房，看上去黯淡许多，反而衬托得马路在黑夜中光鲜亮丽。

还有个有趣的地方就是，这条路上很少有人行过街天桥，反而是每隔两百米左右一个交通灯,也因此遭到无数出租车司机咬牙切齿的怨恨。

刘浪曾在某次夜晚外出谈生意归来的路上告诉我,大概是因为造桥价格太高的缘故,相关部门觉得不如安装交通灯经济又实惠。

原来讨价还价和货比三家的不止是在菜市场上,交通部门也是一样在开支上精打细算。

我从刘浪的教导中悟出了这个道理。

该部门主管也一定是个女的……

刘浪在启发完我之后,又意味深长地替我填补上更深层的寓意。

没有人比家庭主妇更清楚哪家卖的水萝卜更脆更便宜。这是真理。

不知道是不是错觉,我突然觉得道路两旁的路灯更加明亮,四周的一片沉寂和完全漆黑,将马路本身铺衬得分外耀眼夺目,仿佛是条光带一直拉伸到无法触及的远方。

这时整条路上的交通灯都开始闪烁起来——先是绿灯间歇性地忽明忽暗,接着整齐划一地同步跳跃至黄灯——按照直线排列的所有交通灯都是同一时间同一步调分秒不差地运作着。

因为灯的数量众多,放眼望去满是眨眼的绿色星辰,三四秒后又立刻跳为暧昧的黄色,干脆利落毫不拖泥带水。

半空的月亮今天特别关照般分外皎洁,银色的光亮将深蓝色天鹅绒的天空映照得仿佛蒙了层薄雾轻纱。

对比着天空的梦幻,地面的瑰丽也不遑多让,相映成趣的感官享受,的确不是白日乌烟瘴气的都市印象所能比拟的。

这样奇妙的景象一直持续到满街妒忌的红眼睁开,才暂时宣告结束。

"很感动吧?"尚蒂仿佛一直在屏住呼吸似的,骤然松了口气开始大口喘息，"那种全世界同步心跳的感觉只有这个时候才能见得到！"

我承认她的形容词有些夸张，但我也承认这短短的几秒钟确实充满了感染每一个人的视觉魔力——跟尚蒂一样，刚才我也忘了正常的呼吸频率，只好现在补救似的急促给肺部供氧。

"等交通灯再完成一个由红转绿复又由绿跳红的轮回时，那景象不是又会重现了吗？"我舔了舔发干的嘴唇问她。

她又开始漫不经心地摆着双腿，好像认真地思考了大约3秒钟才回答我：

"我自己也不明白什么缘故，但其他时间的交通灯并不是遵循着相同步调更替指示灯的，只有在每天的这个时间点上，才能碰巧出现整条直线的交通灯一起闪烁的景象——也许我不是交警，所以我并不明白其中的奥秘吧……"

看来她三更半夜跑到这里来看灯不是一次两次的事了，其实我更想告诉她：即使是交警也未必会知道这个秘密。

正常人绝对不会做出凌晨两点坐在人行天桥的护栏上晒月亮这样听起来就很白痴的行为。

果然，在新的一轮交通灯由红变绿之后，马路的颜色复归缤纷迷离：乱了颜色，也乱了心情。

尚蒂很满足地嘴角上扬，露出了一个大概是笑容的表情。

由于我是站在她身后的，我只能瞥见她的半侧面，所以只能用"大概"这个含糊不清的词来推测此刻她的心情。

尽管几秒钟的时间内，深夜的北京已经完成了从美妙到平常的转变，她依然没有想走的意思，坐在原处自得其乐地闭起了眼睛。

如果那样也能睡着的话，我倒真佩服她不输给小龙女的平衡功力。

因为刚刚聚精会神地在欣赏美景，一时竟将身体被夜风吹得冰冷的事情抛到了脑后，回过神的时候反而觉得连骨头都要僵掉了。

然而尚蒂就像是久睡寒玉床一样，半点也没有被夜风吹到发抖的迹象。

我不确定她是真的想闭目养神，还是在刚了却人生最后一件心愿之后就修成了正果——我没有去打扰她，而是抿起嘴巴从侧面悄悄地打量她。

她没有再戴黑框眼镜出来，头发也不再乱蓬蓬的，虽然没有抹口红，可是嘴唇却饱满而丰润。由于闭起了眼睛，平时面对我时那种介乎于呆和傻之间的眼神，也就相应地被隐藏了起来。

她的衣服还是傍晚的那一套，但一摘掉了眼镜和顺直了头发，整个人也就鲜活了起来，当然还不至于到"美艳动人"的地步，至少如果在路上与现在这样的她擦肩而过，也会忍不住要回头多看几眼。

我至今还无法接受曾在电梯里遇到的那个时髦女郎，与黑框眼镜黄套头毛衣竟然是同一个人的事实。

我没有问过尚蒂她之所以会呈现两种极端形象的原因——我和她还只是邻居，没有熟络到会促膝谈心的地步。更何况，我跟每一任的邻居从来都没有真正地有过交情。

"你在看什么？"

尚蒂冷不丁地冒出一句问话来。我吓了一跳，把目光从她的胸前挪开，却发现她的眼睛并没有睁开。

"你胸前口袋别着的那支钢笔可不可以借我看一下？"我回答道。

"做什么？"她的眉头微微皱起来，眼皮懒得动似的，依旧紧紧地闭着。

"我想研究一下它是不是件魔法道具，比如举着它大喊声'月能显威力'之类的咒语，就能变身成另一个形象的魔力超人。"

她微张开嘴，露出一副错愕的表情，半天才淡淡地一笑："不要无聊。"

第一次发现她轻笑起来的样子还是满动人的，带着点草莓味酸奶的清新感。尤其是在目前这种寒风送冷的环境里，还是瓶冰镇的草莓酸奶。

用我的无聊，交换她有价值的一笑，怎么看都是件我盈利的好买卖。

"你又在这里晒月亮了！怎么还不回家暖被窝去啊？"

我张口结舌地呆在当场——我虽然是准备开口劝尚蒂回去的，但我确定自己并没有真的用声带震动发出任何一句人类才有的声音，可那句字正腔圆的普通话的的确确是在耳边响起的。

尚蒂没有表示出惊讶之色，她连头都懒得转的样子，眼睛还是闭着的，嘴唇微微地张开，吐出了两个完整的句子，可见她并不是借假寐的方式在修炼古墓派武功：

"哲二，你不也总是直到快天亮才玩尽兴回家的吗？没什么资格来说我吧？"

一个穿着白衬衫牛仔裤的男孩子站在离我跟尚蒂不远的地方，他不屑掩饰自己情绪，放肆笑着。

说他"放肆"只是单纯地说他的笑容很放松，丝毫没有故作矜持谦逊的虚假矫情，给人的第一印象十分爽朗亲切。

虽然是男孩子，可是他很古怪地在脸上扑了一层粉——不是很做作的扑粉，更像是在修饰脸上的毛孔一样，轻描淡写地沿着五官的轮廓盖了一层淡粉。

我极少见过有男生可以化妆化得如此巧妙，添了几许精致的感觉，又不会让别人觉得讨厌。

他的头发不短也不长,额前留有刘海儿,不过并不像漫画里常有的会盖住眼睛的那种夸张状态,几许热气从他的头顶袅袅散出,似乎是刚尽兴地运动过一样,在寒风里显得尤为瞩目。

他的个头算高挑,身材结实而匀称,白衬衫被他随性地撕扯开,纽扣只有倒数几颗还尽职地留守岗位,其余的就好像约好了一起私奔一样,只在原本的位置残存有像被扯断的线。

他的牛仔裤是超低腰的,隐隐露着衬衫无法遮盖的健美腹肌。右腿膝盖以下的部位似乎被他用白色油漆刻意泼过,有种凌乱兼具抽象的美感。

"喂,你好像打量我蛮久的嘛……"

被尚蒂称为"哲二"的男孩子一点儿都不介意我的视线在他身上游走,变本加厉地又靠近我一些,好让我能看得更清楚。

我反应过来这样毫不避讳地盯着一个陌生人看是件极不礼貌的事情,赶紧收回目光,企图用打哈哈的笑容将自己的尴尬蒙混过去。

尚蒂终于有所动作了,她恋恋不舍地从护栏上跳下——当然是跳回桥里——然后直接把注意力放在了那男孩身上。

"有酒精的味道……哲二,你今天又喝酒了?"

尚蒂右手轻轻地在鼻子前扇了扇,显出不太喜欢酒的样子。

"两瓶啤酒而已,这点味道都被你闻到了?"

被唤作哲二的男孩看上去饶有兴致的样子,不时地将目光在我和尚蒂身上轮流停留:"这是你新认识的男朋友吗?看上去有些呆呆废废的耶……"

我其实并不在意我被他说成是尚蒂的男朋友,但我很在意他说我个人十分满意的外表看起来又呆又废。

"不是……"尚蒂话说得有气无力,脸上始终没有表现出大的情绪波动，"住在隔壁的邻居罢了，人倒是很实在，不过有时的确有些呆……"

我很清楚尚蒂的思维属于不会拐弯的类型，这么明目张胆当着我的面说我的坏话，脸红的那个竟然还是我。

"裴哲——我的朋友。"尚蒂言简意赅地将对方介绍给我认识，比二流婚姻介绍所还要不敬业。

我的嘴角抽搐了一下。我明明记得刚刚尚蒂喊他的时候，是叫"哲二"的。

"小蒂有事没事就爱在别人都睡的时候跑到这里瞎转悠，要是哪天吓到夜游的路人，看你怎么办！"

看得出来裴哲与尚蒂的关系似乎不错，奇怪的是我怎么从没见过裴哲去找过尚蒂。

另外，"小蒂"这个外号，让我在凌晨两点多突然有了种浑身无力的感觉。

"看到哲二的时候，我就知道时间真的不早了，不赶紧回家睡觉的话很快就天亮了。"

尚蒂说完就立刻转身，毫无预警，当真开始往回走。

"喂，别把我看成是报晓的公鸡，我也是偶尔回来得比较晚罢了……还有一点我得声明：我饿了！"

裴哲不打算随便就放尚蒂走，他轻跑两步就挡在了她面前，显示出了腿长的优越性。

裴哲这一提醒，我马上想到了我那包还在房间里做暖身运动的芝麻糊，寒冷伴着复又袭来的饥饿感瞬间笼罩了全身。

"这么说的话，我也有点饿了……"

尚蒂也不继续前进了，花了不到两秒钟的时间去思考，然后给了我们一个听上去还不错的建议："附近就有7-11便利店，那里的关东煮做得很好吃。"

事实证明，尚蒂对于距离的远近也是没什么概念的：她的一个"附近"，结果是害我们三个人徒步走了差不多四十分钟，肇事者反而没什么内疚感地连大气都不喘。

关东煮在7-11被叫作"好炖"，清汤清水的看着很是赏心悦目，吃起来味道也不错。

汤其实是熬了很久的上鲜高汤，海鲜的选材也足够新鲜——比芝麻糊豪华了不知多少倍。

只是我们三个人的吃相并不怎么豪华。7-11的关东煮是外卖性质的，不允许堂食，惹得裴哲一度小小的不满。

"美女，就借你的大腿给我坐一下如何？"

他竟公然对帮他盛汤的女店员调情。

"先生，我们店里并没有提供这种服务。"

那女店员明明就在盛着滚烫的汤，但语气却是冻死人的寒冷，眼神中更是一副慷慨就义、死不妥协的大义凛然。

"切！"裴哲扫兴地用鼻子哼了一声，溜眼瞄她胸前的工作牌：向贞德。

这不能怪店员过于死板，如果连便利店也改成快餐店的话，我反而觉得是件很滑稽的事情。

接过店员用一次性便当盒分装的关东煮，裴哲又开始抱怨说他晚上走了太多的路，实在不愿意再走回家享用夜宵。

尚蒂倒也没觉得他的话有什么不妥，于是我们三人便遵循裴哲的提议，蹲在7-11的大门口，不顾形象地大吃大喝起来。

幸好这个时候已经没什么顾客光临，喜欢夜生活的年轻人大多会在两点半左右跑来找东西吃，现在是三点十分，我们绝对是最晚的一波未归家者。

我也的确有点累了，先是陪尚蒂看夜景，后是徒步走出几公里的路找东西吃，明明就还有裴哲这么一个大男生站在中立立场上，但只凭尚蒂这一个女孩子，没怎么使花招就让我从身到心感到疲劳，可见我在对付女生方面着实缺乏实战经验。

我也不认为刘浪在这方面会比我强。

他在网络里扮人妖很成功，最多说明他有着对女生的细腻观察，那不过是偷窥狂的表现——在我书房天花板上开洞，我也不确定他是不是又打算接下来偷窥我——自我封闭的他大概是没什么出去找女孩锻炼升级的机会。

在白天，让我蹲在便利店门口吃含有汤水的食物，绝对是杀了我也不做的事情，我总觉得那会是陕西一带才有的吃饭习惯。

为了表明我绝不是陕西人，也为了证明地域性差别很大，我固执地在裴哲的注视下，以电视剧中男子求婚的单膝跪地方式蹲下，优雅地开始吃炖萝卜。

炖萝卜算得上是关东煮里的经典，略带脆却又绵软的口感令人在被汤的热气熏得面红耳赤的同时想入非非，热腾腾又加上吸收了鲜汤精华的味道，足以让被冷风吹了半宿的我泪眼婆娑。

"吃个萝卜就感动成这样？"裴哲略带嘲讽地笑了一声，"乡巴佬！"

他的用词虽然狠毒，可配合着说话的语气却很友善。

所以与其说他在骂人，倒不如说他是个天生自来熟的人，与陌生人一见面就立刻把对方当成关系密切的好朋友。

话虽这么说，他还是很不客气地伸出筷子，从我的碗里抢走了剩余的一块萝卜。

"吃完赶紧回去吧……"我喝了口汤，身子总算暖和过来了。

我担心刘浪在做完生意后会突然到我的房间里来个睡前巡视什么的，发现我不在家之后就理所当然地接着侦察我邻居的动静：

一男一女半夜失踪，除了在恐怖片里有类似情节之外，就只能从剧本超烂的片子里寻找类似镜头了。

尚蒂慢条斯理地吃着她的那份，丝毫不介意裴哲不时伸筷子过来抢鱿鱼串。

"小蒂有对你的身体表示过兴趣吗？"

裴哲低头把竹签上的鱿鱼捋到碗里，嘴里含糊不清地丢了个问题给我。

我不知道他在指什么，甚至连他在跟谁说话都不清楚，只是本能地"啊"了一声表示疑惑。

"她还没有提出要把你的身体占为己有吗？"裴哲捞起了脆滑的海带丝，嘎嘣嘎嘣地吃掉。

"啊！"我更惊讶地将音量提高了八度，面红耳赤地冲裴哲张大了嘴巴。

尚蒂大概吃饱了，将手中没吃完的部分递给裴哲继续消灭，自己则站起身，跺了跺可能是蹲得有些发麻的腿。

"忘了告诉你，哲二与刘浪一样，都是你楼上楼下的邻居——哲二住在你楼下，五零四号房……"尚蒂轻描淡写地补充了一句她本该在50分钟前说的话。

"哎？"

"咦？"

我与裴哲同时惊呼出来，音量再次提高了八度。

相聚片刻

青春散场，你若还在

裴哲是个很奇特的男生。

我所说的"奇特",是针对他的外表而言,而不是指他的个性。

当我敲响他家门的时候,他穿着一条蓝白条纹相间的大裤衩跑来开门,头上还匪夷所思地戴着一顶圆边毛绒礼帽。

见我露出不可置信的神情,他反倒一副觉得我有点大惊小怪的表情。

"我正在为晚上的工作搭配合适的衣服。"他简单地解释道。

我很想告诉他,即使要搭配衣服,一般人也不会考虑什么样的帽子会与内裤更和谐,或者什么样的内裤跟帽子更合衬。

但我跟他比我跟尚蒂更不熟,所以既然我都没有当面质问尚蒂在着装上的品位,也就更没有理由会对一个陌生男人的内裤和帽子发表任何评价了。

"内裤走的是海军水手风。"他不忘多加一句诠释,生怕我对潮流时尚没有领悟力。

我刚打算问他所谓的"海军水手风"如何体现在这条看似很寻常的条纹内裤上,他已经急不可耐地要回房继续试戴其他的帽子。

一转身就看到了在他内裤臀部的位置上赫然印着一个大力水手的图案,正目光如炬地冲我竖起右手的大拇指。

我童年时的偶像便是这个一吃菠菜便能化身无敌铁金刚的男子汉。

因为我直到念高中前,身体一直都是瘦弱多病的状态,不但打篮球时会被队友传来的篮球砸飞出场外,就连打羽毛球也会因为接住了对手的一个扣杀,却无力握住球拍致使球拍脱手甩中场边的体育老师。

从此被特别优待可以不用上体育课的我,尽管常常受到班里同学的羡慕,可就内心深处潜藏的小小自尊而言,那种创伤是旁人所无法理解的。

后来电视台开始播放《大力水手》的动画片,我便主动向妈妈提出每餐都要吃菠菜的要求。只是我对于菠菜的味道无论如何也习惯不了，于是便由衷地渴望着大力水手会有个堂兄是个爱吃白菜的大力空军，或者有个远亲表弟是个爱吃香蕉的大力拖拉机手什么的。

可惜愿望终究没有成真，而痛苦地挣扎在吃菠菜和不吃菠菜间度过了初中生涯的我，在高一下半学期的时候开始了青春期的飞速发育——这时我才明白，所谓的一吃菠菜就能力大无穷的剧情设计，不过是美国人在看多了日本式的美少女变身动画片后，强加在中年大叔身上的扭曲版变身设定罢了。

如今再次遇见童年的偶像，"他乡遇故知"式的亲切固然还在，只可惜地点不对，而且偶像身处的位置也不对。

我只能无可奈何地尾随着裴哲进屋，心里翻滚着一种说不清的不舒服感觉。

之所以会下楼来找裴哲，是因为晚上下班后在家门口遇见了尚蒂，她托我把一包花生带给裴哲。

"为什么是花生？"我问，心里痒痒地想把她鼻梁上架着的黑框眼镜一把抽飞。

"因为我上次从他家借走了一罐花生酱。"她的逻辑依旧很奇怪。

"那为什么又是我？"明知那天电梯里的美艳女郎，其实就是眼前这个邋遢到不行的古怪女子，可我心底翻滚着的逃避现实的火焰，还是灼烧得我口干舌燥。

"因为就直线距离来说，你住的显然离他更近。"她把花生丢到了我手上，然后理也不理地径自回房把门关了起来。

于是我怀着忐忑的心情，第一次进入了我在这所公寓楼里的邻居的家中。

"东西随便放在哪个墙角就可以了。"

裴哲大大咧咧地说道，他的注意力全放在刚刚披在脖子上的一条狐狸毛围巾上了。

人家虽然这样说，我却并没有真的好意思把别人交付的东西随手丢掉。

想了想，觉得为了避免被他遗忘以至于花生们私自偷情生出小花生来，我决定还是把花生暂时储藏到冰箱里比较妥当。

拉开他厨房的冰箱门，与我家那个空得可以住进一群爱斯基摩人的凄凉铁柜相比，裴哲的冰箱俨然是豪华超市的食品储藏柜。

从生猛海鲜到时令蔬菜应有尽有，还有各色鲜榨果汁以及袋装牛奶。透明的保鲜盒里装盛着卖相极佳的菜式——一盒一盒全是精致的家常菜，说是没吃完剩下的又不太像，因为就每盒里的分量来看，显然是一顿晚餐的量，可基本上就没动过，仿佛从出锅后就一直安静地守候着，完全没有改变过初始形态。

我吞咽了几口口水。已经差不多一个多月没碰过真正家常菜的我，此刻快要被自己的口水淹死在别人家的厨房里了。

凭借着最后残存的薄弱意志力，我颤抖着把冰箱门艰难地关上，然后喘着粗气将花生塞到了壁橱里。

"在我换内衣的时候喘粗气，是很容易让别人误会的哦！"

裴哲的声音从他的卧室飘出来，揶揄的语气很浓。

他的外表很奇特，他的个性同样奇特！我咬牙切齿地更正了先前的观点。

刚打算在完成任务之后就赶紧全身而退，裴哲的家门被人从外面打开了。

走进来一个满头白发的老太太，看年纪六十岁左右，手里拎着一袋大约刚从菜市场买回来的牛肉，见到我便是微微一愣。

说实话，我也是同样地发愣。只凭借外表我还无法迅速判断出这位老太太的身份，更何况在不晓得人家是谁的状况下，我也没办法开口打招呼——冲到裴哲卧室问他这位老太太是谁显然更不合适。

我一时嘴巴不听使唤，有点不知所措，尴尬地伫在原地。

"是虎子……呃……小哲的朋友吗？"

老太太一张嘴便带着浓浓的河北口音，但她的语速很慢，发音也很小心，听得出来在努力尝试着让自己所说的话更接近于普通话。

"我是小哲的妈妈。"

我又是一愣。裴哲从外表来看不过二十出头的样子，可他母亲竟然如此苍老，让我实在难以对上号。

愣归愣，礼貌是不能忘的。我当即低了低头，恭敬地说了声："阿姨好。"

可能是听到又有人进门了，裴哲从卧室探出头来，手上抓着条膝盖处似被泼了油漆的牛仔裤。

如果说第一次见到他时，他身上穿的那条裤子勉强能算是张大千的写意山水的话，那么现在这条更像是被一个疯子画家心情极度压抑地一边抽风一边涂抹，还非得坚持说这叫作"抽象派画法"。

在看到裴妈妈站在门口时，他脸色变了，他不再有一贯的轻浮微笑，而是突然黯沉下去，眉梢间纠结着一团厌恶。

他像是瞬间感染了"懒得说话症"一样，满脸嫌弃地重新钻回卧室，连我这个外人都能明显地察觉到他的不耐烦与蔑视。

在这种气氛下继续待下去，是连傻子都不愿做的事情。

我识趣地迅速往门口逃窜，想赶在低气压热带风暴侵袭之前，溜回自己的安乐窝里等待雨过天晴。

"既然来了，就留下来一起吃晚饭吧！"老太太和蔼地说。

明明是沧桑衰老的声音，可我听在耳里却有如新闻联播之后天气预报里的气象小姐在甜蜜地播报。

"我买了很多菜，你可以多吃一点儿。"老太太继续和蔼地说。

低气压热带风暴即将登陆，沿海地区将有七级大风并伴有短时冰雹，冰雹里下的都是红烧肘子和糖醋鲤鱼。

"小哲老是吃得很少，你还可以吃完后带一点儿走，当作明天的午饭也好。"老太太依旧和蔼地说。

伴随冰雹的可能会出现大幅度降温，今后几天都将是阴雨天，雨水里掺的都是气锅鸡汤和酸菜鱼。

"今晚吃火锅，不晓得合不合你的胃口？"老太太始终和蔼地说。

今天夜里芦花鸡转柴沟堡熏肉，最高气温羊肠汤，最低气温驴肉火烧，请出行注意笏板鱼。

"您做什么我都爱吃！"

我可耻地败给了自己的胃，涕泪纵横地低头鞠躬，然后抢着帮老太太把手里的东西接过来搁到厨房的水池边。

"我自己来就好，年轻人不要老进厨房，你去陪小哲聊天吧。"

裴妈妈尽量找着符合北京人说话习惯的词语，别扭地拼凑成句子："这两天我都没怎么见他有朋友来玩。我还怕他一个人在北京太孤单呢。"

她把我推出厨房。她虽然又瘦又小，但推我的时候劲儿还挺大。然后她自己把厨房的玻璃隔断门关起来，袖子一卷，就开始将各种菜洗净了切好装盘。

我摸了摸鼻头，开始思索该怎么打发开饭前的这段时间。

我既不想去为裴哲的着装搭配提供意见，也因为被裴妈妈热情婉拒而不能再进厨房帮忙，只好百无聊赖地踱到了裴哲的书房门口，打算找本书翻两页以排遣无聊。

由于我们上下楼的房子户型基本上是相同的，因此在房间的布局上，除了原来的屋主装修风格不同外，大体上的结构还是差不多的。

我像推自己书房的门一样推开了裴哲书房的门，然而映入我眼帘的，并不是如我家那般摆满一面墙的书柜，而是一个湛蓝的世界。

这是一个像海一样湛蓝，诱惑着人往里纵身一跳的清凉世界。

这间书房从四周到头顶再到地面都被刷上了蓝色的油漆，不突兀也不刺眼，是一种柔和而舒服的蓝色，比Windows操作系统的蓝更赏心悦目，带有海底般梦幻而深邃的美，在暖色灯光的映射下，隐约散发出让人心境平和的气息。

在这个宛如海底的小世界里，四处散放着许多幅手工画。

有已经完成的，有看起来刚打了草稿的，有丰满充实的油画，有只是寥寥几笔线条就神韵已显的素描，有山水建筑，有人物侧影……

它们就好像是沉睡在海水中的宝藏一般，在蓝色的光晕里平稳地呼吸着，各自笼上了羞涩的面纱，等待人潜入海中来寻找她们。

我有一个悲哀的缺憾：尽管我是南京人，尽管南京人普遍爱吃鸭，尽管爱吃鸭的南京人长期住在长江边，但，我不会游泳。

说实话，我不知道自己为什么不会游泳，更不知道自己为什么一直也没有去学游泳。

总之我的身体只要一进入水里，就开始各自为政，不再听大脑的统一调遣，那种乱扑腾的情形实在不比被开水烫了的活猪优雅到哪里去。

对此，我总是和颜悦色地安慰自己：我是吃了恶魔果实的能力者，海水就是我的天敌。

为了证明这一点，我还时常在没有人的时候甩甩自己的胳膊或者踢踢两腿什么的——遗憾的是，我的手无论怎么甩也只会有脱臼的可能，而不会凭空变长一公分。而踢得太用力的双腿，除了无数次把太宽松的运动鞋踢飞五米远之外，也不曾像橡胶一样充满弹性。

背负着"旱鸭子"的坏名声，每当遇到在海边或游泳池边与美女邂逅的情形，我就厚着脸皮装成是哈尔滨人，以掩饰我不会游泳还死也不肯去学的劣行。

"因为我是哈尔滨人，所以我不会游泳。"

从某种角度上来说，我的逻辑也很奇怪。

"哈尔滨不是有条松花江吗？"

难免会遇到因为中学地理课老师长得很帅而该科成绩很好的美女，面对此类刨根究底，我也早有对策。

"因为太冷，所以河水总是结冰的。在固态的液体里，人类是没办法游泳的。"

我庆幸的是，至今都还没有遇见哈尔滨籍的美女，所以我的卑劣目前为止还没有被戳穿过。

这也是为什么现在我没有立刻冲进书房的原因——不识水性的本能阻止了我前进的脚步。我站在书房门口呆了半晌，震慑于目睹的一切，内心渐渐地被一种奇特的心情所填满。

直到留意到在墙角处摆着的一幅人物素描图时，我才从对海洋的惊叹中回过神来。

与别的被刻意挂在墙上或者搁在墙边的画稿不同，唯有这一幅素描画像是被粗暴地抛弃在一旁的。

画框已经有些散架，白色的画纸上沾到了些许灰尘，离远了看不真切画中人物的样子，依稀能通过披肩的长发和窈窕的身姿，判断出应该是个年轻的女孩子。

我的好奇心又开始旺盛地刺激着我的肾上腺素，我的右脚不听使唤地擅自往门里踏了一步——左脚还没来得及跟上，肩膀就被人一拍。那人稍稍一使力，我就被他拉回了客厅里。

"该吃饭了。"裴哲面无表情地说道，接着不动声色地把书房的门又关了起来。

我转过头看客厅中央的圆桌，火锅已经摆了上去。

锅里的辣汤逐渐开始含羞带怯地咕嘟咕嘟冒着气泡，在汤里不难发现隐藏着的鸡的翅膀、鸭的脚蹼、鹅的胸肉，间或有几根虾的胡须在水面上打着卷，伴着青葱菜花荡漾，引得人目眩神迷。

一碟碟切得极为整齐的菜肴围着火锅摆满了整张桌子，从金针菇到鱼丸再到豆腐皮，所有能想象到的火锅的绝配，在这张桌子上全都到齐了，几乎要叫人忘却这世界上还有一个词叫作"遗憾"。

视觉诱惑再加上伴随火力逐渐弥漫起来的香味，让"活着真好"的幸福感油然而生。

我走到桌前，被突如其来的幸福瞬间压垮了脆弱的肩膀和心房。反观裴哲倒真的是一脸漠然——与其说是习以为常，倒不如说是憎恶和腻烦的表情。

明明就不关我的事，但在看到裴妈妈面对裴哲冷漠的表情时所表现出来的局促和不安，我还是忍不住要将她拉到墙角，装出一副跟裴哲很熟的口吻安慰她：

"裴哲最近瘦身期间吃素比较多，尤其是沙拉里的生菜是他的最爱。知道是什么生菜吗？就是油麦菜之类啦！所以看到太荤的食物心情就有点不大好。"

对于火锅这种需要钩心斗角尔虞我诈才能吃到好料的大餐而言，对手存在腻烦心理正是我大肆进攻的最佳时机。

我刚在桌前坐稳,手中的筷子上已经挑好了一片午餐肉,早没心思揣摩为什么裴哲会如此不开心,只等着我吸完这口气,就要松开筷子,让午餐肉与火锅汤底亲密地接触,交欢成痴缠缱绻的风流传说。

想象着食材们的燕好佳事,我的口腔里情不自禁地分泌出大量的口水来。

门铃突然大煞风景地响起来,我恨得左手紧握成拳,指甲快要将掌心给抓破了。

裴妈妈慌忙从厨房里走出来,征询式地朝裴哲看去。

裴哲冷冷地瞪了她一眼,一言不发地把头转开,再不愿搭理。

裴妈妈憋红了脸,还是将洗菜弄湿的手在围裙上擦了擦,穿过客厅把门打开。

"裴……妈?"门口传来一句半带疑惑的招呼声,"您怎么会来了?"

我回头张望过去,看见了穿着褪色粉红睡衣的尚蒂。

以及,站在她身后,笑得轻松自在的刘浪。

以及以及,站在刘浪身后,一个浅笑颦婷明艳动人,在长发上引人注意地别着一枚星星图案的水钻发夹,但却是我不认识的陌生女孩子。

"为什么你会出现在这里?"我目露凶光地看着尚蒂将我觊觎已久的一块猪肝夹走。

尚蒂浑然不觉她的筷了上已经凝聚了我前所未有的仇恨,而是流畅自如地在汤底里涮了一会儿便送到嘴里,还满足地呵出一口热气来。

"是刘浪拜托我带他来找你的。他说他找你有事,但你又不在家。"

她舒服地打了个饱嗝,接着去夹我第二觊觎的一片百叶。

"那你找我又有什么事?"

我的怒火转向正在夹我第三觊觎的一条鱼鳔的刘浪,他面前的盘子里已经堆了一堆煮好涮好的食物。

原本以为鱼鳔这种古怪的东西不会有多少人喜欢吃，才不紧不慢地打算留到最后再下手，没想到刘浪的口味跟我惊人的相似。

"是什么事情呢？"他一边专心致志地涮着鱼鳔，一边漫不经心地假装歪头在想，"哎呀，不记得了……既然会忘掉，就应该不是什么太重要的事情了……"

这小子一定是冲着火锅来的！不会有错！绝对是这样！

他故意借狂吃来遮掩他眼中闪烁的心虚光芒，这就更坚定了我对猜测他真实意图的信心。

桌前突然人多热闹了起来，裴哲又恢复了我第一次见到他时的表情——轻浮，友善，吊儿郎当又有些随性妄为。

"小蒂，这个是你新交的男朋友吗？"

裴哲将两根筷子咬在嘴里，伴随着他说话的节奏，筷子毫无章法地胡乱晃动着，"看起来废废呆呆的耶。"

他指的是刘浪。继上次把我错认成尚蒂的新男友之后，他又开始怀疑起刘浪的身份来。

不过让我偷着乐的是，似乎在他眼里，刘浪所获得的评价也不见得比我好到哪里去。

"虽然要比呆呆废废的谢凯好上那么一些。"

裴哲不慌不忙地把话补充完，反正那两人正把精力全都投注在吃东西上面，他有的是充足的时间来提问发话。

我顿时有些怒了。"废废呆呆"哪里又比"呆呆废废"好了？！

见我默不作声地把筷子攥得几乎要折了，坐在我旁边戴小星星发夹的女生善解人意地夹了一块西兰花到我碗里，在见到我传递给她的"我要吃的是肉而不是菜"的热烈眼神之后，她竟然面颊一红，低头默默不语。

"不是……"尚蒂往嘴里又塞了一串鹌鹑蛋，烫得她几乎要掉下泪来，"隔壁邻居头上的邻居罢了。比隔壁邻居还要跟我不熟。"

我对于她这种借代的称谓法有着些许的不满，但既然刘浪本人都没有对这种介绍的方式表示抗议，再加上我之前也是用"黑框眼镜"来私自称呼她的，因此，在权衡了半天后，我还是选择了继续保持沉默。

"裴哲，你不会把我忘了吧？"

刘浪像是攻势暂时告一段落，放弃了与尚蒂争夺同一盘牛肉的战斗，端着可乐像在品红酒一样细细地啜着，整个人也往椅背上一靠，懒成一团烂泥。

裴哲呆了一秒钟，然后看向尚蒂，尚蒂顿时摇头如秋千，于是他再度把目光投到刘浪身上：

"我有告诉过你我的名字吗？"

刘浪笑眯眯地把玻璃杯举起来，迎着灯光审视可乐的色泽，嘴里冒出来的话令我觉得有几分耳熟：

"高中毕业这么久，你这间歇性犯傻的毛病一点儿都没变呢。"

接着便是噼里啪啦一通乱响，只不过人家琵琶女雅致的是大珠小珠落玉盘，而从我的手里、尚蒂的手里以及裴哲的嘴里掉落的，则是一共六根长短粗细都完全相同的筷子。

小星星的筷子没有掉，她正在用筷子当发簪，自顾自地玩COSPLAY杜十娘的游戏。

"你是谁？"尚蒂和裴哲异口同声地发问。

那惊讶的表情，让我有种怀旧的亲切感。

我预感到刘浪必然又要扯出些与这两个人密不可分的瓜葛来。这预感来得毫无征兆也毫无道理，就好像小时候我常常会预感到当天妈妈准备好的点心会是巧克力还是绿豆糕一样，这是一种近乎本能的感觉，没有道理可言，却又常常会应验。

"我是刘浪啊。"

他一脸委屈的表情，我一看就知道他是在演戏，因为上次他在回忆我不曾记得的大学往事时，被我质问的当口摆出的就是与现在完全相同的表情。

"跟你们同一所高中同一个班级的同学啊。"刘浪眯起了眼睛，似笑非笑地看着尚蒂和裴哲，"高中篮球赛的时候，我跟裴哲都是中锋，尚蒂你当时还是啦啦队长呢。"

我幸灾乐祸地看尚蒂和裴哲纷纷陷入了对往事的痛苦追忆中，乘着敌方士气颓败的机会，我自得其乐地捡起筷子，开始兴高采烈地涮起猪脑来。

也正是这个时候，我才知道，原来尚蒂跟裴哲在很多年前就已经认识了。

裴妈妈说得没有错。她准备的菜的确很多。

我酒足饭饱地倒在沙发上，抓过一根牙签惬意地剔牙。

其实我的牙齿很好，极少会出现食物塞到牙缝里的情况。

之所以非得拿根牙签装装样子，是因为我觉得就好像吃法餐不吃最后的甜点就是个败笔一样，吃完中餐后不剔牙也就不算有个完美的收尾。

甜点和牙签，虽然属性不同外观不同口感也不同，但它们存在的意义都是为了给一顿饭画上句号，就存在的意义来说，它们是相同的。

裴妈妈又热情地要为我装便当，把我喜欢吃的菜都打包到一起，让我明天带到公司当午饭。

在选择装菜容器时候，她摆出了一溜排共六个不同尺寸容积的饭盒，让我根据自己的饭量挑选。

我委婉地告诉她，尽管我是一米八的身高，但我买衣服都会挑XXL的尺码。裴妈妈思考了约两分钟，才心领神会地抓过一个大小足以养金鱼的饭盒，乐呵呵地使劲往里面填塞食物，看得我心花怒放。

"不行呀！完全想不起来！"裴哲宣告放弃，他大喊了一声，呈现出痛苦状地在地板上抱头打滚。

尚蒂的眉头紧得足以夹死两三只苍蝇，她不死心地仍在翻裴哲好不容易才从杂物箱里找出来的高中毕业纪念册，但她每翻一页，眉毛就皱得更紧一分。

我实在担心等她翻到最后一页，她眉间皱出来的黑洞会把这个地球给吞噬了，便半好奇半惶恐地凑过去一瞧，赫然发现刘浪的脸，正混迹在尚蒂跟裴哲班级毕业纪念合照上的一个不起眼的角落里。

"为什么我完全想不起来班上有你这一号人物？"尚蒂静静地问道，我清楚地看得到她眼底的疑惑。

不晓得是不是因为她今天晚上没戴黑框眼镜的缘故，我似乎从昨天陪她看过夜景开始，就比以前更容易从她的眼神里读懂她的心思。

她不是个会将心事写在脸上的女生——当然这也并不意味着她会像某只碰到热水就会变回成人的熊猫一样，会将心事写在告示板上——我的直觉告诉我，她一定隐藏着许多秘密。

正是为了独自承担把秘密保守住的责任，在她的脸上才绝难发现过多的复杂表情，只有透过眼睛，才能稍微窥探到她内心世界里一星半点的颜色。

从她阳台的窗户看过去，她的窗帘跟她的睡衣一样，都是让人避之唯恐不及的糟糕粉红色。至于从所谓的"心灵的窗户"看过去，又能发现什么样的色彩呢？

我现在还无法确定，毕竟男人的直觉永远也不如女人的直觉来得敏锐。

如果说女人的直觉就好像是美国情报部门发射上天的间谍卫星的话，男人的直觉充其量就是廉价轿车配备的二流倒车雷达，偶尔在倒车时车尾径直撞上了墙壁，它才会慢半拍地警告你：后方五米有墙壁，请小心。

"这是你们的问题，我又怎么会知道？"刘浪巧妙地把责任推卸得干干净净。

"所以，在高中期间，你跟尚蒂和裴哲是同班同学。然后念大学的时候，你又跟我成了同班同学？"我忍不住插了一句嘴。

"人生就是如此充满巧合。"

刘浪耸了耸肩，露出了一个听天由命的笑容。

"那么……"我的手指向正坐在沙发角落里陶醉在梳理长发快感中的小星星，"那你跟她又是什么关系呢？"

既然刘浪与我、尚蒂以及裴哲三人都有着昔日同窗的情分，那么尾随他进门的小星星理所当然也应该有着与我们之间差不多的关系才对。

"她是谁？"刘浪回给我的是两道茫然的眼神。

"哎？"我吓一跳，没能做好心理准备迎接刘浪的答案，"她不是你带来的吗？"

刘浪先是偏着脑袋在努力思考，看表情就是那种隐约有了点眉目，转而又立刻忘得干干净净的样子。

最终他放弃回想，把头摇得跟拨浪鼓一样，双手摆得跟电风扇一般，语气陌生得跟冷气机一样："我以为她是尚蒂的朋友。"

尚蒂陡然成了话题的中心，她局促地抓了抓凌乱的发梢，随后也慌忙像驱赶瘟神一样连连朝外拨动双手：

"她跟我们一起下楼的，我以为她是哲二的朋友呢。"

众人的目光立即又汇聚在裴哲身上，裴哲倒像是很享受所有人的注目礼似的，慵懒地伸展四肢，在长长地打完一个呵欠后，大家被吊足了胃口的好奇心才如沉重的石头落了地：

"我一直认为她是谢凯的相好。"

我啐了一口，裴哲就不会用点更含蓄的词汇吗？

焦点再度集中在了我的脸上，我生平第一次感受到，在默默无闻了这许多年后，原来被人热切地瞩目着倒是件蛮爽的事情，也终于多少体会到了在各大选秀比赛上无数少男少女不惜露点、露内裤、露丑闻，也要博取媒体关注的心情。

在沉默了长达三分钟后，我引领着大家的疑惑，把问题的关键抛给了已经脱掉高跟鞋把双腿蜷在胸前并准备修剪脚指甲的小星星。

"你……到底是谁？"

不知为什么，我的嘴唇竟然哆嗦起来。就好像我明明预感到妈妈下午会给我巧克力当作点心，但得到的偏偏是绿豆糕一样。

"学长，你不记得我了吗？"小星星冲我灿烂地一笑，把她那纤细得犹如杨柳拂风的腰肢活活扭到了人类难以实现的标准英文字母"S"形，"我是你的林学妹呀！"

"哪个林学妹？"

我一张嘴却发现有两个声音同时出现，转头看见刘浪也已经按捺不住地同时发问了。

"林——岱——豫。"

小星星一字一顿地完整报出全名，随即又面浮红霞，用双手捧住脸颊，垂首盈盈浅笑。

"虾米？"刘浪惊慌失措地脱口而出，竟然口不择言地冒出了一句闽南语。

"纳尼？"我几乎同时难以噤声，大脑与声带以及嘴巴全都错乱了步调，冲出喉咙的竟是一句日语。

叛逆的「李李仁」

青春散场,你若还在

李李仁不是人。

这句话听起来颇有点人身攻击的意味，然而我所说的"李李仁"，并非台湾的那个著名主持人兼演员——陶晶莹的老公，而是单纯的李子仁。

小时候妈妈常常把我吃完果肉的李子核收集起来，晒干了之后用奇怪的酱汁腌渍，然后再用大铁锅翻炒，最后就成了可以剥壳吃的果仁，香脆甜美。

因为我妈妈姓李，所以她就把这种特制的零食称为"李李仁"，颇有点用自己的名字命名小行星的气概。

不过李子仁轻易吃不得，因为没有经过炒制的李子仁有毒，吃多了甚至有生命危险。

所以，妈妈总是会在翻炒"李李仁"的时候告诫我，举凡不是她亲自处理过的李子仁，我就绝对不能吃。

于是那时幼小的我，便会天真地开始想：明明就很好吃，偏偏又不让人轻易地能吃到——这李子仁还真够叛逆的。

"叛逆"是我小学四年级时学到的词语，有一阵子我很喜欢挂在嘴边，借以招徕大人们对于我说话富有文学气质的夸奖。

现在已经很难吃到"李李仁"了，我通常会在吃纸皮核桃、盐炒杏仁、奶油开心果这些名字高贵价格更高贵的零食时，开始怀念我小时候总也吃不厌的"李李仁"。

有点矛盾的心态。或许这说明我已经脱离叛逆期了吧。

"为什么只有你会叫裴哲为'哲二'呢？"

星期六的晚上，我抓着一罐咖啡，百无聊赖地站在阳台上看星星。

这对于明明身为当代都市年轻人代表的我来说，不在周末的夜里去酒吧狂欢，而是像个老头子似的缩在自家阳台吁气连天，无论怎么看都是浪费生命的事情。

严格说起来，我的二十四年人生里，至少有十年的时光是被我无意识浪费掉，再有五年的时光是被我半有意识半无意识浪费掉，还有至少五年的时光是被我有意识浪费掉的。

除去刚出生到五岁开始懂得思考这段时光，也就是生命中最浑浑噩噩的时期之外，把必要的睡觉时间和不必要的打盹时间扣去不算，我真正清醒着可以利用的时间并不算多。

然而即使是在九年义务教育、三年高中和四年大学的这段学生生涯中，眼看着别人至少可以为了进入甲子园而奋力拼搏，或者以世界第一红发篮球手为目标而挥洒汗水，再要么就是背负着史上最帅网球手的名号打出宇宙无敌回旋球，我却对任何与梦想有关的活动都提不起兴趣来，无数次地把青春热血浪费在了上网聊天、线下游戏和外出收集写真集这些无聊的琐事上面。

我初中二年级开始学会上网，至今也有了差不多十年的网龄。

前三年我老实地用男性的身份上网，结果当时女性网民奇缺，因此在任何地方都遭到了一致的冷落。

再三年我滑头地用女性的身份上网，然而正碰上打击人妖、提倡健康网络环境的活动风行，于是伪装度极差的我再次遭到所有聊天场合里的全员冷落。

又三年我无聊地用动物的身份上网，可惜我的冷幽默细胞得不到外界的承认，不管我第一句招呼语是"汪"还是"喵"，都没有人愿意跟我聊超过十句，习惯接受冷落的我索性将自己打入冷宫。

今年是我身为网民的第十年。无论是型男美女还是人妖,在这个自我炒作盛行的时代都统统很受欢迎,狗尾和猫耳的萌属性也几乎得到了公认——然而我已经不再聊天了。

至于打游戏,不管是以学生的身份,还是以职员的身份,都不是件可以拿出来跟别人炫耀的事情。

这种情况想一想就知道很纯粹:当你兴高采烈地跟别人大声嚷着"我穿关的游戏如今已突破一百大关时",对方只要回一句"你的期末考试不及格科目也已突破六门大关"或者"上个月你上班迟到的次数早就突破二十次大关",那刚刚在心中燃烧起来的火苗就会瞬间熄灭,诸如"原来我是这么会浪费生命的人啊"这样的负面消极情绪便会油然而生。

还有写真集。这个大约是能最直接见证虚度生命光阴飞逝的参照物了。

我初中至高中时期曾疯狂地迷恋玉女派明星,于是一度饿着肚子不吃早饭,就为了每天省出几毛钱来,凑到月底的时候从校门口那个明明昏暗却终年不愿开灯还总是散发出一股子霉味的小书店里,捧回当时最受欢迎的酒井法子的写真集。

那个年代还不像如今这般网络发达,哪怕是看到法子小姐灿烂微笑地穿着一身裹得跟粽子一样的泳装,也会觉得面红耳热,小心肝扑通扑通乱跳。

不幸的是,这个世界上从来就不存在"永恒"之说,女人的美相对而言就更显得廉价。

昨天在整理最近下载的日剧时,赫然发现当年满心迷恋的玉女,如今已经老成邻居家总爱在傍晚四点三十分外出买水萝卜的欧巴桑,不仅不再出演就算没内涵但也值得欣赏的花瓶,就连复出后的演艺工作,竟然也是真人连续剧版《樱桃小丸子》里那个足以排名"十大欧巴桑形象"的爆炸头大妈!

难以接受的残酷现实顿时激发了我对青春逝去的无限悲伤,便连夜把多年来无论搬多少次家都舍不得丢掉的酒井法子写真集全翻出来,决定洗心革面,跟过去说再见。

于是抱着从此不要再浪费人生的这一理念,即使周末的晚上又已荒废成阳台赏月的无所事事,我也尽量多找一些对我而言可能更有意义的话题,借以自我安慰那颗早就千疮百孔的心。

而且,隔壁阳台上那个裹着一张毯子趴在栏杆上发呆的女子,似乎也不见得就完整地享受着她的青春。

看着她无聊到不断地用穿着拖鞋的脚去踢栏杆的金属框,在那"哐"的碰撞声里,我心里的安慰又增加了一分。

她正吃着我分她的"李李仁",吃得津津有味。

下午收到了妈妈寄来的包裹——新炒出来的"李李仁"。我早已没有童年时那般爱吃,生怕放久了回潮,便分了些给尚蒂。

"是毒药吗?"在接过我送她的那份礼物时,她惶恐地盯着我,手中抓着削苹果削了一半的水果刀。

"是'李李仁'。"

"我对别人的老公没兴趣的。"

"是'李李仁'!我家的特色零食。"

"李子仁是有毒的。"她继续惶恐地盯着我,并接着用轻蔑的眼神暗示我不要忘了她的本职工作。为了加强气势,她还把水果刀玩得上下飞舞，看得我心惊肉跳。

"是'李李仁'！我妈独家冠名的绿色纯天然健康零食！"我不由自主地攥紧了拳头，缠装着"李李仁"袋口的麻绳顿时深陷进了我掌心的肉里。

"哦……看不出你还是个会体贴邻居的好男人呢……"她见我神情肃穆得像在对着少先队队旗宣誓，才如释重负地松了口气。

"那……那又怎样……"第一次被人用"好男人"夸奖，我居然不好意思地红了脸。

"我要杀了你，然后跟你的尸体结婚。"她淡淡地说道。

"我会烂的。"我保持冷静地回答她。

她挥着刀子，在月光里旋转起了华尔兹，"你知道么，就像是与死神共舞一样，灵魂飞上去，身体留下来。"

"会烂的。"我打了个呵欠，眼角跑出一滴泪来。

"难道你就不能不要那么早腐烂吗？"她有些嫌我吵了，狠狠地瞪了我一眼。

"不可能的。"我张了张嘴，这次没有打成呵欠，但是眼泪还是跑个不停。

"为什么？"她愣了一下。

"因为，"我流着泪看着她，"我的体内有爱情。"

"好好的，我何必要跟你一起犯傻。"她脸色一变，从手上抢过送她的那袋"李李仁"，就钻回了自己的房里。

明明就是她先开始说无聊的台词的！我忿忿地想。

原来不仅仅是"李李仁"很叛逆，就连我的邻居，也一样很叛逆。

"为什么只有你会叫裴哲为'哲二'呢?"

见她不搭理我,我以为她刚才是没听清,便提高音量又重复了一遍。

尚蒂还是没有回答我,而是停止咀嚼,打了一个大大的呵欠,然后摘掉黑框眼镜,擦擦眼角跑出来的泪,又把眼镜戴了回去。

据说呵欠是会传染的。不管我是不是正在喝着咖啡,我也在她之后跟着打了一个呵欠。

只是我的嘴张得太大,在吸气的步骤完成到临界点,还没来得及进行吐气的动作时,就把一只过路的蚊子吸进了喉咙里,呛得我好一阵咳嗽。

"这个季节哪来的蚊子啊……"我边清嗓子边连喝几口咖啡,以此镇压反胃的感觉。

尚蒂似笑非笑地转过头看着我,然后留意到了我脚边正聚成堆点火烧着的写真集。

"你在烧什么?"她问。

"青春。"我回答道。

有一股酸楚的情绪往鼻头上冲。我赶紧揉了揉鼻子,欺骗自己说那只是一个没能打出来就中途被扼杀的喷嚏。

"哦……"她点了点头,脸上的表情介于感兴趣和不感兴趣之间,"难怪那么璀璨。"

我和她的对话似乎有些古怪了,尤其在这么一个原本不应被如此浪费的晚上。

楼上的刘浪自下午就不见踪影,约莫又出去做生意了。

楼下的裴哲惯例地一到深夜就匆匆外出,只留下裴妈妈独自在家。

老人家没什么特别的爱好,电视里没完没了的选秀节目和爱到死去活来的偶像剧她不爱看也看不懂,于是就每天晚上打扫打扫房间,帮裴哲洗洗衣服、缝缝明明就是故意割破的裤子,不到九点就早早睡下了。

"裴哲的工作是在晚上的吗?"

上一个问题她就没回答,我原本以为这个问题她同样不会回答,没想到她竟然开口接上了话茬:

"自从他从日本回来后,我就没见他白天工作过。"尚蒂淡淡地说。

"从日本回来?"我有些心不在焉地偷瞄了一眼脚边的火堆,法子姐姐的倩影已经变成了灰烬。

"他在日本留过学,念的是美术专业。只不过这专业在国内还是有点曲高和寡,他又不愿意放弃理想、降低身价跑到一般的广告公司去当个策划或美工什么的,索性连简历也不愿投了,整天缩在家里闭门不出。"

难怪他的书房里摆满了画。我这时才觉得好奇心被满足了一点点,今晚的时间也不至于太过被浪费。

"没有工作的话,那吃饭不是很成问题么?"

回想起他那个塞满食物的冰箱,我下意识地吞了一口唾沫。

之前裴妈妈给我装的便当还剩了一点儿没吃掉,干脆待会放到微波炉里热一热当宵夜好了。

"他吃了差不多半年的面包,天天吃。一些是我带给他的,一些则是他晚上八点以后在超市买的打折处理品。"

尚蒂偷偷地叹了口气,生怕被我察觉到,又赶紧掩饰性地补上了两声咳嗽。

"他的自尊心太强了。在北京最穷的那段日子里,他说什么也不肯跟家里要钱,说是不想再给老母亲增添负担。他在日本念书时打工存下的钱,回来后交完房租就没剩多少了,他硬是熬着过了好一段时间……"

听起来裴哲比我更早就住在这栋公寓楼里了,但要不是因为尚蒂,我可能永远也不会跟他认识。

"半年后他就不再吃面包了,而是吃起了牛排和鲍鱼。"尚蒂又叹了口气,不过这次她似乎不担心被我发现,"据说是找到了适合他的工作。"

"什么工作?"听到了难得吃上一次的料理的名字,我由衷地对裴哲的工作产生了向往。

"不知道。"一阵微风吹过,尚蒂下意识地把毯子裹得更紧了些,"我问过一次,他不肯说,我也就懒得继续追问了。"

人不能懒惰到如此地步。眼见又一份好奇就因为她的个性而得不到解答,我几乎要将某名导的经典用语脱口而出。

然而我也曾懒到从她那儿借了一瓶酱油之后就一直没有归还。思及此,我生生将脱缰的野马拦阻在喉咙口——将最后一口咖啡灌下,让野马跟蚊子一起流进胃袋里。

"听你说裴哲应该是个孝顺的孩子,可他为什么对裴妈妈那么冷淡?"一问未平,一问又起。

尚蒂转头看了我一眼,像是在奇怪我为什么对别人家的事情那么感兴趣。在眼光扫到了我脚边即将熄灭的火光之后,从她的镜片背后竟然透射出一种近乎怜悯的眼神。

"我也不晓得……以前明明不是这样的……"

她摇了摇头，语气也变得沉稳而平静。

"裴妈妈是个辛苦了一辈子的母亲。据说她十八岁的时候就被人贩子从山沟里骗出来卖掉了，第一任丈夫是个瘸子，娶了裴妈妈三年都没生育，就一怒之下又把裴妈妈转手卖给别人。第二任丈夫对她还算不错，可惜没过一年就病死了，为了买下裴妈妈还欠了一屁股的债，结果这债务自然就得裴妈妈来还。守寡守了快十年，第二任丈夫的家人贪图小便宜，趁着裴妈妈过年吃年夜饭的时候在她的粥里下了药，把昏睡过去的裴妈妈又卖给了她的第三任丈夫，也就是裴哲的父亲。"

尚蒂舔了舔有些发干的嘴唇，接着说：

"裴哲的父亲是个不折不扣的酒鬼，只要一喝醉就会殴打裴妈妈出气。直到裴妈妈快四十岁的时候，她才怀孕生下了裴哲。

"不思悔改的裴哲父亲，在裴哲两岁那年因为喝醉了，三更半夜在大街上闲逛，被过路的卡车撞死。那卡车司机肇事后当即逃逸，因为没有目击证人，至今都没能缉捕司机归案。

"独自拉扯裴哲长大成人的裴妈妈，做尽了各种苦工，她省吃俭用地供儿子念书，宁可自己顿顿吃糠咽菜，但从来没有让裴哲缺衣少吃过。好不容易等到儿子从国外留学归来，没享上一天福的老人家，又因为操心裴哲独自生活不能好好照顾自己，便头一次一个人出远门到北京来伺候裴哲的饮食起居——对她来说，可能她这一辈子最大的幸福，全都寄托在裴哲身上了吧。"

等她说完，我们两个人便陷入了漫长的沉默中。

实在是很漫长的沉默，差不多有十分钟之久。

倘若是在打游戏的话，这十分钟根本不算什么，最多也就是修理个把小boss（首领）所要花费的时间，又或者刚够我蹲大号翻完两页惊悚盗墓小说而已。

但如今是两个人相对无言，中间虽隔了竖着数有六层楼高的距离，不过比起牛郎与织女的十几光年，实在已经是近得不能再近了。

只是，我不是牛郎而她也不是织女，所以以邻居的关系而言，同样在六楼的阳台上侧邻而站，在同一个空间平面上就只有我们两个人贴近在一起，10分钟不说一句话简直沉闷得要让人窒息。

我有些后悔引带出如此沉重的话题，尤其是我脚边的火焰已经彻底熄灭了，伴随着青春被燃烧殆尽的，似乎还有一抹难以言述的遗憾。

空气中逐渐弥漫着一股木炭被烧着的气息，既而开始混杂着羊肉渐渐烤熟的味道，以及孜然粉撒在肉上的瞬间所爆发出的浓香。肥美的腰子刚一上炉，被炙烤出的油滴在木炭上便是滋的一声，我的鼻腔里一呼一吸满满都是油腻的滋味。

我无奈地姑且让刚刚还有些悲伤的心情暂时回避，楼下大排挡的烤串摊一到夜间11点便开始生意红火起来，我侧脸望了望尚蒂，她也是一脸的苦笑。

"那个……"我试着先行打破沉默，"明天是星期天呢！"

她歪着脑袋轻轻点了一下，像是在等待我对这个既成事实作出的个人结论。

"所以你要不要跟我一起出去转转？"

话刚说完我便后悔了。

说话的时候只是单纯为了开辟新的话题。而等我说完刚才那句话之后，我才发现我其实是在向女孩子发出约会的邀请，而且这还是我生平第一次主动约女孩子出去。

严肃地说，我并不是个完全没有异性缘的男人。

小学的时候，就常常有坐在我身后的小女生，总是在算术老师背对着我们在黑板上写字的时候，朝我的座位扔来大量的小纸条。

只不过当时我还太小，对于情书之类的东西缺乏足够的认知能力，即便是打开那些小纸条后发现上面写满了各种毫无意义的字句，甚至干脆就是算术题目，也依旧认为那是一种爱的密语。

小学毕业多年后才查明真相，其实是因为我那几年总喜欢穿带帽子的衣服，坐在我身后的女生就时常把我背后的帽子当成篮筐，以放学后请吃棉花糖作为赌注比赛投"球"，所以纸团都是从各种课本作业本的边角匆忙撕下来的"边角料"，所谓的"爱情密语"也就被证明是我自己想太多了。

初中时，真正有女生第一次约我出去，时间是放学后，地点是学校外五十米远的小巷子里。

我故作矜持地特意迟到了十分钟以表示我羞怯的心情，孰不知怒不可遏的她是因为我早自习点名时发现她旷课而记了过，所以找我出来单挑，而我竟然还敢迟到。她便当着一票女生的面狠狠地抽了我两个耳光，让我的内心在羞涩的基础上又增添了几分初次涉足恋爱就遭当头一棒的痛苦。

高中三年间我迟到的青春期总算来临，终于出落得一表人才的我，不再有误会，也不再会错意地收到了真正意义上的情书。

只是这写来情书的女生，都是背着已经交往中的男友发来了示爱的信号。过于存有孔雀心理的我，抓住这期待已久的机会，常常在众多男生面前大声朗读这些情书里的肉麻内容，不凑巧地偏偏被那些女生的男友当场听到。

下场便是我被自认为"戴了绿帽子"的男友军团在课间追着揍，临末那些因为自己情书被当成范文朗诵而同样觉得丢尽脸面的女生，也总会在其男友揍到无力后，再涌上来对已经奄奄一息的我补上愤怒的几脚。

大学时代，我开始着力于塑造既叛逆又个性的个人风格。每当有女生约我周末一起去看电影，我便会潇洒地冲她一甩头发，留下一句"我跟滨崎步有个约会"或者"莉诺雅已经等我多时了"，就挥挥衣袖不带走一片云彩地走人。

大二那年又迷上了蔡依林，常常在宿舍的床头放上一张蔡小天后的CD和一本《电子游戏软件》就能打发掉一个周末——于是回绝女生邀约的借口就顺理成章地更改为"蔡依林正催我回去呢"。

偏偏这话传到了机电系模具班新生学妹蔡伊玲的耳中，该学妹便以"不还她清白就跳楼"为由，在课间冲到我班上要挟我跟她交往，执意不从的我被系主任单独叫到办公室里语重心长地进行开导，说是该学妹跳楼不要紧，但我们教学楼前矗立着的青铜雕像是建校以来就一直保存着的珍贵文物，哪怕是被蔡学妹壮硕的身躯压坏了一星半点儿，都难以跟上级领导交代。

此后我只得硬着头皮与蔡学妹交往了一年，秉着"一不主动约她，二不献吻于她，三不失身于她"的"三不"原则，艰难地度过了一段非人的日子。

最终蔡学妹以"这个男人实在没有情调"为由，将我慷慨地一脚踢开，转而缠上了财经系一个刚进校就在新生欢迎会上大呼"我的最爱是蔡依林，没有她我就不能活"的学弟——后事暂且不表。

综观这多年的情史,我的确没有主动约女生外出过,然而今天大意地将荆州失在尚蒂身上,只怕刘备晚上托梦来也不会饶了我。

"什么?"尚蒂惊恐地睁大了双眼,一副不可置信的表情,惹得我有点不快。

"我说……明天你要不要跟我一起出去转转?"

荆州既然已经失了,至少不能再失信下去,我在内心深处扇着自己的嘴巴,表面上却装出副情场老手游刃有余的样子。

"不要!"

几乎连考虑的时间都不需要,她回绝得分外爽快。

"什么?"

"我说……不要!"

她将毯子抛到身后——真难为她怎么找到这条跟窗帘和睡衣同一色系的毯子的。

自尊心严重受创,我当下像是被楼下吃完烤串的人随手一丢就将钢钎射中了我的心脏一样,痛得我脸上的肌肉一阵抽搐。

"为什么?"手中的咖啡铝罐顿时被捏扁了。

"我才不要在星期天出门呢!"

她嘟哝了一句,迅速地拾起毯子就溜回了房间。

"明天早上我会喊你起床的。"

不怒反笑,我果真有点神经不正常了。

也不晓得她到底有没有听到,只见她的卧室灯亮了一下,马上又熄了,然后便安静下来,再也听不到任何声音。

我长叹了口气,刚打算把窗户关起来回房睡觉,突如其来一阵强风吹得我睁不开眼睛。

片刻风停之后，我简单地整理了一下乱成稻草堆的头发，转身的时候顿时就傻了眼。

那堆燃烧完毕的青春灰烬，伴随着刚刚的那阵风，此刻正散布在我房间的每一个角落里……

成语这种东西，到底有多好用呢？

比如说家里的电话一刻不停地在响个没完，门口的门铃也被人按着不松手，靠近窗户的位置还不断传来吵到要死的重金属摇滚乐——即使这样，这个家的主人居然还能心平气和地缩在被窝里当作什么事情都没发生。

如此长篇幅的描述，只要用四个字的成语就能概括该主人的心态——充耳不闻。

又比如说我自己往耳朵里塞满了棉花，然后用手机的自动重拨功能不间断地拨着隔壁邻居家的电话，还在她家的门铃上斜靠了一根拖把使得门铃保持着始终被按下的状态，再翻箱倒柜地找出一张基本上就从来没听过的摇滚乐磁带，用尘封许久的录音机以最大音量在阳台上播个没完——我自己因为有了棉花的庇佑，所以外面再吵也都不会影响我难得早起的平静心情。

对于我一连串复杂而用心良苦的行为，也可以浓缩成一个四字成语——掩耳按铃。

"掩耳按铃"是成语么？暌违中学课本已经多年，我有些心虚地不确定起来。

成语这种东西，到底有多好用呢？

该多好用，就多好用。

"尚蒂，十分钟之内你不出门的话，我就直接从阳台入侵你家了！"

我最终连自己也无法忍耐那摇滚乐歌手的歇斯底里，只得跑到阳台上冲着隔壁大声地发布最后通牒。

尤其因为年代久远，磁带的音质早就失真，那歌手的声音就越发显得鬼哭狼嚎，而且贝司和电吉他的音效也全变了味，竟然有一种二胡般的哀怨凄凉。

这盘磁带，还是我大三过生日的时候，戏剧社的学弟送我的礼物，据说是他最喜欢的乐队的专辑。

当时我还觉得讶异。因为这个学弟平时一副木讷斯文的样子，在社里总是跑龙套地演出一些像杨柳精、鸳鸯精之类的，听起来就很有学术气息的角色。

可他的气质绝对对得起这些角色的神韵，每每都是在舞台上把杨柳姿态饰演得荡气回肠，光是随风一摆柳的那一个细微动作，都能被他演得催人泪下，完全看不出在他纤细的外表下，竟然蕴藏着如此具有冲击力的灵魂。

话说明明排演的就是莎士比亚的经典剧目，为什么在剧情里却还穿插着杨柳精、鸳鸯精之类的角色？

我至今都无法理解社团里负责改编剧本的那个女生的心事和意图，她究竟希望通过两大家族联手对抗黑风老妖版的《罗密欧与朱丽叶》，向观众表达些什么样的内涵思想呢？

一把拔掉录音机的插头，倘若不是为了不让我生平第一次的邀约就在被拒绝的丢脸中泡汤，我也不会舍得在星期天的早上放弃与枕头的缠绵。

走回客厅的时候,不意外地看见了刘浪正坐在我的沙发里翻阅报纸。

"下次来我家的时候,可不可以先打声招呼?"

我从冰箱里取出一罐咖啡,一口就灌下去一半。

"滑下来的时候我有说了一声'哧',只是刚刚太吵了,所以你没听到。"

他穿着一身运动服,眼睛盯在财经版上懒得分一点儿余光给我。

"是我吵到你了吗?"我有点抱歉起来。

"晨跑是我的习惯,我只是刚跑完回来而已。"

如此健康的生活习惯,简直跟他那常常通宵打网络游戏卖装备换钱的形象不符。我皱了皱眉头,从衣柜里取了件T恤换掉身上的背心。

"倒是裴哲好像彻夜未归。"他的语气一点儿起伏都没有,镇静得让人有点心慌,"回来路上遇到了裴妈妈在赶早市买菜,就随便聊了两句。"

我"哦"了一声,开始往头发上喷定型发胶。

"你要出去么?"

刘浪注意到了我在打理外形,不明所以地微微笑了一下。

"唔……要去参加同学会。"我突然想到了什么,转而反问他,"你不是也得去的么?上次林学妹来,就是为了通知我们今天去参加当年大学社团老成员的聚会呀。"

"她倒是没有通知我……"

刘浪声音小得可能连他自己也几乎听不清,随即他又笑了起来:"说的也是呢,我也该回去换身衣服了,太邋遢了也不好。"

他走进我的书房,开始爬"通道"的钢管,爬到一半,他似乎察觉到一些细节，便又扯开嗓门问我：

"你约了尚蒂？"

"反正她在家也是闲着，而且我最讨厌同学会那种明为叙旧实为攀比的场合，决定带她一起过去，待上个几分钟就开溜。"

我狠狠地挤掉了下巴上冒出来的一颗青春痘，有种谋杀的快感。

刘浪含糊地"哦"了声，然后便不再说话，片刻就听到从我书房的顶端传来推动重物的声音。

将钱包、手机和钥匙这出门三大件全都带在身上，确认没有疏漏之后，我满意地穿上鞋子打开了房门，尚蒂已经站在我家门口了。

她穿着轻薄的长裙，稍微化了点儿妆，手上拎着一个精致的皮包，微微卷曲的头发像海水的波浪一样看得人有点心生向往，脚上蹬了一双红色的亮面高跟鞋，看我开门就见缝插针地把我放在她家门铃上的拖把猛地丢进来，好看的大眼睛里布满了血丝。

"都说了我不要在礼拜天出门了！"她忿忿地说道。连生起气来都是明媚的。

我早就做好了最坏的心理准备，以为她会继续顶着副黑框眼镜走到大街上，搞不好还会是那身噩梦程度仅次于那件粉红色睡衣的黄套头毛衣。

没想到她竟然会稍微打扮一下，恢复了我心中最赞赏的那副面孔。

"人都已经出来了，就别继续苦着张脸啦。"

我把夹在门缝里的拖把头往里面踢了踢，然后关门锁门。尚蒂已经先去摁电梯了。

"以后别再以入侵我家作为要挟！"

她狠狠地一跺脚，先走进了电梯里。不等我钻进去，就急匆匆地关上了电梯门。

我叹了口气。女人,真的是很麻烦的生物。

女人的麻烦,还在于她们很善变。

不仅性格如此,连外表也是。

今天还流行奥黛丽•赫本的高贵优雅,明天就学玛丽莲•梦露往腮帮子上点痣。

明明刚买了一套波希米亚风格的长裙,接下来立马又要撑着太阳伞坐在街角喝咖啡扮洛丽塔。

男人可以钟情一个牌子的香烟几十年,女人却很少使用同一个牌子的香水超过30天。

男人会无所谓看下一场球赛喝的啤酒是贵还是便宜,女人永远都宣称她们最爱的衣服不在衣柜里而是在下一家店的橱窗中。

善变的女人,对我来说,统统都不可爱。

不管是性格,还是外表。

抵达同学会举办场地的时候,刘浪已经比我们先到了几分钟。

他主动走向以前的学长、学姐、学弟、学妹,所有人看到他时都是微微一愣,然后客套地笑着攀谈一些毫无营养的简单话题,那如出一辙的表情都说明他们正在努力地回忆刘浪究竟是何许人也。

其实这也是常有的事情。我讨厌同学会的另一个原因,便是明明毕业后多少年都没联系过,连名字和相貌也都忘得差不多了,见面后为了不失礼还非得装出很熟络的表情来。

为了证明自己从未将对方忘却,不时还得故作亲热地往人家肩膀上拍一下，说一句"怎么这么久都不联系我呢"之类的话。

男生说的时候，是得在大笑中故意掺些假装生气的口吻进去的。

女生说的时候，可以娇一点儿嗲一点儿，万分留恋又不依不饶，流露出一种发嗲的甜腻。

更何况今天的这场同学会，实际上召集的都是当年学校里参加过戏剧社的人，不仅系别不同，连年级也不一样，原本就不如同一个班级里的同学关系亲密，再加上社团成员出入频繁，大家彼此间的不熟悉也就在所难免。

林岱豫来找我送上邀请函的时候，我本不情愿过来。

考虑到带尚蒂出门也暂时没想到可以去的合适地点——毕竟我跟她的关系仅仅只是邻居而已——索性先带她来凑凑热闹，搞不好还能吃点会场里的零食再喝点饮料，也节省了我一顿午饭钱。

"学长，你迟到了哦。"

伴随着嗲得让我寒毛倒竖的声音出现在我面前的，正是自以为现在正在走可爱教主路线的林岱豫。

我是知道"士别三日，当刮目相看"的，我也是知道"女大十八变，变得你认不出"的，我更知道孙悟空有七十二变、猪八戒有三十六变，而沙和尚就只有十八变的——但我真的不知道"面目全非"这个成语，其实是为了女人而创造的。

虽然尚蒂的两种装扮，已经让我对自己的认知能力产生了怀疑，可至少她的变化只是在气质和妆容。

然而林岱豫竟然从当年的南山一堵墙，变化为如今的西村一株杏，就不能不让我感叹上天赐予女人的无限可能性了。

倘若不是亲眼见到活生生的例子，只怕我到死都不会信服于河莉秀变性成功的事实。

"哪有迟到，我明明比预定时间还早到了17秒。"

我从会场中央的长桌上抓过一杯果汁递给尚蒂，她不客气地接过来就灌。

"我说你迟到你就有迟到嘛。"

林岱豫抿起嘴来装可爱——即便她现在的确算得上是美女一名，但一联想到她曾经的肥硕脸庞，配合眼前正摇摆着的粉嫩表情，我就不免有点恶心。

"这位是学长的女朋友吗？"林岱豫注意到了尚蒂的存在，犹豫了一下才有点不情不愿地说，"还蛮漂亮的……"

我刚想解释，但转念一想，假如直说尚蒂是我的邻居，那带邻居来参加同学会就未免显得有点古怪。

一时不晓得该怎么回答，便瞥了尚蒂一眼，她正在喝着饮料四处张望，像是没听到。

"既然有女朋友了，怎么上次去找学长的时候没见到呢？"林岱豫矫情地开始玩弄她的长发，不时还扑闪着眼睛像是在放电。

看来她是没认出来今天的尚蒂，就是那天吃火锅时坐在她旁边的黑框眼镜。

这也难怪，连一向自诩为看女生的脸过目不忘的我，之前都没能分辨出尚蒂的两种打扮背后其实藏着的是同一个人，那么这个大学时代就有500度近视的林学妹又怎么可能认得出？

吃火锅时的尚蒂姿色太过平庸，现在的她则属于那种在路上经过绝对会引得一帮男人回头张望的类型。陡然察觉到有威胁存在的林岱豫，表情即使仍在努力地装可爱，不过她的注意力已经不再只聚集在我身上，而是有意无意地总往尚蒂身上瞟。

或许是出于戴了隐形眼镜的缘故，她那泛着绿光的瞳孔深处阴森森地闪着危险的火苗。

一山难容二虎——当然尚蒂绝对不会承认她是母老虎，可另一只母老虎约莫担心在这会场里的风头会被别人抢掉，说话的语气也渐渐生硬起来。

"学长，好久不见了。"

在林岱豫真的开始虎啸之前，有人从背后拍了拍我的肩。

我转过身，一只粗壮有力的胳膊，比我还高半个头，胸前紧绷的肌肉简直要把西装的扣子撑飞，浓密的络腮胡醒目地从双鬓环绕到下巴——一个我不认识的男子。

"你是哪位？"

我担心这个男生又跟刘浪一样，明明曾与我熟识但我关于他的记忆全都消失了。如果真是这样，我就得赶紧去医院检查一下大脑了。

络腮胡爽朗地笑了笑，后退两步，单脚站立，双手优雅地挑起，像是被清风吹过一样，美妙而富有诗意地飘动着。

"啊！是杨柳学弟！"我恍然大悟。

当然人家是不叫杨柳的，可他的杨柳精形象实在太过深入人心，其真实名字反倒很少人能记得住。

况且，叫他"杨柳学弟"，多少也要比"鸳鸯学弟"更含蓄且礼貌些。

从当年的纤细文雅，变成现在的粗犷剽悍，到底这几年发生了什么事情，我突然有种与世隔绝的不适应感。

"这位是嫂子么？"杨柳学弟眼睛盯着尚蒂，嘴巴却是在问我，"还蛮漂亮的。"

男人的赞美显然比女人的赞美来得更诚恳，尚蒂像是满意于杨柳学弟的称赞，微笑地点了点头。

我不确定她的点头究竟是为了首肯前半句话，还是为了感谢后半句话。

"讨厌啦，达令你又花心了……"

林岱豫嘴噘得可以挂一斤火腿了。不知为什么，我总觉得"火腿"这个词与她之间存在着某种亲近的关系。她还撒娇式地把小拳头像雨点般地往杨柳学弟身上洒。

但凡女生这种捶打的动作，都是为了装可爱而做出来的效果，本身并不具有真的攻击性。

然而不晓得我的耳朵是不是出了问题，我分明听到林岱豫的拳头在打中杨柳学弟的身躯时，隐隐传来了骨头碎裂的声音。

"没有啦，我的眼里只有你一个而已。"

杨柳学弟瞅准时机，慌忙将林岱豫的双手抓住，然后轻轻一带将她拢到怀里，额头上已经布满了冰冷的汗珠。

"我们正在交往。"他见我的眼神有点疑惑，脸色苍白地解释道。

我对于他俩在谈恋爱的事情本身并不抱有多少惊讶，我只是开始回想林岱豫当年究竟归属于哪个社团。

我大三的时候因为身材够高大，便耐不过身为篮球社长的死党的挖角，但面对戏剧社长逼真到让人动容的流泪挽留，我又陷入了无法抉择的深渊——最后只好约双方商谈妥协，同时隶属于戏剧社和篮球社。

无奈双方手下的人数实在众多，我也就常常把两个社团的成员弄混淆。

"说起来,林学妹你到底是哪个社的啊?篮球社还是戏剧社?"

我按捺不住好奇心地张口就问。

林岱豫的脸色微微一变,转瞬就笑靥如花:

"学长好坏哦!人家当然是戏剧社的啊,还演过朱丽叶呢!"

当年演出罗密欧的人明明是我,如果她真的演过朱丽叶的话,估计《罗密欧与朱丽叶》这出戏的结局就会发展成无法忍受朱丽叶太过肥胖的罗密欧一剑将其刺死的悲剧了。

"只可惜朱丽叶最后没能跟罗密欧在一起,竟然跟杨柳精交往了起来。"

林岱豫看到服务生把巧克力曲奇饼干端上桌了,便当即推开杨柳学弟,朝着长桌飞奔而去。

"人生还真是奇妙呢!"她一边走还一边不舍地回头看过来,眼神挑逗地冲我噘嘴飞了个吻。

"人生还真是奇妙呢……"我重复着她的话,身体下意识地往后一仰,像是在躲避什么飞行道具。

"对啊,别人都说她从当年的南山一堵墙,变成了现在的西村一株杏,所以说人生真的充满太多未知等待我们去发掘啊。"

杨柳学弟浑然不觉林岱豫话里有话,反倒发自肺腑地在感慨。

其实他自己还不是也从曾经的东坝一棵柳,变成了眼下的北海一头鲸么,他身上同样流淌着造物主妙不可言的神奇血脉。

"是杏没错……"眼见林岱豫又勾搭上了刚进门的某个珠光宝气的光头男子——似乎是化学系的长发麻脸学长——我不由得小声嘀咕:"只不过是株喜欢出墙的红杏罢了。"

"你说什么？"耳尖的杨柳学弟立即问我。

"没什么……我过去一下！"

看到原本站在我身边不发一言的尚蒂径直走向会场角落，我赶紧找个借口追上去，逃离杨柳学弟的发问。

尚蒂的脚步突然加快了，好像看见了熟人一般，朝着向她迎面走来的一个短发女生开心地挥着手，对方也回应地招手，两人都是笑容满面的样子。

"上帝！"

"如来！"

我脚下一个踉跄，差点摔倒。这是哪门子的各路神仙大云集啊？

短发女生穿了一身翠绿色的连衣裙，短发遮不住的耳朵上戴着水滴形状的精致耳环。在跟尚蒂走到一起之后，两个女孩子亲热地抱在一起，俨然是一对姐妹淘。

在看到我尾随尚蒂跟过来之后，短发女生微笑着问尚蒂："这位是……"

"我叫太乙真人，你叫我太乙就好了。"我爽快地抢先回答，解了她的疑惑。

尚蒂白了我一眼，不动声色地用她的高跟鞋踩了我一下："少贫了。"

"他是我新搬的公寓的邻居，是他硬拉我来参加他的同学会的……也不晓得搞什么鬼！"

她后半句话说得极小声，但也并没有刻意防备我听到的意思，转而又开始跟我介绍短发女生的身份："这是我高中同学肖茹莱。茹毛饮血的茹，莱双扬的莱。"

她还是老样子，解说名字的时候总喜欢用冷门的词语。

我偷偷瞄了一眼茹莱，她一脸不以为意的神情，看来是早已习惯了。

"莱双扬是鸭脖子吧？"我小心翼翼地问尚蒂。

尚蒂没有答话，而是丢给我一个"那又怎样"的眼神。

说到鸭脖子，我不禁想到一个人，刚打算扫视一下全场看他人在哪里，熟悉的声音在我的耳边响起。

"肖茹莱，好久不见！"刘浪笑嘻嘻地把胳膊搭在我的肩膀上，冲人家熟稔又飞快地舞动着手指。

茹莱的笑容僵了一下，她求助地看了尚蒂一眼，结果尚蒂也仅仅只是回了她一个无奈的耸肩。

"你是……"

"我是刘浪啊！"不等茹莱把话问完，刘浪早已雀跃地回答上了，看他的表情，即使一整个上午都没发现有任何人记得住他，他也没有感染上半点沮丧的情绪，"跟你和尚蒂，还有裴哲，都是高中的同班同学啊！"

"裴哲……他还好么？"

听到了熟悉的名字，茹莱便马上向尚蒂问起话来。

不晓得为什么，在跟尚蒂打听裴哲消息的时候，我发现茹莱的表情有点谨慎——与其说是在关切地询问裴哲的近况，倒不如说更像是她在小心翼翼地试探尚蒂的心情。

"好……好得很哪！"尚蒂笑容平和地说。

我留心到尚蒂的嘴角细微地抽动了一下，如果不是从我这个角度上望过去，极难发觉她表情的波动——那是一种咬牙切齿地在笑的表情么？

我听过谄笑、媚笑、皮笑肉不笑，我见过冷笑、嘲笑、藏刀露狠笑，我自己也曾假笑、干笑、泪流满面笑，但我从未听闻见识过咬牙切齿笑的。

要么虚伪要么真心，笑的心情无非就是这两种。可咬牙切齿笑的心情是怎样的呢？

我体会不到，也就完全不明白。

"既然你来参加这个同学会，说明我们是同一所大学的喽？"

见尚蒂没有继续聊裴哲的意思，茹莱立刻识趣地转换话题。

完全被无视的刘浪，自我解嘲地摊了摊双手，蹦蹦跳跳地跑到了正准备合影留念的一群人中去。

"我是零一届进戏剧社的。"

好歹我当年也算是戏剧社的风云人物，见茹莱并不认识我，我多少感到有点落寞。

"我是零三届加入的，比你晚了两届……原来是学长呢！"

茹莱笑盈盈地冲我低了一下头，算是表示"失礼了"的意思。

尚蒂刚张嘴想要说什么，皮包里的手机突然响起来。

她冲我跟茹莱撇了一下嘴，我大约猜到她这个敷衍的表情是在说明她讨厌这通不合时宜的电话。

让我惊讶的是，她接起手机的速度极快，而且只在耳边放了不到3秒钟，就立刻简洁有力地回复对方一句："我马上到。"

紧接着就一言不发地冲出会场，走路速度之快让奥运会竞走选手也自惭形秽，连声招呼也不打就把我跟茹莱晾在原地。

"迅雷不及掩耳之势"的现实版动作分解，大约便是如此。

她这种目中无人的态度让我有些不高兴，不由得把眉头皱了起来，嘴巴里发出了"啧啧"的不满声。

"看样子，尚蒂还在做着法医的老工作呢。"

茹莱半点也没有生气的意思，笑容一如既往的灿烂。

"可为了工作就可以连朋友也丢下不管吗？"我忿忿地说。

"没办法啊。她从高中起就流露出工作狂的气质了，我前两年还打电话叮嘱她最好换份工作呢，但是她就只对这份工作有热情。"茹莱从手提包里取出一块手帕，文雅地擦着脸上的汗珠，"怎么这个会场这么热啊……"

被她一说，我才发觉这个会场的确是出奇的热，没有窗户也没开冷气，刚进门的时候倒还好，随着到的人数越来越多，周遭的温度也就越来越高。

"……等等！"我猛然觉得好像错过了什么细节，立刻举手摆在额前，努力回想着刚才对话里的所有内容，"……你刚刚说尚蒂她……从事的是什么工作？"

茹莱被我的一惊一乍吓到了，再加上有点热的缘故，她的脸颊竟然泛出两朵红晕来。

"法医啊……你不知道么……？"

再次确认一下，会场里没有安装冷气机——奇怪的是，为什么我的四肢陡然开始寒冷得几乎无法动弹了呢？

寂寞的夜

青春散场，你若还在

他一把抽出了藏在腰间的柴刀，嘴角在冰冷的灯光下勾出一抹阴森的笑容。

少女绝望地往楼梯上跑，却被他猛地抓住了脚踝，少女惨叫一声摔倒在台阶上。

他用力将少女往地下室里拉，少女惊恐到了极点，一边无助地用手在台阶上乱抓，一边从喉咙里溢出了她生命中最尖利的悲鸣。

然而，没有人在这个关键时刻跳出来拯救少女的生命，我也只能颤抖地缩在一旁，眼睁睁地看着他将少女拖入黑暗中。

接着便是柴刀的寒光一闪，喷溅出的血液顿时汹涌地将原本泛着苔藓气息的地面吞噬。

不时有男子的笑声传来，然而与这情景不搭的是，男子的笑爽朗得不可思议，笑得让人心寒。

我恐惧到了极点，想把眼睛闭起来却没有多余的力气，任瞳孔巨细无遗地盯着他的每一个动作。

电话铃声不合时宜地突然响起，我被吓得"哇"一声叫了出来，手中的遥控器顿时飞出1米远，砸倒了电视机上摆着的长颈鹿玩偶。

"你在哪里？"

电话那头的声音听起来有些疲倦，仔细咀嚼回味的话，多少还能咂摸出些许抱歉的意味来。

"在家啊。"我捡回遥控器，发现电视画面正定格在少女被砍的血腥画面上，心里一阵惊慌，赶紧就按下了电源键。

"哦……你已经回去了啊……"她像是失望地小声嘀咕着。

"下次麻烦你可不可以不要在我看恐怖片的时候突然打进电话来？"我没好气地埋怨道，"会吓死人的知道吗？"

"礼拜天的晚上自己在家看恐怖电影吗？"尚蒂沉吟了许久，语气里满是小心地问我，"如果……只是如果……这个时候我想约你出来……陪我吃个晚饭，可以吗？"

坐在这间装修得很是豪华的法国料理餐厅里，尚蒂目不转睛地盯着我看，眼神里流露出迷惘和无奈。

"这是什么？"她指着我胸前挂着的一大串佛珠问。

"天珠啊。从西藏带回来的，还特别请大师开过光。"

"这又是什么？"她指着我腰间从牛仔裤里露出的一截红色布头问。

"红内裤啊。可以驱邪避凶，裤裆处还绣有密宗佛法图，有镇宅的功效。"

"那，这些又是什么？"她指着我那个重得随便扔在地上就能砸出个坑来的背包问。

"各种法器啊。从十字架到圣水再到金刚降魔杵应有尽有，对付各国妖魔鬼怪都没有问题。"

"那你现在又在做什么？"她没有闪躲地任我将一张黄色的符纸贴在了她的脑门上。

"帮你去去晦气先。"

"我只是个法医，不是僵尸好么？"她终于忍无可忍地一把扯下符纸，恼火地揉成一团，随手一丢就投进了路过侍应生收走的客人喝过的空杯子里。

我战战兢兢地看着她，听凭她点了两份牛排套餐而不敢发表任何意见。

当被侍应生问到我的牛排想要几成熟的时候，我一时间有些不知所措。于是她便自作主张地帮我叫了六分熟,然后轻车熟路地告诉我:"这家店的牛排六分熟的口感才是最棒的。"

我惶恐地点着头。其实就算她要全生的,我也不会表示出过多的惊讶。

"今天突然不告而别有些不好意思。"她还在为上午同学会的事情感到内疚,"工作来得太急,我也没办法。"

"把你丢下先走了,让你度过了一个很不愉快的周日吧……"

真是难得见她如此表示出愧疚的神情,我竟然觉得有些好玩。

"也没有啦……反正你走了以后没多久我也就离开了。那边本来就怪没意思的,倒是刘浪一直玩得不亦乐乎。"

尚蒂轻轻点了点头,端起酒杯轻轻抿了一口红酒。

她还是早上出门前的那身装扮,只是眉眼间掩饰不住深深的疲累,除却这点以外,我还留意到她补过口红,鲜亮的颜色以及摩登的高跟鞋都与这家餐厅的氛围很合衬。

我极少来这种高档餐厅吃东西。

一来我习惯了一个人吃饭,但如果单独来这里用餐的话,多少显得有些突兀。

二来我个人一直坚持能填饱肚子就足够了的原则,饭菜重点在量而不在质,往往是便宜又实惠的路边摊就能满足我,反倒是这种对于刀叉使用方法都很讲究的餐厅,会让我有浑身不自在的感觉。

反观尚蒂,她从进入这家餐厅开始整个人就立刻优雅起来,就连拨弄一下肩膀上的头发,也都恬静婉约,让人觉得赏心悦目。喝红酒的姿势也好,铺餐巾的动作也好,握刀叉的手法也好,统统都很优雅高贵,与那个顶着黑框眼镜跟我抢火锅里百叶的尚蒂判若两人。甚至于连店里的侍应生都好像跟她很熟络的样子，不时地会在经过的时候冲她心领神会地一笑。

"那个……你常来这家店么？"我问。

她把端在手里的酒杯放在桌上，用餐巾轻轻拭了一下嘴角残留的点滴红酒，然后才不紧不慢地说道：

"……偶尔。"

我以为我找到了一个不错的新话题，但没料到她如此简单地就应答完了。于是我们之间再次被无语的沉默气氛笼罩，我拼了命地开动脑筋在思索别的话题，可即使白白耗死上万个脑细胞，我也只能想出类似于"你知道鲨鱼吃了绿豆会变成什么吗？答案是：绿豆沙（鲨）"这种与法国、巴黎、埃菲尔铁塔完全不搭调的没水准冷笑话来。

"第一次吃这里的牛排，还是哲二带我来的呢。"

她说话的声音不大，但我能听得很清楚，偏偏她的眼睛又望着别处，所以我不知道她这话是说给我听，还是仅仅在自言自语。

她说完后就没了下文，前不着村后不着店的，我不晓得该如何接上话茬，只好也端起酒杯放在嘴边装模作样地闻酒香，以掩饰我的心虚和尴尬。

"今、今天的工作……"我努力在肚子里搜刮着合适的字眼，其艰辛程度终于让我体会到了古人对于"书到用时方恨少"的深刻领悟，"解剖得还算开心吗……？"

话没说利索，我的后背已经汗湿了，被冷气一吹，冻得我刻骨铭心。

尚蒂漫不经心地摇着酒杯，聚精会神地欣赏着红酒的挂杯痕迹，面对我新一轮的发问，她回答的态度着实有些懒散：

"法医的工作不是只有解剖尸体好么？更何况现实社会又不像电影电视里那样夸张得动不动就有命案，哪来的那么多尸体让你解剖啊。"

"那你今天……"我联想到了她上午接完电话后的十万火急。

"一桩私生子索赔案罢了。企业的董事长老公在外面跟情妇生了个孩子，被老婆发现了以此为要挟逼着离婚，并要求把财产全部划她的名下。不愿妥协的老公便在老婆面前矢口否认那情妇的孩子是他的骨肉，于是我被紧急召回去做DNA亲子鉴定。"

她像是在说一件很无聊的街边琐事一样，末了还打了一个不大不小的呵欠。

受她传染，我随后也打了个呵欠。听她的描述，似乎的确还没有我那盘恐怖片DVD来得精彩。

牛排套餐很快就端上来了。前菜是法式奶油蘑菇汤，主菜是波尔多蜜煎小肋排配香甜芝士番薯泥，甜品是普罗旺斯风味特色提拉米苏。一切看起来闻起来和吃起来都很完美。

只是看着尚蒂娴熟地沿着牛排肌肉的纹理切割的时候，六分熟的肉质里偶尔会渗出嫩红的色泽，配合她那吃东西时不苟言笑的表情，就让我不断地在享受美食和毛骨悚然的两种矛盾心情中交替，身上的寒毛莫名其妙地倒竖了一整个晚上。

"知道我为什么不愿在星期天出来吗？"

用餐完毕后，吃剩的盘子被侍应生收了下去，她又吩咐给她的杯子里再加一点儿红酒，然后边啜着边问我，眼神围绕着整间餐厅开始涣散。

我摇摇头，在表示我不知道的同时也示意侍应生我不需要加酒了。

"星期天呢，是属于那些有着自己头衔的女人们的假日。"她指了指餐厅中央区域正在用餐的一家三口,"母亲……"

又抬起下巴指向非吸烟区的一对新婚夫妇:"妻子……"

接着瞟了一眼烛光区的几桌热恋情侣:"女朋友……"

"每个会在星期天出门的女人,都有属于她们自己的头衔。在这一天,她们可以完全卸下'学生''OL''家庭主妇''律师'这些公众性质的冰冷称号,只以最贴近她们情感的那个头衔示人……"尚蒂用手撑着脸颊,另一只手抓着酒杯不停地晃动,杯里的红色液体飞速地旋转着,像大功率的洗衣机,"而我呢,在这一天里什么头衔也没有,所以我也找不到要出来的理由。"

如果当她是在说笑,那我完全可以打个哈哈就蒙混过去。

然而她的语气里沉淀着浓重的辛酸,就像是将一杯葡萄酒喝到底,回味的时候发觉不仅其是香醇的,而酝酿自葡萄本体的酸涩也一并被继承了下来。当然,这酸涩被人刻意地过滤过,已经不那么明显。

只是无论怎么过滤,酸涩是葡萄灵魂中的一分子,失去了酸涩的葡萄,或许跟苹果也没什么区别。正因为如此,提炼了葡萄灵魂的红酒,无论如何也不可能完全将酸涩排除掉。

即便失去了身躯,变化成了液体,葡萄们固执的灵魂也从未屈服过。

我知道从某种意义上来说,尚蒂也很固执。可现在的她究竟还是颗倔强的葡萄,或者已经成了被发酵加工过的红酒,我一无所知。

我品尝得到她灵魂里最纯粹的物质,哪怕只有少少的一丁点儿,我却把握不住她最直接的表象,这让我渐渐有了点懊恼。

"喂,我问你,你怎么看待'流浪'?"在我还来不及就上一个话题发表意见的时候,她已经开始了下一个话题的准备工作。

"有点故作神秘又有点稀奇古怪还有点乏善可陈的平凡宅男。"我十分中肯地给予了客观的评价。

"不是你楼上的那个人啦。"尚蒂摆了摆手，对我的想象力欠缺表示轻微的不满，"'流浪'，单纯的一个词语，流水的流，浪花的浪。"

难得她不用冷门的人名或成语来注解，我不禁有些肃然起敬。

"听起来有点太过诗意了。"我笑道，"也可以是流沙的流，海浪的浪。"

"荒凉的地方我可不要去。"她简单思考了一下，"或者是流行的流，浪潮的浪。"

"追赶时尚这种事情我一点儿也不在行，那么，流窜的流，浪子的浪。"

她撇了撇嘴，像是更加不满："被人追捕的感觉也并不怎么好……要么就是流派的流，浪客的浪。"

"是要拍武侠电影么？"我继续苦思冥想，"干脆就是下流的流，发浪的浪好了。"

"这也太那什么了吧！"她嫌恶地皱着眉头，"流芳百世的流，大浪淘沙的浪。"

"过于褒扬一个人会让他居功自傲的。"我大笑着，突然觉得填字游戏也很好玩，"飘流萍踪的流，浪迹天涯的浪。如何？"

她愣住了，怔怔地看着我，一言不发。

我以为她词穷了，拜服在我的才学之下。原来会才尽的不只是姓江的男人，偶尔也会有姓尚的女人。

我兀自沉浸在宛如开心辞典连过五关的喜悦中，可惜尚蒂却没有因此而满足我的某个家庭梦想，反倒在怔了半天之后，没有防备地骤然落下一滴泪来。

她的突发状况吓得我顿时手足无措。完全不晓得到底哪句话惹恼了她，也想不出接下来该怎么安慰她，更无法向刚刚路过恰好发现尚蒂脸上泪痕的侍应生解释原由。

我向来对两件事情束手无策：一件是煎荷包蛋，一件是遇到女孩子流泪。

要么散成蛋饼要么焦成黑炭，从我手中诞生的煎蛋，无一例外地连生出它们的母鸡都要羞愤。

我不是个可以熟练地驾驭铁铲、热油、鸡蛋、煎锅和炉火的人，要让它们齐心合力地共同孕育爱的结晶，对我来说根本就是件强人所难的事情，由此可以判断出，我这个人在协调性和同步率上的能力值很差。

如果让我去驾驶着EVA保护地球，估计人类一定得被迫连续补完七十次。

至于面对女孩子流泪，我的安慰功力不见得比煎蛋更高明。

我曾试图安慰过一个被男友抛弃而悲痛欲绝的女同事，结果我刚说完"你知道人为什么要走去床上睡觉呢？因为床它不会自己走过来呀，哈哈哈"之后，该女同事就愤然出走杳无音讯。半年后再见她时，已然成了某大型跨国企业的亚洲区总负责人。新闻媒体对她的报道全都很默契地用"从未在挫折面前言败的传奇女强人"来描述，足足让我惊讶得一个礼拜没怎么合拢过嘴巴。

眼前就冒出个"束手无策难题之二"，尤其又是在一个耳边还回响着缱绻香颂的高级餐厅，我心急如焚，想立刻冲到厨房里自告奋勇地帮主厨煎蛋。

"好寂寞。"她幽幽地叹息道。脸上的泪痕转眼就干了，只留下了湿润的轨迹。

我还在奇怪明明餐厅里座无虚席，况且外面等位的人已经排成了长龙，她怎么还会觉得寂寞。

直到她一口把杯里的酒全喝干，我才迟钝地反应过来，她所说的"寂寞"是针对"飘流萍踪，浪迹天涯"这八个字而言。

八字标语通常气势都很足，而且也很能引起别人的共鸣。

像是东方不败先生的"千秋万载，一统江湖"，又或者是自小就耳熟能详的"好好学习，天天向上"，抑或是某品牌婴儿花露水的"宝宝开心，妈妈放心"，它们统统都很容易就打动了我，并长期盘踞在我大脑某些专门用来储藏无聊琐事的沟回，在一些需要动用到口号的地方它们就会轻易地在第一时间浮现于脑海里。

我没想到自己今天居然也创作了一条能与上面那些经典作品平起平坐的八字标语，尤其是据裴哲说连看《冬季恋歌》都能看到睡得不省人事的粗线条女生，此刻竟也感动得落下泪来，我心中在荡漾着担忧的情绪之余，或多或少地还掺杂进了一丝得意。

"怎么会寂寞呢……"

我故意装出关切的表情，但心知我的问题根本就是毫无意义的废话。

奇怪的是尚蒂似乎没有觉得我的问题完全没有价值，而是直直地看着我，从目光中悬浮出了一抹忧伤，像是煮高汤时飘起来的一层油沫，虽然恶心，可是无法回避。

"流浪的类型有很多种。或者精彩，或者无聊，或者只是为了糊口，或者是想要自我放逐——然而孤独的流浪是最寂寞的。在这么一个有着60亿人的星球上,明明到哪里都能遇到伙伴,却还要孤独地流浪,更没有目的地,难道这还不够寂寞吗?"

她的眼睛被泪水冲洗过,此刻看起来黑得发亮,有一种深邃的美。

"飘流萍踪"表示孤身一人,"浪迹天涯"表示漫无目的。

我只要闭上眼睛想象一下尚蒂刚才联想过的情景,就能立刻感到寂寞势不可挡地奔腾而来,像冷得刺骨的冰窟一样将我吞没。

"还好啦,我们都有朋友有亲人有自己的家,不会沦落到要流浪的地步的。"

我看着她把信用卡交给侍应生埋单,便打算从钱包里点出几张钞票递给她,被她摇摇头拒绝了。

"如果没有目的地,那么人生的每一步都是流浪。"

走出餐厅大门的时候,在侍应生恭敬的鞠躬中,她站在倒数第二个台阶上,转过头轻轻地对我说。

吃这顿饭花的时间比我想象中要久。因为比起中餐的一双筷子扫天下来说,西餐尤其是法国料理光是在礼节上要浪费的时间,就足够我先啃完一盘酱烧大棒骨的。

这也并不是说中餐就不讲礼节。

如果是讲究到满清皇族的仗势,一桌菜看先是按头盒、冷菜、头菜、炒菜、饭菜、甜菜、点心的顺序排下来就琐碎得让人头大,再加上回民的"九碗三行",以及汉人严守的"色、香、味、形、器、意、礼"三精四美,众多规矩足以把好好的一顿饭变成普通百姓眼中的体罚处刑。

但是如今中餐毕竟平民化,成了中国人简单的家常便饭,而法餐还依旧有点撂不下身段的意思,越发地跑到异国他乡矜持起来。

从餐厅出来的时候,夜色已经深了。

北京不是个湿润的城市,即便夜深也不会露重,只不过这个季节的晚风还是有点冷,在酒酣耳热之后就更显得凉意盈袖暗泛寒愁了。

尚蒂不紧不慢地走在我前头,没有转身跟我聊天的意思。仿佛单纯为了饭后消食一般,散步散得七凌八乱,将原本从餐厅到家的直线路程绕得面目全非。

"喂,我说,你为什么会想做法医呢?"

尾随她穿过第八个十字路口的时候,我耐不住沉闷,率先打破了沉默。

"尸体们很寂寞的。"她没有无视我的存在,但是她的答案在我听来有回答等于没回答。

"哎?"

虽然我不介意她在黑框眼镜邋遢妹和时髦火辣美艳女之外,再多添加一个诗人的身份,可我一联想到恐怖片的惊悚剧情,就没办法把"狰狞和血腥"的尸体,与"拣尽寒枝不肯栖,寂寞沙洲冷"的寂寞,用诗情画意联系起来。

其实我刚看的恐怖片只是部为了恐怖而恐怖、为了血腥而血腥的片子而已,本身的剧情烂得要命。

"我问你,如果你被杀了,你的尸体是没办法说话的,可你想把许多秘密告诉活着的那些人,偏偏没有一个活人会知道你想说什么,你的尸体会不会觉得很寂寞?"

她在一盏路灯下停住了,橘黄的灯光将她的红色高跟鞋照出了暧昧的颜色。

"那你得先杀了我,再去访问我尸体的心情。"我摸摸鼻头,很老实地回答她,"不过我想我应该会留下点痕迹什么的吧……比如血书啦,或者手心里紧紧攥着凶手的一块衣服布料啦,或者用手指指着某件东西暗示凶手的身份啦,之类的。"

"那如果你被杀了,还被凶手焚尸、肢解、扔到山林里被野狗啃食得干干净净呢?"她不弃不舍地继续逼问。

就算她刚刚请我吃了顿不便宜的晚餐,也没道理立刻就翻脸诅咒我吧?

不等我想好能够反驳的话,她已经又开始往前走了。但是这次她的脚步加快了,丝毫不在意我是否还一直跟着她。

在我还没有反应过来发生了什么事情之前,她在前方的街角一转弯,就连背影也看不到了。

胃里的牛排还满满地在等待着被消化,然而被她刚刚的一连串假设主导了思维,我有种想吐的感觉。

最近反胃的次数越来越多,还好我是个男人,不然我真的会相信就因为我的隔壁住着尚蒂,便一定会凭空怀孕。

只是我家楼下是没有马厩的,真要生产的话我该去哪里呢?不晓得小区住户自发成立的皇马球迷俱乐部可不可以……

我很容易就想太多的老毛病又犯了。在犹豫要不要去追赶尚蒂的时候,从身后传来了一个听起来有点儿幸灾乐祸的声音。

"呦呵,看来是被甩了呀!"

我转身循着声音望过去,裴哲穿了一身白色的西装,手中提着一个超市的塑料袋,正沿着斑马线慢慢地走过来。

人行通道的绿灯早就灭了,他也不着急过马路,就那么肆意地任身旁的车辆猛按着喇叭抗议，整个人悠闲得像在逛街。

"怎么今天这么早就回来了？"我问。

"星期天的晚上通常生意都很淡的。"他的衬衫扣子开得很底，脖子上挂着一条镶了碎钻的十字架项链，"失恋的男人，去喝一杯解解愁怎么样？"

他笑得肆意，眼角眉梢都是笑意，就连鬓角和手指也都挂着浓浓的笑意。

"想喝点什么？"

不仅晚上吃饭的餐厅很高档，就连被裴哲半拖半请带进来的这家酒吧也很高档。

从墙壁到天花板再到桌角椅背都挂满了透明的水晶，店里的灯光根本就不用多亮，只要一点儿光照出来，就被这些水晶折射得到处都是璀璨而梦幻的光晕。

裴哲坐在角落的沙发里，整个人懒洋洋地摊成一堆烂泥。

当然，他的白色西装跟他的笑容都很帅气，所以即使是烂泥，也是一堆帅气的烂泥。

面对服务生谦卑的询问，他轻轻地说了声"老样子"。音量之小，连就坐在他对面的我都听不真切，离我们有半米远的服务生却心领神会地点了点头，然后等正在翻酒水单的我作决定。

老实说，与这间酒吧的高档很匹配的是，这里酒水饮料的价格也通通很"高档"。

星巴克里卖到二十六块钱一杯的冰咖啡我都觉得不便宜了，这里普通的一杯摩卡竟然胆敢卖到五十八块钱。

"工商局不会来查么？"我暗暗地想着，没留意心里想的事情竟然顺口就嘟哝了出来，一抬头就对上服务生尴尬的笑容。

"我们这里所有的饮品包括咖啡，都是外面喝不到的特色品。"

服务生保持礼貌地简单介绍道。看来他的听力真的很好。

如果能从咖啡里喝出石油的味道，那才真的叫有特色，而且除了咖啡那一栏还勉强都能保持在两位数的价格以外，其他酒水单价的数字就没有少于三位数的，看得我触目惊心。

"呃……刚才晚餐喝了不少酒，现在还好饱……所以我只要白水就可以了。"

我心虚地将酒水单还给服务生，倒是没有受到对方鄙夷目光的洗礼，看来这里的服务生都有经过严格的培训。

"今天我请客。"

仿佛看穿了我的心思，裴哲淡淡地一笑。

"那麻烦给我一杯轩尼诗，不加冰。"

我随即不假思索地对服务生补充道。

今天运气真是不错，先有人请客去高档餐厅吃饭，接着又有人请客到高档酒吧喝酒，不晓得待会儿还会不会有人请我去高档疗养中心洗SPA做按摩呢？

我浮想联翩地往沙发靠背上一倒，沙发的材质果然足够柔软，我刚躺下，整个人就陷了进去，舒服得我不禁低低地呻吟了一声。

"拜托请不要总在我面前发出这样的声音。"裴哲笑道，从他刚才手上拎着的袋子里抓出一瓶东西放到我面前的桌子上，"见者有份，喏，送你的礼物。"

我兴奋地立刻把它抓在手里，就着酒吧里晶莹的光亮仔细打量，发现是一瓶灭蚊喷雾剂。

"这是什么？"我失望地努起嘴。

"最新式的灭蚊剂哦！"裴哲没来由地从眼神里闪烁出一抹兴奋的神采，"只能杀灭苍蝇和蚊子，对其他任何昆虫都无效。不过它还有一个神奇的地方就是，它还能杀死蚕和金鱼。"

没有人会关心一瓶灭蚊剂能不能杀死蚕和金鱼的好不好，我有些头痛地看着眉飞色舞的裴哲。

而且我相信不管是什么牌子的灭蚊剂，如果你用它冲着蚕和金鱼狂喷，一样会起到致命的效果。

我的酒端上来了，深琥珀色的液体盛在一只也闪耀着水晶光泽的杯子里。裴哲的那杯则是淡蓝色的，轻轻一摇晃便会从底部翻滚出大量的气泡。

"听尚蒂说，你在日本留过学？"

吃人嘴软，喝人嘴还是软，我于是开始主动挑起话题。

看来白吃白喝还是不太适合我，因为那会像喷雾剂一样，瞬间杀死我大量的脑细胞。

裴哲抿了一口蓝色的液体，似笑非笑地说道：

"她还真是什么都告诉你呢，虽然也不是什么见不得人的秘密就是了。"

"我看过你书房里的画，画得很美。"

我其实是不太懂得欣赏画的，除了日本漫画是我多年来一直沉迷的特例之外，关于艺术画作，我最多只能认识到一个道理：美都是似是而非的。

有些在我眼里画得极为传神的人物肖像，在艺术家嘴里不过是"照相机一样的拙劣画技"，而那些我越觉得画得很古怪的作品，离"杰作"的距离也就越近。

不过我确信一点：裴哲的画很美。真的很美。

我不管那些摆在书房里的画，究竟是更偏向于垃圾还是更靠近于瑰宝，我只清楚它们在我第一眼接触到的时候就能传递给我太多的内涵。

或许我的理解并不正确，至少那说明裴哲的画有打动过我。

"那你最喜欢哪一幅？"裴哲把玩着手中的杯子。透过蓝色的清澈液体看过去，他的眼睛变形成有趣的巨大黑珍珠。

"呃……有一幅是散落在地上的，画里面似乎有一个婉约少女，穿着白色的连衣裙，长发披肩，头微微低着，像是在打瞌睡的样子。我没能看清楚那幅画的全貌，甚至连少女的面容也没看清。但我说不上为什么，会有一种想去仔细欣赏的感觉。"

我脑海里飘过几个零散的画面，我勉强把它们捕捉起来，拼凑成了相对完整的模糊形象。

"哦，那幅啊……"

他略感失落地垂下眼睑，片刻后像是察觉到什么好玩的事情似的，轻轻地笑着，连肩膀也在跟着抖动。

"是的。"我加重了肯定的语气，为了表示我内心对这幅画的喜爱，特别还附加了一个程度修饰，"是我今生第二喜欢的作品哦！"

裴哲愣了愣，大约是没想到我会用这么夸张的形容方式。

"那你第一喜欢的作品是什么？"

"人体写真。"

"……"

气氛顿时变得有些严肃起来,连周遭的空气都仿佛开始凝固了。

"开玩笑的啦,啊哈哈……"

我假装天然呆地笑,恨不得把脸整个埋进酒里去。

"小蒂还跟你说过些什么?"

他又恢复了漫不经心的神情,胸前的十字架在这间水晶酒吧的烘托下,灿烂而夺目。

"你为什么对裴妈妈突然冷漠了呢?"

我终于抑制不住,把这些天来一直积压着的疑惑问出了口。

他还是笑着的,只是那笑容无论如何也不会让别人看了觉得是开心的笑容——有点僵,有点冷,还有点咬牙切齿。

又是咬牙切齿笑?没想到一天里我竟然连续两次见到了罕见程度不比哈雷彗星低的奇特笑容。

也许我明天该考虑去买张彩票试试运气了。

"喝酒的时候不需要聊没有营养的话题。"他说。

"酒本身也不是有营养的饮料啊,除了会伤身之外,还很伤神……"

"我说了不要聊就不要聊!"

他的语气猛地凛冽起来,笑容不见了,面无表情。

有时候无招是胜有招的,那是指绝世高手决斗。

有时候无声是胜有声的,那是指绝代琴女献艺。

有时候此时无表情是胜有表情的,那就是在说开始发怒的裴哲了。

我今天像个蹩脚的工兵,本来该去排雷,结果却总是不小心踩着了这个引爆器,不小心点着了那个导火索,接连惹得两位邻居情绪大起大落,没被炸死真是万幸。

"哦，好……"

付钱的人是他，我自然也就少了可以理直气壮的理由。

裴哲仰着脖子把淡蓝色的液体一口气灌完。像是意犹未尽，他便凌空打了个响指，服务生随传随到地应声而来，片刻就将空杯子收走又送来一杯酒水。这次是粉红色的。

"你信上帝吗？"他的表情似乎缓和了一些，我问道。

他皱着眉头看我，见我用手指了指天上，才会意地挥挥手掌："我不信教的。"

"但是你的十字架闪得我一晚上都没办法正眼看你。"

他低头瞧了瞧自己的胸前，发现我的脸上的确罩满了他十字架上碎钻所折射出的光晕后，便满不在乎地一把将项链扯下，随手丢在玻璃桌面上，发出"哐啷"的脆响。

"客人送的礼物而已。"他的话语里满是不屑。

我很想问是哪里的客人，因为那些碎钻的光泽之美，决非假冒的玻璃制品所能达到的境界。

我咳嗽了两声，最终还是强忍着把问题吞到了肚子里。

今天引爆两颗炸弹已经足够了，再爆炸一颗的话，我想我赔不起这间酒吧里的哪怕任何一只玻璃杯。

"小蒂为什么会生气？"

他很快地又把粉红液体喝完，服务生像是早就预备好了一般，旋即端上了一杯新的。这次是橘黄色。

我坦然面对裴哲的问题。

"刚才散步的时候我问她为什么会去做法医。"

"然后呢？"

裴哲眯起眼睛，他眼睛细长细长的。

"她说因为尸体很寂寞。"

"再然后呢？"

"没有'然后'，她生气的原由还得回溯到稍微前面一点儿的时间里，所以是'然前'。"

"哦……"裴哲笑了笑，带点狡猾的神秘，"那么，然前呢？"

"吃饭的最后，她哭了。"

"再然前呢？"

"其实我也不确定那对于她来说算不算哭，因为她只流了一滴眼泪。我们当时在玩填字游戏，我说到'飘流萍踪，浪迹天涯'这八个字的时候，她就哭了起来，说是听着感觉好寂寞。"

"再再然前呢？"

"会玩填字游戏，也是出于她问我怎么理解'流浪'这个词语的缘故。"

"再再再然前呢？"

"她主动告诉了我她不喜欢在星期天出门的原因。"

"再再再再然前呢？"

"请我吃饭，是发自她内心的愧疚。因为早上我带她参加同学会，结果她中途接到紧急任务就先走了。"

"再再再再再然前呢？"

"跟她出门之前，我很畅快地上了一次大号，还特别换了条崭新的内裤。"

"喂！我不是想知道这些！"

"哦……那就没有再再再再再然前了。我刚才以为你是对我的私生活很有兴趣。"我害羞地说道。

他豪爽地把橘黄色喝完,服务生不用他召唤就出现了,送上了一杯翠绿色。

"她还是老样子呢。"裴哲叹了口气,"这些年来始终没变过。"

"那么支离破碎的对话,你也听得明白发生了什么事?"我惊讶地用双手捂住了嘴。

他端起翠绿色送到嘴边,刚要喝的同时像是想到了什么,便将杯子放回到桌上,半身前倾地靠近我的耳边。

"作为交换,我来告诉你一些关于小蒂的秘密吧。"

他语带玄机地说,连神情都像极了时常埋伏在各大土地庙门口的算命半仙。

"交换?"

我并不记得我有把什么东西交到了他的手上,但我还是面露怯色地双手环抱护在胸前。

"小蒂不是告诉了你一些关于我的事情嘛……"他兴致不高地把目光从我平坦的胸前挪开,"所以基于公平交换的原则,我也会把她的事情告诉你——不过先等我去上趟洗手间回来再说。"

"你们真是慷慨……"虽然不明白为什么我什么也不用付出,就能轻易地得知两个人的秘密,但我还是一脸感激地抓住了即将离去的裴哲的衣角,"在那之前,请务必让我陪你一起去厕所!"

"为什么?"

"因为我很想去。"

裴哲轻撇了一下嘴角。

羽球王子

青春散场,你若还在

在忙忙碌碌中，又过了一个星期。

人通常都很奇怪，越是忙的时候，就越觉得时间过得真慢，比如大冬天的半夜里被饥饿弄醒，挖地三尺也只在家里翻出一碗泡面，然后急不可耐地冲上热水，等待那必要的三分钟过去的时候还要觉得慢。

反而是每天闲得无所事事，日子平淡得几乎要逼人出去遛鸟的时候，会在猛一清醒过来的刹那，发觉时间飞逝，还没来得及做点什么，就已经光阴一去不复返了。

从这个意义上来说，整天嚷嚷着"这样的日子什么时候才是头啊"的人，大多是操劳在办公室里的工作狂。

偏偏有一个人例外。他倒吊着，在我专心地给电脑查杀病毒的时候，从我头顶上的洞里探出脑袋来，沮丧地抱怨道：

"这样的日子什么时候才是头啊！"

叫是这样叫，可我确信这个人很闲，有时甚至闲得有点天妒人怨。

"双休日第一天的早上，可不可以不要意图破坏我刚刚有点美丽起来的心情？"

我头也没抬，眼睛直勾勾地盯着杀毒软件的"查杀数量"那一栏里不断刷新着的数字。

"哪有人双休日第一天的大清早，就是以杀出238个病毒作为一天的开始的？哦，239了！"

"如果我早上起来的第一件事情，就是冲到厕所畅快淋漓地大便一通的话，那说明我的消化系统和排泄系统都很正常，身体里没有残渣的存留会让我一整天的心情都很好。同样的道理也可以用在我的电脑上。"

我还是懒得抬头看他，自顾自地活动了一下脖子。

"所以你是在准备给电脑擦屁股吗？"

刘浪用明明在少女漫画里就是男主角向女主角表白的温柔语气，说着无论是主题还是用词都让人火大的句子。

"你信不信我待会儿用U盘把它的排泄物全都拷出来，然后一点儿不剩地都灌输到你家电脑的身体里？！"我的口吻里充满了威胁。

"呀！你真恶心！"

他爽朗地笑着，然而明明恶心的人就是他。

"哎呀……"片刻安宁后，他痛苦地哼唧了一声。

"怎么了？"

我终于放弃继续无视他的念头，仰起脖子看他发生了什么事情。

"倒吊太久了，脑袋有点充血。"

"白痴……"

我冲天花板翻了个白眼。

"我说，你上来一趟吧，找你有点儿事。"

他坚持不住，总算把头缩了回去。

听他的语气不像是开玩笑的样子，我不晓得他找我有什么事情，想问个究竟，可他人已经不在洞口了。

但他并没有把雕像移过来挡住洞口，似乎是希望我能直接通过钢管爬上去的样子。

我犹豫了一下，走到钢管面前，第一次仔细打量着这根从刘浪家到我家直线距离最短的"道路"。

由于刘浪最近使用它进出我家频繁的缘故，钢管被打磨得光泽度极佳，在清晨和煦的阳光中闪烁着银白的光芒。

我终于还是决定放弃爬钢管，改走电梯上楼。

我自小家教就很好，妈妈在我还是六个月的婴儿的时候，就不断在我耳边灌输着做人的道理：旁门左道何需有，人间正道是沧桑。

我妈虽不是党员，但她一直都是伟大领袖毛主席的忠实拥护者。

走出房门，去按电梯的时候路过尚蒂家门口。

我记得她的原则是星期天不出门，不过我不确定她星期六是不是也一样会在家缩着。

自从上周日吃完晚餐后，我就很少见到她。

因为我们的上班时间其实有点差别：她通常是八点半到单位，我则是八点三十五到公司——短短的五分钟，在早上交通高峰时段里已经是两班地铁经过站的时间了，所以我跟她在上班路上其实很难碰得到面。

我坚持用"单位"这个称呼来代替"警局"，因为我并不想时刻提醒我自己：在我的隔壁住着一位警务人员，而且还是个法医。

那样无论我晚上自己在家看电影，还是看剧集，都会担心音量太大会传到隔壁从而产生不必要的顾虑，以至于完全败坏了兴致。

至于下班之后，即使我刻意早一点儿回家，或者有心晚一点儿到家，都会发现隔壁的灯光已经亮了，她早就回来多时了。

这种感觉就像是骑车的时候要经过一个十字路口，可不管你拼命地骑快一点儿，还是拖拖拉拉地放慢速度，等车子刚压上白线，红灯就准时地亮起，心里总是会被不甘心和挫败感同时充斥，憋屈得难以形容。

我差不多确信她是在故意躲我了。

至于躲我的理由，我并不是很清楚。难道就因为我没办法理解尸体的寂寞？

隔行如隔山。要让我理解她那个领域的东西，恐怕不是一时半会儿的事情。虽然事实上我真的没有去理解的打算，不过下次再遇到的时候，我一定也会很郑重地告诉她：其实排版软件和印刷胶片同样都会寂寞。

只有一点我至今都想不明白：每天打扮得跟穿PRADA（普拉达）的女魔头一样去单位，真的没问题吗？

站在刘浪家门口，我手还没碰到门铃，他已经神速地把门打开了，像是精确到毫秒似的知道我抵达的具体时间。

"进来吧！"他示意我换了拖鞋再进门，然后就撇下我，风风火火地冲进了书房。

这还是我第一次进入他的屋子，平时都是他有事没事地潜入我的房间，习惯了看见他在一切合适的时间和不合适的时间出现在我眼前，我也就没想过要主动拜访他家的事情。

就好比是发薪日，我盼星星盼月亮地企求它早点儿来临也好，置之度外地淡忘一切也好，工资卡都是准时在那一天下午的五点前突然就冒出一笔钱来。既然它自己会到来，我又何必非得主动在日历上不断画标记以提醒离下一个发薪日还有倒数几天呢？

我的比喻很不准确，因为在刘浪和发薪日之间，我对后者多少还抱有期待，对前者则一点儿兴趣都没有。

毕竟北京是没有一座山会叫作断背山的。

刘浪的家比我想象得要简洁。

我以为就算看不到垃圾堆成山，至少也会在地板上堆满游戏光盘、男士杂志和蟑螂尸体。

同样是尸体，我有点不确定尚蒂对蟑螂的尸体是不是也有兴趣。

我一度以为刘浪是个标准的宅男，可他家里除了最基本的生活用品和最简单的家具之外，任何能体现个人不良趣味的东西都没有。

仅仅只是在靠窗的角落里堆着半人高的一叠旧报纸，也是被他看完后整整齐齐地折成四方形，再按日期的顺序堆放在一起的。

实在简洁得有些让人恼火。我没来由地有点不快起来。

门口的鞋架上摆放着好几双款式和花色各不相同的拖鞋，看得出来是专为客人准备的。

我不晓得除了总是不请自来地拜访我之外，会不会有别人来主动拜访他。但反正他每天都那么闲，就算他每天都呼朋引伴地在家开party（派对），我也不会觉得哪里奇怪。

然而他挑选客用拖鞋的品位让我震惊：绿色底上布满了红色条纹的，灰色鞋身上挂满了红色鬃毛的，图案上印着Hello Kitty与火影忍者跳舞的，明明是GUCCI（古驰）的花纹却显眼地写着"LOUIS VUITTON"的……所有我能想到和我想不到的世界上最可怕的拖鞋，此刻全亲密地聚集在刘浪家的客厅里了。

我闭上眼深吸了一口气，决定放弃拖鞋，赤脚走进了他的屋子。

一大早就接连作了两个有关放弃的决定，我预感到今天将不会是个值得留恋的假日。

"这是什么？"

我皱着眉头看刘浪正在摆弄一台古怪的机器，从陈旧的铁皮外形来看就晓得不会是什么代表最新科技的产品。他玩得一副兴致高昂的样子，脸上竟然挂着孩子般的笑容。

"从23世纪邮购回来的通信终端交换机。"他想也不想地回答。

"你以为你是哆啦A梦吗？"

我为他一点儿也不好笑的笑话感到不满。

他挠了挠头皮，有点不好意思地笑了笑：

"其实是最近有点儿迷上了数字通信，于是在闲暇的时候试着研究一下机器的实际操作看看。"

"闲暇"的时候?我想不出他什么时候是不闲暇的。

"数字通信?你不会是说'在一张纸上写满数字,然后将它邮寄给某人进行通信'吧?"我怀疑地问。他对一些事物的理解往往跟一般人不太一样。

比如他就曾把"加油!好男儿"理解成"在加油站辛勤劳动着的年轻汽车修理工"。

"简单点来说,就是可以通过无线的方式捕捉有线的通讯信号,并转换成数字模拟的程序进行操作。"

他解释得一点儿也不简单。尤其在我这个高中时期就表现出对数理化完全没兴趣而义无反顾地跳到文科班的人耳中,更无异于在极度瞌睡的上班时间偏偏又听到了有着催眠作用的摇篮曲。

我姑且将他用枯燥理论解释的新爱好,理解为之前有段时间在年轻人中很流行的无线电收发器。

"实际操作一下给你看吧……"

他看到机器上密密麻麻的一大堆"呼叫"指示灯中有一个在闪烁,便按下了"连通"键,然后又在同样密密麻麻许多个排在一起的"接出"键中,很小心地挑选一个按了下去。

从机器的古老扬声器里,先是传出像是有人接通电话的声音,似乎信号不大好的缘故,听起来有点嘈杂不真切:"喂,你好……"

那是一个女孩的声音,带着刚睡醒似的惺忪,说着有南方口音的汉语,清脆,夹杂着些许迟疑。

"啊……错了!Moshi Moshi……"女孩又陡然改了口,好像是那种刚到日本没多久,还没能习惯日本人接电话方式的感觉。

我瞪了刘浪一眼,这分明就是在偷听别人打电话嘛!

他反误以为我是在投以钦佩的眼神,一脸得意洋洋。

"对不起，我打错了。"一个男子的声音随后响起，操着口音有点生硬的汉语。然后电话便挂断了，两边都不再有动静。

"呀……还是不小心接错了呢……"刘浪脸上的得意褪去了，他有些愧疚地小声嘀咕着，不过转而就再度露出释然的笑容，"算了，反正也无所谓……"

看着他极具阿Q精神地在自我安慰，我实在懒得再就无线电的话题继续跟他讨论下去，便漫不经心地打量着他的书房，结果在我右手边的墙角里发现了一尊青铜雕像。

那是一尊看起来像是希腊神话里某个女神形象的雕像。鉴于我对宙斯以及宙斯那一大家子的成员都毫无半点认知，所以我并不知道这个女神的名字是什么。女神的双手举在头顶，托着一个水壶，而在水壶里还搁着一卷纸。我走过去取下来摊开一看，竟然是北京市交通旅游图。

原来每天罩在我书房天花板洞口上的雕像就是这一座。我再度为刘浪的审美眼光叹了口气。

话说回来，也实在难为他从哪能找到这么一座造型"独特"的雕像摆在家里了。

"你找我来不会就是为了看你摆弄无线电窃听别人电话隐私的吧？"我忍不住发问。

他如果敢回答"是"，我发誓我一定会搬起雕像砸他的脸。

"不是。"他摇了摇头，丝毫不晓得就在一瞬间他平安地逃过了一劫。

然后他从桌子底下拖出了一个很大的旅行袋，拉开拉链，取出两副羽毛球拍，并丢了一只到我手上。

"你干吗？"我狐疑地看着他。是打算让我用羽毛球拍抽打他吗？抱歉，我可没有那方面的嗜好。

事实证明我又想太多了。刘浪继而抓了一只羽毛球揣在裤子口袋里，接着就拽着我往门外走。

"小伙子，趁着天气好，多运动运动吧！"

他笑嘻嘻地说道。

"为什么我非得在休息日陪你打这种无聊的球？"

我有些不满地挥拍，还特别加重了些许力道，让球凶猛地朝刘浪飞去。

"反正你也没别的事情可做不是吗？"

他不以为意地回答我，看似漫不经心地回击着，球飞过来的时候却明显更加狠毒。

虽然很想反驳，但他说的的确是实在话，我哑口无言，只能更用力地抽球以发泄心中的不满。

小区里没有设置网球场，看来这公寓的租金便宜不是没有理由的。在招租广告上标明的"小区内拥有一流的健身设施"，实际上不过是那种供大伯大妈在黄昏时分用来活动筋骨的公园式栏杆和跷跷板，还有一架小型秋千，只要载重超过三十公斤就会发出刺耳的金属悲鸣。

我和刘浪只能利用简易篮球场的场地打球，好在时间尚早，附近住着的学生们要到傍晚才会来这里运动。

我们手上抓着的是羽毛球拍没错，空中飞来飞去的也确实是羽毛球，然而我们的玩法却有些特别。

羽毛球跟网球的不同之处，最简单的一点就是在于网球是需要在地上弹起来之后再回击，但羽毛球则落地就算输，然而，刘浪突发奇想地要改变羽毛球的传统玩法，坚持把网球的特性给融合进去。

羽毛球主体本身的"羽毛"部分是这次要被忽略不计的地方，由于只有球的顶部那一小块橡胶具有弹性,因此刘浪的提议便是打球的时候要让羽毛球的顶部落地,在反弹之后再像网球那些抽击给对手。

说着简单,不过实际打起来却很困难。

首先,要在挥拍的时候把握好角度,让羽毛球的顶部先接触地面——如果球落地后没有弹起就算失败,对手得分。

其次,即使是橡胶质地,羽毛球的顶部也绝没可能像网球那样弹性极佳,为了表示公平,刘浪特别叮嘱,球落地没有弹起到对方腰部的高度的话,也算失败。

其实还是我占了便宜,因为虽然就身高来说我跟他几乎差不多,但我自诩为"长腿活力男",腰的高度比一般人总是高出一截来。

还没来得及庆幸,上场前刘浪一直坐在地上从那个大旅行袋里往外拿东西,等我稍微活动了一下筋骨之后,他已经换了一双鞋子穿在脚上。

竟然是鞋底足足有十五公分厚的特大号松糕鞋!

"开始吧!"他兴高采烈地冲到场子中央嚷道。

"有本事你就踩高跷来打!"我小声地嘀咕着,语气里满是愤恨。

"你确定我们真的要这么玩下去?"

才打了两把,我就已经开始喘粗气了。果然挥拍要用到的力道是打网球扣杀时的好几倍。

"毕业没几年,你的运动神经已经迟钝了许多嘛!"话虽这么说,他明明就比我还喘,"以前我们在学校的时候就是这么玩的。"

我发誓这是我第一次拿羽毛球当网球打,这么古怪的玩法,我绝没可能以前玩过但没印象。

然而我实在没有多余的力气再跟他争辩这种类似强奸我记忆的事

情，挥拍时对于角度的微妙把握和在力道上的毫无保留，已经让我的脑子无暇思考任何无关的问题。

球被甩飞到场外，刘浪帅气地把球拍一挥，侧身冲我喊了一句有的没的。

明明没接住球的人就是他，他在那边神气个什么劲？！

"你喜欢尚蒂吧？"

休息的时候，刘浪从旅行袋里拿出两瓶矿泉水，靠近我身旁坐了下来，递了一瓶给我，居然还是冰凉的，像刚刚从冰箱里取出来一样。

我好奇于他的袋子里究竟装了多少东西，刚探头过去张望，他已经把拉链拉上了，我略感失望地拧开了瓶盖。

"我不信宗教的。"我斩钉截铁地说，转而又觉得话不能说得太死，便开始犹豫起来，"硬要说喜欢的话，我对于密宗的欢喜佛倒一直抱有兴趣。"

"你知道我说的不是天上的那位。"他仰起脖子咕咚灌了好大一口，"你从大学时代跟蔡学妹分手之后，就没有再对任何一个女生表示出过多的关心。当然我知道，蔡学妹给你留下的心理阴影很深也是一个重要原因……"

何止只是"心理阴影很深"这六个字就能一笔带过的，我现在就算听到正牌蔡依林的新歌都会不由自主地浑身哆嗦。

"不过在面对尚蒂的时候，你反而能很自然地流露出关心的样子。"刘浪继续说道，"这按照你以往的个性来说，实在是很不寻常的事情。"

他一副跟我死党多年的口吻，听起来是有那么几分贴心的感觉。

可我毕竟没忘掉，就我而言，真正跟他熟悉起来，也只是从最近这短短的一段时间里开始的。

我承认我的恋爱经验有限。人生中交往的第一个女朋友竟然是蔡学妹,就算我那段青涩的时光里还不懂究竟什么才是真正的爱情,但我百分之百地确信我跟蔡学妹之间从来都没有过爱情。

这样算起来的话,我甚至连初恋都没有真正地开始过。

即使我从小学开始就一直不断地迷恋着清纯玉女派的各位女明星,可那都只是纯洁无瑕的单相思而已,不算爱情。

刘浪的话说得很突然,我甚至连半点心理准备都没有。

不得不打岔地先强调一下:我向来都是个把事前准备看得比什么都重要的男人。

看到傍晚的云层有点厚,我一定会在次日早上出门的时候在背包里塞上一把雨伞。

下班出去跟同事吃路边摊,在我外套的里侧口袋里永远都能摸出一盒肠胃药来。

因为考虑到随时可能会在路上被星探相中,我连"我从小就热爱歌唱和演艺事业"这种回答都准备好了,就为了应付面对镜头时的随机发问。

我讨厌事前不作任何准备,那会让我心里没有底气。

我是标准的狮子座。狮子座男生不喜欢做自己没有百分之百把握的事情。

我这辈子只在两件事情上没有作过准备:

一件是学生时代的各种考试,一件就是爱情。

前者不去作准备,是因为需要准备的东西太多也太麻烦。

至于后者,我根本就不晓得要准备些什么。

所以我只会学电视剧里的青春期少年一样,在钱包里塞进一个保险套，以应付所谓的突发状况。

然而我在大一的时候就这么做了，至今也没有真正用得上的机会。

直到前天我在整理钱包里积累的出租车小票时，才发现保险套的包装已经皱巴巴的，看起来一副很沮丧的样子。

我于是明白了一个道理：原来保险套也是有保质期的。过了这个期限，它就不再保险了。

刘浪在打球休息的间歇，毫无征兆地开始跟我聊我对尚蒂的感情，这让我的感觉很不好。

因为我从来没想过这个问题，也就从来没事先准备过答案。、

跟蔡学妹分手后，我就一直提醒自己要作好充分的准备迎接下一场恋爱的到来，不然二十几岁的大男人，却会在跟女生的交往中表现出第一次恋爱的生疏和忸怩，这是件很丢脸的事情。

然而当时的雄心壮志，伴随着我大学时代的结束而渐渐消磨得精疲力尽，再加上如今我已经踏入社会工作了好几年，就更不复记得当年作过的决定了。

刘浪的突如其来，杀得我溃不成军，让我深刻地认识到，在爱情面前，我永远也无法事先作好准备。

可是，我真的如他所说，对尚蒂存有喜欢的感情么？

我不知道。

在我的印象里，尚蒂只是一个邻居。

描述得详细些，是一个有时会穿着褪了色的粉红睡衣，鼻梁上架着黑框眼镜的邻居。

再详细些，她还会有时打扮得很时髦很美丽，判若两人地走出门，就像是突然念了句咒语就变身成美少女战士，要在这个城市里替月行道

一样。

再详细些,她似乎对海充满了期待。害怕寂寞,不喜欢在星期天出门,因为职业的关系而对人类的尸体抱有浓厚的兴趣。

还有很重要的一点——即使她就住在我的隔壁,她也始终坚持她是在过流浪般的生活。

叫刘浪的人没有在流浪,叫尚蒂的人并不是真的上帝。人类的名字从来都不真正代表这个人的真正生活状态,多奇怪。

至少"海狗"就真像是在海里游泳的狗,"棉花糖"也的确长得跟棉花一样。不过"自行车"完全就不会自己动起来。

我叹了口气。原来在不知不觉中我已经了解了尚蒂太多事情,对她的身份不能再只用区区一个"邻居"就能代替了。

那该用什么呢?我头隐约疼了起来。

"白痴,谁会喜欢那种女人。"

我像是在听一个不冷不热的笑话一样,干笑了两声。

刘浪侧着脸看我,惯例地又露出了意味深长的笑容。

"你很像一个流浪汉呢。"他说。

"你的名字里才有流浪两个字吧?"我反讥。

"只有流浪的人,才会毫不在意地去面对他即将要遇到的每一个人和每一件事。因为他们本来就没有归属,所以不管是谁,都可能会成为他接下来的新朋友;不管是哪里,都或许会成为他下一个停留的终点。你就存有这样的一种流浪心态。"

"就算你说的没错,那跟尚蒂又有什么关系?"

"谁知道呢……"

他站起身,把喝完的空瓶子用投三分球的姿势投向路边不远处的垃圾桶里。瓶子没有进,他无奈地摊了摊手,快步走过去捡起来,老老实实地丢到了垃圾桶内。

"可是没有人规定流浪汉就不能谈恋爱吧。"他笑嘻嘻地把球拍和羽毛球收拾起来,塞回旅行袋中。

"我要去附近的百货公司买点东西。"

他拍拍我的肩,准备动身离开。

我目瞪口呆地看着他从旅行袋里拿出了一辆折叠式自行车,越发对那袋子的容积产生了无尽的好奇。

"刘浪,你到底是什么人呢……"

在他骑上车要走之前,我下意识地问道。

我不晓得我为什么会这么问。他是我的大学同学已经是证据确凿的事情,毕业照就沉睡在桌子抽屉里,他的言行也都说明他曾与我很要好,这是很真实的过去。

也许正是太真实了,真实得反而让人有点不确信。

"有两个答案,你要听哪个?"

他像是早就准备好了一样,露出了我预想中被星探搭讪般的灿烂表情。

"呃……就从第一个开始听好了。"

"我是银河系资讯统合思念体派来的人形对人用接口,目的是为了监视可能拥有能够随心所欲改变一切事物的能力的尚蒂。而你是唯一一个会对尚蒂产生不可预知能力的普通人类,所以接近你正是解开尚蒂所拥有的特殊能力之谜的关键。"

"喂!这是《凉宫春日的忧郁》里的设定吧?"

"那么,第二个答案……我是拥有超能力的超能力机关派来的谍报人员,因为尚蒂可能拥有足以改变世界的能力,所以我的职责是守护在她身边,防止她产生不良的负面情绪从而毁灭世界。"

"喂喂！这跟第一个答案没什么区别吧？只不过身份从长门有希换成了古泉一树而已——况且我从来都不吐别人的槽，凭什么我就非得是阿虚啊！"

"你很难伺候耶！"刘浪不耐烦地挠了挠后脑勺，背对着阳光而站，居高临下地看着我，笑容便隐藏在了阴影里，"那，我再额外奉送第三个答案好了——"

"我是来自十年后的未来人。因为一个机缘巧合得到了23世纪可以小范围修改时空格局的神奇机器，为了不让多年前因为一个错误的决定，导致我失去了最珍贵的爱情，才穿越时空回到这个时代，希望能在不影响历史正常发展进程的同时，尽可能地挽回我的爱情。"

"喂喂喂！你当你是穿越时空的少男吗？开玩笑也该有个限度吧！"我后悔自己不该浪费时间跟他闲扯，这家伙根本就是一个只知道沉浸在ACG（是Animation卡通动画、Comics漫画、Game游戏的简称）世界里的死宅男而已。

"所以说你难伺候的毛病真的很难改掉。"

他耸耸肩膀，把旅行袋斜背在肩上，打算骑车离开。

"刘浪，"我又叫住了他，"对你来说，什么是流浪呢？"

这个问题写出来的话还好，但听起来实在很古怪。

他似乎第一时间就明白我想问什么，笑容不改地冲我喊了一句话之后，便不再回头地扬长而去。

这句话与其说是他的答案，倒不如说是一个崭新希望的开始：

"流浪就是为了寻找下一个人生的目的地。"

既然不用再花大力气打不知所谓的球，我便打算回家冲个澡，继续关注我电脑的杀毒成果。

我对于电脑病毒并不那么感到恐慌。就好像我有时甚至会纵容青春痘在脸上的泛滥一样。专门挑一个时间把它们一次性全部结果掉，便会享受到一种愉悦的心情。

所以在星期六的早上以杀毒作为一天的开始，就我而言，可能便是下意识想要换个好心情。

电梯被早我两步的住户乘到顶楼去了。我受不了汗水冰冷下来而且微微发黏的感觉，决定不等电梯慢悠悠地降下来，自己爬楼梯可能更快些。

有了电梯之后，人类就越发遗忘楼梯的存在。

所以一栋高楼在建成5年后，也许电梯已经陈旧得不像样，楼梯反而保存得很新。

真不明白，在电梯被发明出来之前，人类都是怎么生活在太高的地方的。

爬到5楼的时候，听到了一阵嘈杂声。

是那种闲不住的大妈大婶三姑六婆，耐不住日子的平淡，便要找机会凑在一起，用蜚短流长的叽咕声尽情八卦。

对于这些人来说，八卦别人家的事情，简直就是除了晚八点的家庭伦理剧和你情我愿了三十多集但连半个"爱"字都没说出口的韩国肥皂剧之外，眼下人生的唯一精神支柱了。

时间通常不限，只要不是在敷面膜和睡觉的时候就都可以。

地点也没有限制，站在墙根下就能开聊，在菜市场碰到了都能碎上半天，牌局上最好，搓麻将聊八卦其乐无穷。

从某种意义上来说，习惯独居又作息简单的我，往往是她们最觉得无趣和懒得聊的对象，因为实在缺少话题。即便她们对我来说不存在任何杀伤力，我潜意识里也并不太喜欢她们的存在。

只有自己生活过于乏味的人,才指望通过偷取别人的生活,来弥补自己的空虚。

我本想立刻躲开,可在经过楼梯门洞准备继续向上爬的时候,看到了三个中年妇女几乎是并肩站在一起,脸齐齐地都对着裴哲家的方向。

"听说这家的男人,是做那个的。"

头上夹着烫头发的卷子的一个女人率先开口,音量不算小,似乎完全没有怕别人听到的担忧。

现实中能见到跟《功夫》里的包租婆一样的头发造型,我不由得庆幸自己今天真有眼福。

"那个是哪个啊?"

套着灰色袖套的女人搭腔了,表情看起来分明就是心里有数还非得装成清纯无知的样子。

"就是靠女人吃软饭的小白脸!"

剩余的妇女生怕自己被遗忘,忙不迭地接上话茬,她一说话,下巴就清晰地晃动着三层肉。

"嘘!小声点儿!"

灰色袖套装模作样地把手指比在嘴前,分明她的声音就是最响的。

"切,敢做还怕别人说!"

烫发卷子双手抱胸,一脸不屑的神态。

"我倒觉得啊,这家房东何必要把房子租给这种人,也不怕脏了地方。"下巴三层肉冷冷地说,眼神倒是热切的。

"我是担心那种脏事做多了,搞不好身上染了一身的病。"烫发卷子的表情变成了厌恶。

"待会儿我得嘱咐我家那个臭小子,以后放学回来戴着手套按电梯,别把病菌都带回家了,小孩子身体免疫力低得很。"下巴三层肉的口吻满是恶毒。

"不是说他老娘都从乡下赶来投奔他了么?"

"用那种脏钱挥霍,这母子俩都不是什么好东西。"

"我昨儿个买菜的时候还遇到那老太太了,跟卖鱼的贩子眉来眼去。都那么大岁数了,也不害臊,真是有什么儿子就有什么娘。"

我听不下去了,虽然我对裴哲的工作同样抱有疑问,然而任这三个女人乱说下去,只怕整栋楼的住户都会误解裴哲。

城市人的邻里关系早没了10年前的那般亲密,不过没有人会拒绝多听一些别人家的八卦,然后带到自家的饭桌上当谈资。

刚要走过去提醒她们别那么肆无忌惮地在别人家门口说是非,裴哲家的门打开了。走出来的人瘦小而苍老,是裴妈妈。

裴妈妈一走到门口的走廊里,就赶紧将门反带上,像是生怕里面会听到外面的对话一样。

"我儿子正在睡觉,可不可以请大姐们说话小声点儿?"

老太太没怎么见过世面,对于城市人先天就有些畏惧心理,她哆嗦了半天,似乎是在为难该怎么开口。好不容易嗫嚅出一句话来,声音都是颤抖的,陪笑的脸战战兢兢。

"喊谁大姐呢?我可没那么老!"下巴三层肉不满地吆喝起来。

"你不为自己儿子害臊,我还替您老人家羞耻呢!"灰色袖套说话声音越发洪亮。我怀疑她年轻的时候唱过秦腔。

裴妈妈紧张得一边不时地从门缝里瞄屋里的动静,一边双手扑棱着,像是示意三个女人不要那么大声说话。

她不知道该怎么跟城市人打交道,她的自卑几乎与生俱来,而且为了不让儿子受委屈,她只希望邻居住嘴就好,除了请求,她完全不晓得还能怎么做。

"哎呦，这都什么世道呀，还不让别人说话了？"下巴三层肉的泼妇气势瞬间显形，"嘴巴长我身上，我难道连说话的权利也没有了？"

"大家都是邻居，都体谅体谅吧，我儿子没做什么见不得人的事。他现在在睡觉，昨天工作太累了，我想让他多睡会儿。"裴妈妈的口音依然很奇怪，生怕别人听不懂一样，费力地用带着方言味儿的普通话说着。

"邻居？谁跟你们是邻居了？我们可是从这小区开始卖房子的时候就买了住这里安家的，要算邻居的话，也是五零四号房的房东！他们一家人现在去美国享福了，租房子的房客又怎么会是我们的邻居？"

"回头我非得一五一十地告诉你们房东，看他到底把房子租给了怎样的一对好母子！"

按理说，即便心怀不满，这三个女人也不至于真的会跑到别人门前唇枪舌剑地挑事端，我有点不理解她们的行为动机了。

女人本来就是很麻烦的生物，一旦成为家庭主妇之后，就会更加麻烦。

"记得告诉你家那个好儿子，以后少臭显摆他有那几个钱！上礼拜我家那口子在楼下小饭店喝酒喝多了点儿又关他什么事了？就算耍酒疯，要处理也是我们家跟小饭店的事情，他凭什么非要横插一手，啊？甩上几张钞票说什么打烂的东西算他的就走人，你倒是给我说说看这都算什么？你叫我们家的面子往哪儿搁！"烫发卷子骤然发起飙来。

我有些明白到底是怎么回事了——裴哲大约是好心办了坏事，无意间伤及了别人的面子问题。

只不过，会在小饭店里喝二锅头喝到当场发酒疯，我实在不认为这家人还有什么面子可言。

"扑通"一声，随即女人们像是被吓到一样，叫嚷声戛然而止。我也吃了一惊，悄悄走近些偷看，发现裴妈妈竟然跪在了地上。

"少来这一套……"

烫发卷子约莫没想到这把岁数的老太太会有此般行径,嘴上还是不饶人。

"对啊,对啊,少来这一套!"

面对下跪,中国人通常都晓得是多么隆重的礼节。另外两个妇女一时也找不到合适的话说,只是有点讷讷地不断重复着烫发卷子的话。

男儿膝下有黄金,我不知道老太太的膝下会有什么,但我确定男儿的母亲,一定跪得更重,更痛,更让人心酸。

我终于按捺不住从门洞里走了出去,一把将裴妈妈从地上扶了起来。

裴妈妈抬头看见是我,一张脸涨得通红。

"拜观音呢不该是冲着南面的,因为南无观世音菩萨嘛。"我当身后的三个女人不存在,而是微笑着跟裴妈妈说道,"裴哲的画受到了美术院画家们的好评,我正在联系场地准备帮他开画展呢。"

我倒也不是信口开河,我的确准备把裴哲的作品推荐给我认识的一些在艺术鉴赏类杂志工作的同行。

我对裴哲的才华,很有信心。

将裴妈妈送回屋,我当作没看见她羞愧而感激的目光,接着继续无视那三个女人的存在,在她们瞠目结舌的表情中,轻快地走上6楼去。

走到六楼的时候,一转弯便看见有人站在我家门口。

我平时极少会有朋友上门拜访。

首先是因为我是个懒得收拾房间的人,不管是为了迎接客人的到来而要收拾被我弄乱的房间,还是在送客人走之后收拾被他们弄乱的房间,我统统都不情愿。

所以我从来不会在节假日的时候对认识的人发出邀请,况且就算他们真的来了，我也完全不晓得在我家有什么好玩的。

其次，我在北京真正关系密切的朋友实在不多，而且不晓得是不是个性相投才会变成朋友的关系，假期里他们通常也是喜欢独自缩在家中，作息比我还要简单。

当然也不会是送报纸牛奶的投递员。我习惯每天上班时网上看新闻，这样每个月至少能节省出三十块的零花来。至于牛奶，我出生起由于母亲缺乏足够的乳汁而只能通过牛奶哺育，自我戒奶改吃饭之日起，我就对牛奶产生了严重的腻烦情绪。

酸奶和发酵过的乳饮料我还能接受，但鲜牛奶的味道我就无论如何也接受不了了。

更不可能是星探。要搭讪的话在路上就可以了，何必辛苦地追踪到家门口来。

"你在做什么？"

我好笑地看她几乎整个人要扑到门板上小心地听我家里的动静，觉得还是出声打断她比较好，纵容她发展下去，难免会演变成夸张的窃听。

她毕竟是个警务人员，知法犯法的话会让我这种普通市民对司法和执法部门都连带失去信任。

尚蒂反弹式地立刻从我的门前跳开，有些尴尬地理着滑落在肩上的长发。

"我是想来跟你借点咖啡。"

坦白说她的借口很瞎。就算是借黄酒、借酱油都勉强能忍，哪有人会在大早上跑到邻居门前说要借咖啡的?

"那我就只能说声抱歉了。"

我轻笑着看她穿着宽松的T恤，为她竟然舍得放弃粉红睡衣而感到惊讶,"一来我很少喝咖啡,家里没有储备过咖啡,二来我担心借给你咖啡之后,下次你会直接还给我咖啡豆。"

我说的是实话。我自小就对咖啡不太喜爱,总觉得别人说的"苦尽甘来"半点儿也不适用于咖啡,因为不管我怎样品味,都完全不能从像糊掉的中药液体里,喝出丝毫甜蜜的味道来。

如果是咖啡和牛奶这两样我最不喜欢的饮料凑到了一起,不用怀疑,"咖啡牛奶"正是我人生最大的噩梦。

"哦……"

她有点失落地把门让开,好让我能够拿钥匙开锁。

"那个……那天晚上……"

她的脸颊飞上了两圈像晚霞一样的红彩,说话也不复平时的利索。

"那天晚上我的鞋带突然松了,绑好鞋带花了我不少时间,所以没能追上你的脚步,真的很抱歉啊!"我抢在她前面大声地说道。

她愣了一下,半天才反应过来我是在维护她身为女孩子的自尊心,于是就不再辩驳什么,而是顺水推舟地接受了我的人情:

"啊……没关系的。"

我打开了房门,见她没有回自己屋里的意思,大约晓得她是有话想说。只要不是跟"尸体很寂寞"有关的话题,我基本上很乐意跟她多聊一会儿。

"还有什么事吗?"我问。

她抿起嘴犹豫了一下,便抬头盯着我,分外坚定地问:

"你可不可以答应我一件事情?"

我吓了一跳,有点后悔前天把钱包里的保险套丢掉了,现在我身上缺少足够的安全道具,而且我比道具更缺乏的,还有实际的经验。

"你又在想一些肮脏的东西了对不对?"尚蒂恼火地看我羞怯地沉

浸在自己的幻想里,"麻烦你偶尔也给我正经一点儿好不好。"

事实上我大多数时候都是很正经的,或者说,甚至正经得有点过头。我格外委屈地想。

我大学时代的英语泛读课老师对我的印象一直都不是很好,原因是他第一堂课的时候,要求我们在作业本上写下对他上课风格的评价并签署上姓名,我很老实地写了一句:"无关的话题比课业的内容还多。PS:没有哪个大学老师还会像小学老师一样毫不留情地给学生布置作业的。"

次日在拿回本子的时候发现他也回复了一句对我的评价:"过于正经的人是无法体会到美式幽默的精髓的。PS:没有哪个大学学生还会像幼儿园小朋友一样毫不婉转地给老师挑刺儿的。"

所以至今我看《六人行》的时候都很难笑出来,或许就是由于大多数情况下我都过于正经。

"通常只有在两个日子里,我会答应女生的任何请求。"

"哪两个?"她问。

"她的生日,以及,她的忌日。"

"正经一点儿,正经一点儿!"看神情,她随时可能会翻脸。

"就当提前满足你生日那天的愿望好了。说吧,要我答应你什么?"

我渐渐觉得戏弄她是件蛮有趣的事情。

她闭上眼睛深吸了一口气,然后舒畅地呼出来,睁大眼睛看着我:

"陪我去看海吧!"

听见涛声

青春散场,你若还在

所谓的海,就是一大缸很咸很咸的水,本来可以用来腌鱼,但水太多盐太少,结果不但没能成为食品储备库,反倒滋生了万种以上形形色色的生物,最终沦陷为人类在空闲的时候首选的度假地点。

类似的状况其实一点儿也不罕见。

最简单的例子就是吃不完吃剩了一半的意大利肉酱面,搁在厨房的角落里半个月不搭理的话,便会在某天心血来潮清扫房间时,赫然发现肉酱面俨然成了新生命繁衍后代的温床:不知名的蘑菇,白花花的霉菌,恶心的昆虫幼卵,以及追根溯源起来可能会发现跟我们千百年前的老祖宗有着血缘关系的奇怪微生物。这一切和谐温馨得比公寓楼里的邻里关系还要让人感动。

我想我们都被上帝给骗了。

这海洋分明就是他老人家弃置不用的腌菜坛子而已——醋酿海胆盐抹鲸,风干蛰头章鱼丸,凉拌水母香烤鲨,光是听起来就丰盛得让人干咽口水。

上帝的一个疏忽,就制造了孕育出这个星球一半以上生命的神奇海洋。

我们一个疏忽,便会创造出收拾房间时的一声"咿呀!也太恶心了吧"的撕心惨叫。

如今我又被尚蒂给骗了,耐不住她的软磨硬泡,便从下午的北京急匆匆地赶到了晚上的大连,下了飞机连厕所都没来得及上,就被她马不停蹄地硬拽到了一所坐落于海边的宾馆里。

"你真的不姓马吗?"

看着她快马加鞭地冲到宾馆前台,一马当先地跟前台的服务生打过招呼便要求她介绍目前空闲中的客房种类,走马观花地筛掉了一些无用的总统套房和顶级商务间，马空冀北地一眼相中了位于五楼的一间面海的房间，龙马精神地去掏皮包里的证件准备登记，随即脸上的表情便满是藏不住的心猿意马——我终于忍不住问了一个似曾相识的问题。

"当然不。"她轻描淡写地回答我。

我有些怀疑她今天的行动根本就不是一时兴起，而是蓄谋已久的阴谋了。

最有力的证据便是，当她早上在我家门口请求我陪她去看海的同时，手中已经攥着一张晚上八点四十分国航CA1699的机票了。

"为什么不是中午或者下午的机票？"我在手忙脚乱地赶到机场，买到了与她同一个航班的机票后，才松了一口气地瘫在候机厅的椅子上问她，"明明到大连的航班一天有很多趟。"

"因为如果你没有答应陪我一起去的话，我还有充足的时间可以退票。"

她一副深思熟虑过的样子，让我的心底浮现出一种被算计了的不舒服感。

只不过居然会真的陪她在短短半天之内就从北京飞到大连，如此疯狂的事情在我人生中还算是头一遭。

每个人都会在生命中经历一些疯狂的事情。

比如为了支持心爱的偶像参加选秀，一口气买下几十个手机号码，轮流发短信投票。

或者在大学毕业的当天晚上，跟感情投契的好哥们儿痛快畅饮啤酒到天亮。

又好比受到杨宗纬的激励，觉得既然"上帝在关上一扇门的同时，还会公平地打开一扇窗，那么我也要努力打开自己的窗"，于是独自一人跑到KTV里不知疲倦地连唱上十个小时。

这些通通都算疯狂。

为了出名不惜在网络上公开对某姐姐某教主示爱，散尽家财舍弃父母只为追星……这些当然也是疯狂。

只不过我对"疯狂"的定义比较简单，设定的门槛也比较低——举凡不是我平时会做得出来的事情，我都称之为"疯狂"。

所以，即使是"明明就有一块五一瓶的北京产酸奶，我却突然兴起地买了两块二一瓶的内蒙古酸奶"此类琐碎的小事，就我而言，也算是某种意义上的"疯狂"。

我打了个呵欠，眼瞅着尚蒂几乎把自己的手提包翻烂了，内心溢满的是对于自己会难得疯狂一把的不解。

"我的身份证好像找不到了。"尚蒂的脸色看来不大好，她今天穿得依然精致，"看来不能开两间房了！用你的身份证去登记吧，我勉强让你挤过来同住就是。"

"你是法医耶！"警务人员怎么可以出门不随身带好身份证的？

"没有人规定厨师出门还得随时抓着把锅铲的吧。"她冷冷地扫了我一眼，语气格外坚定。

"可是你上飞机前明明就还在的呀！"过安检前我记得有看到过她出示身份证的。

"丢在半路上了不可以吗？"她理直气壮地双手叉起了腰。

"请问小姐，你跟这位先生的关系是？"因为只登记一个人的证件信息，前台的服务生恪尽职守地问。

"邻居……"我下意识脱口而出。

"不！"尚蒂见我露馅，不留情地用手肘暗中击我的肺叶，"男朋友……"

"他是我男朋友。"她指鹿为马地说道。

乘电梯去五楼的空当，我依旧耐不住旺盛的要说废话的欲望，站在尚蒂身后就开始叨唠。

"那你……"

"住嘴。"她语气虽然狠，表情倒是和颜悦色，"我也不姓何！"

"不是的，我不是想说这个……我的意思是说，那你晚上不可以粗暴地侵犯我。"

电梯停在了五楼，伴随着"叮咚"的脆响，门应声而开。

尚蒂没有半点儿迟疑地大步走了出去，临行前不忘再次用手肘向后猛击我的身体。我痛苦得几乎要整个人蜷缩在电梯里翻滚。

"哪有人会攻击一个五小时没上厕所的人的膀胱的！"我凄惨地冲着她趾高气昂的背影喊道。

磨蹭到了房间门口，腿有点软。尚蒂早就先开门进去了，正趴在巨大的窗边对着海滩的方向张望。

我留意了一下门牌号：五零四。

"这间不是……"

"什么？"她头也不回地问。

"没什么？"我挠了挠后脑勺，识趣地进了洗手间。

这不是一间豪华的酒店。房间的陈设不算新，勉强称得上干净而已。

只有一张床，尺寸倒是大得吓人，还画蛇添足地摆了两个心形的靠枕在床头，其中一个已经脱线了，从边角露出了发黄的棉花。

从洗手间出来，我如释重负地松懈下来，整个人顿时被一阵铺天盖地的疲惫感笼罩。我连忙找了张椅子坐下，瞬间就懒成了一摊烂泥。

尚蒂依旧趴在窗口，目不转睛地看着窗外。

天早就黑了，这间宾馆说是靠海，可实际真要步行到海边，至少也得半个钟头的样子，虽然依稀能听到海浪的声音，但更多的是被附近小吃街里烤串小贩的吆喝声所覆盖。

"这么想看海的话，我可以现在陪你去海边的。"

我承认我只是在说客套话而已。天晓得我现在累得跟刚跑完马拉松的家养猪一样，除了哼唧的力气，让我哪怕动一下脚趾都心有余力不足。现在就算告诉我美女正在海边裸泳，我都不会有想去满足一下好奇心的欲望。

事实证明，在疲劳面前，男人绝对不是只靠下半身思考的动物。

"不了。"尚蒂有些不舍地离开窗边，"夜晚的海太寂寞了，我不喜欢那种感觉。"

幸好她没有真的同意让我陪她现在去看海，不然我一定会用尽我最后的力气抓起桌上的烟灰缸把她砸晕。

"陪我喝杯咖啡吧。"

她简单地说了一句，然后开始翻她的手提包。

我发现她很喜欢用"陪"这个字眼。

不管是"陪"她晒月亮，还是"陪"她吃晚饭，或者"陪"她去看海，她似乎生怕会一个人打发这些时间一样，总是渴望着能有个人作伴。

如果只是单纯地想跟别人约会逛街看电影，大多数人通常的邀请方式都是"一起吃便当吧"、"一道去看《蜘蛛侠》吧"、"一同把头发染掉吧"，相互取乐的成分要多一些。

"陪"这个字的主从关系太明确。

"陪"的人难免强颜欢笑，被"陪"的人难免漠然寂寥，最后的收场基本上都是相看两无言，竟无语凝噎，谁也不觉得开心。

会把"陪"字挂在嘴边的，都是些寂寞的人。

"哪来的咖啡?"

我实在不想扫她的兴,只是她如果敢吩咐我下楼去超市买,我一定也会用尽最后的力气捡起地上的暖水瓶把她砸晕。

她麻利地从包里摸出两袋速溶咖啡,冲我耀武扬威地挥了挥。

然后拿起桌上宾馆准备好的玻璃杯,先放在鼻前嗅了嗅,再掏出两张湿纸巾仔细地将杯子里外擦了一遍。

接着在饮水机下接了点热水涮了涮倒掉,最后才把咖啡分别铺在两只杯子的杯底,重新注入滚水。

"我以为你至少会先洒点指纹粉什么的,查看一下有没有上一位客人留下的痕迹呢。"

我接过咖啡,太烫了,便放在桌上让它自然冷却。

"如果明天早上我醒来的时候发现你横尸在地板上,我会这么做的。"

她约莫是在说笑的样子,端着咖啡又走到窗前,脚尖一踮就坐上了窗台,两只脚悬空摇啊晃啊的。

月光洒在她的肩膀上,有点清冷的意思。咖啡的热气袅袅地升起来。白色的烟雾,但白又白不过月光,于是只离开杯口两厘米,就害羞地不见了。

"尚蒂。"

我轻轻地唤她的名字,生怕她就这么恬静地沉睡在月光里,伴着咖啡的香气飘出窗外了。

"嗯?"

她竟然真的闭起了眼睛,夜风从背后将她的长发吹得散乱。

海边的晚风果然要比城市里大得多,尤其是相对于北京这种渐渐要被高楼大厦包裹成水泥粽子的城市来说,除了三四月的沙尘暴天气之外,想要真切地感受到身边空气的流动就显得极为困难。

"为什么要来大连呢?"

"因为去马尔代夫太贵了。"

她嘴角噙着笑意,摸不清她是在犯傻还是真的给了我一个很妙的答案。

"你一定不想被我拿咖啡泼吧?"

"没有什么为什么。如果我们去的是青岛而不是大连,你一定又会问我为什么要去青岛了。"

"真的?"

"真的。"

然后我们都不再说话。我有一口没一口地喝着咖啡,皱着眉头在喝,像在喝坏掉的中药。

她有一口没一口地喝着咖啡,和颜悦色地喝,像在喝名贵的佳酿。

"可惜没有牛奶。"她喝完了咖啡,略略露出一副失望的表情,"奶咖会更合今晚的月色。"

"幸好没有牛奶。"我暗自庆幸地在心里嘀咕。

"该睡觉了。"

她像是终于感到了疲劳似的打了个呵欠,让我不禁忧虑她的神经是不是真的要比普通人来得迟钝。

"那么一起睡吧。"

我认真严肃地说,眼神清澈纯洁。

"你一定不想被我拿开水泼吧?"

咖啡被她喝完了,她只好退而求其次地选择了开水。

"只有一张床而已!"我坦诚地跟她表明了我们现在面临的处境。

"只有一张床而已?"她犀利地反问着,一眼就看穿了我的心思。

"只有,一张床而已。"我再度强调我的立场。

"只有一张床,而已。"她毫不退缩地严守原则。

"只有一张床而已……"我心虚地低头企求她的怜悯。

"只有一张床而已。"她坚定地不愿妥协。

"我去睡浴缸吧。"我宣告放弃,转身就向洗手间走去。

这间房里没有沙发之类的家具。因为在宾馆经营者的设想里,没道理情侣同房还不睡在同一张床上的。

我打算明天在前台的意见簿上狠狠地写下我的不满:居然没有考虑到情侣间也可能会吵架搞冷战的情况,对于服务业者来说,在设施的配套方面也太不人性化了!

"等等。"她忽然喊住我。

我以为她临时改了主意,立刻惊喜地回过头去,却见她一脸尴尬地盯着床头,冲那两个爱心靠枕苦笑不已。

"把靠枕给我吧,垫头垫脚正合适。你可不许跟我抢哦!"

我不等她发话,就迅速地将它们抓在怀中。

尚蒂的神情并非我预想中的那样,她没有因为睡床争夺战获胜而沾沾自喜。

反倒是一抹歉疚,夹带着月光的清冷,幽幽地惹人怜惜。

只是在月光里待了一小会儿,就尽得月光的神韵。

我有些怀疑她是不是在修炼绝世武功,可以在月光下吞纳吐息,吸取天地精华。

"浴缸其实还蛮舒服的。"我很没有说服力地说道。

她没有说话,略略松了口气,从眼底滑落出一抹感激的神色。

我注意到从她胸前外套的开口处,露出了粉红色的内衣边缘。她对粉红色真的有着极深的执着。一小截锈有金线花纹的锦囊跑了出来,看起来像是从寺庙里求回来的护身挂符。

"你信佛的么？"我问道。隐约觉得法医信佛是件蛮古怪的事情。

她见我目光停留在她的胸口，脸上泛起红潮，慌忙将护身锦囊塞到了内衣里更贴身的地方去，不给我继续发问的机会。

看着她难得的羞涩，有那么一瞬间我突然觉得如果是尚蒂在海边裸泳也许也有点儿看头。

只是那么一瞬间而已，短暂的浮想联翩之后，脑海里就很不配合地浮现出黑框眼镜的经典造型。

我抑制住咖啡的反刍，疲累再度占据上风地开始侵略我的肉体和意识，于是不管是尚蒂还是林志玲，都统统地从我的想象中消失不见了。

"谢凯。"

她二度叫住我，这次我不再抱有期待，最多她还能再施舍给我一双拖鞋而已。

"嗯？"

"谢谢。"

她轻轻地说。像夜风一样轻轻的。像海沫一样轻轻的。像月光一样轻轻的。

像耳边传来的涛声一样。轻轻的。

我是被浑身的骨头疼痛弄醒的。

醒的一刹那，僵着的身体完全动不了。我深呼吸加流冷汗足足一刻钟，才逐渐让知觉恢复到已经麻痹的四肢里，仿佛从蛋壳里终于挣脱一样，翻身摔到了地上。

"原来得了帕金森综合征就是这种情形。"我暗忖，疼得龇牙咧嘴，"真是难得的人生体验。"

从裤子口袋里摸出手机,看看时间是凌晨四点五十分。意外地发现有5条未查看短信息,都是昨天晚上发来的,由于手机静音,所以直到现在才看见。

两条莫名其妙的高利贷咨询信息,同时还承接追债、侦探和复仇业务。我想也不想地立刻删掉。

一条是林岱豫学妹的:"亲爱的在做什么呢?已经是周末了哦,有没有想人家呢?现在你在哪里?礼拜天要不要请我出去吃饭?限你十分钟内回复哦。"

不用猜也晓得是条群发的短信,虽然很想直接转发给杨柳学弟,可是我不想到头来费力不讨好地成为炮灰,便决定不再搭理,呵欠连天地继续看下一条:

"买了鸭脖子,在你家等了一晚上也没见你回来,不会是三更半夜发神经跑去看海了吧?PS:小仓优子的写真集我借走了。"

那本书我刚买,还没来得及欣赏,连外面包装的塑料封套都还没撕掉,小心地珍藏着。我额上浮现三条青筋,翻到最后一条:

"冒昧地给你发了信息,不知道周末的晚上你在做什么。"

看看发信人,是我不认识的号码。再重又仔细看了一下信息的内容,在末尾的署名处标有两个汉字:

"肖茹。"

印象中对这个名字很模糊,隐约有个轮廓,却无论如何也想不起确切的模样。出于礼貌,我立即回复道:

"我在看海。"

我对陌生人通常都很礼貌。前提是此人在我心中的分数还没有降到65分以下。

我通常习惯用100分来判断一个人:刚认识的时候先给他100分的满

分，然后根据我逐渐发现他缺点的程度而陆续扣分。

低于40分的话，这个人就没有继续交往下去的必要了；

低于30分，我会绕道躲开他会出现的场所；

低于20分，我会好心地在每次参拜寺庙的时候顺便跟神佛祈祷赐予他人类最基本的美德；

低于10分，我想我大概要躲在家里，替他大哭一场，感叹生命如此不幸。

肚子一阵嚎叫，我想起来从昨天起床到现在，除了在飞机上吃过一包花生之外就没再吃过东西。

昨晚因为太累而遗忘了饥饿感，此刻胃里空得几乎要紧缩成一团，联合着腰酸背痛手脚麻木，里里外外疼得我简直想自砸脑袋陷入昏厥。

蹑手蹑脚地走出洗手间，打算溜出宾馆找找看大连有没有二十四小时营业的便利店。然而我一走到门口就呆住了：

床上是空着的。不是那种当事人被夜袭绑架的空，而是人走床凉的空。被子叠得整整齐齐，床单也重新铺好，几乎帮宾馆的清洁工省了收拾的工夫，直接就能迎接下一批住客。

窗户被打开了。早上清新的空气源源不断地渗进房间来，夹杂着海边特有的淡淡腥味，倒还是让人愉悦的气息。

窗户也不像是被推开后当事人跳楼自杀的样子，窗钩有被认真地挂上，窗帘也被悉心地拉到了一旁。

尚蒂不见了。在凌晨四点五十八分，消失在宾馆的房间里。

我并没有因为突然遭遇了怪异的事件，就立即沉浸在名侦探柯南般的推理喜悦中。

就算是要失踪，理应也是我失踪比较恰当。毕竟尚蒂是法医而我不是，能根据蛛丝马迹找到失踪对象，怎么想也是尚蒂比我的胜算要多。

我心有所动地跑到窗边朝海滩的方向看，不出所料地发现了熟悉的身影正慢慢地踱向浪花翻涌的岸边，即使看不到脸上的表情，也能看清那背影没有丝毫绝望的意思。

顾不得肉体内外同步催化的煎熬，我毫无选择地夺门而出，朝着海滩狂奔过去。

"自己一个人先偷跑来看海，真是太狡猾了。"

尚蒂兀自在前方走得缓慢，每一步都沉着而踏实，没有半点儿迟疑，几乎带着一种朝圣般的心情迈向海边。

听见我的抱怨之后，她停下了脚步，转过头来，脸上的表情虽有讶异的意思在，却并不惊奇，像是早料到我会跟过来一样。

"你醒了。"她说。

"不然咧？"我说，"凌晨五点钟一个人跑到海边来，我会真的以为你是特地跑到大连来自杀的！"

"如果真是这样呢？"她似笑非笑。

"人死了就会臭的，会腐烂的。"我严肃地说，尽管表情并不严肃。

"腐烂了多好。腐烂之后就只剩下一堆白骨，干干净净的，什么都没了。"

她突然张开了双臂，迎着扑面的海风，肆意地享受着被风声海声吞没的感觉。风吹过她的头发，经过我的鼻前，留下了一股好闻的柠檬洗发水味。

"也不全是这样——如果你隆过胸的话，除了白骨，至少还能剩下两坨硅胶。"

"你一定不会想被我拿海水泼吧？"

她的语气满是威胁，脸上挂的笑容却没有半点儿耍狠的意味。

我远远地瞅了一眼离我跟尚蒂还有一百步距离的海水，太阳还没升起来，微薄的晨曦连远处高楼的顶端都照不亮，在深蓝得近乎浑浊的浪花折射下，为这一片沙滩笼罩上了冰冷的青蓝色调。

一切都是欲醒未醒的样子，没有早起的寄居蟹在爬行，也看不到海鸥的身姿，在满眼的惺忪中，唯有我们两个人类，是醒着的。

"睡得还好么？"

她的眼神里是显而易见的歉意。

"我在睡浴缸的时候都是蜷缩着的，就像在妈妈的子宫里一样，蜷缩的睡姿是人类最舒适的姿势。"我睁着眼睛说瞎话，"可惜我临睡前忘了事先放满热水，不然就真的像是回到妈妈那充满羊水的子宫里了。"

我是单眼皮，眼睛很小，就算睁到最大也不比一粒饱满的葵花子来得大。所以我睁眼跟没睁区别不明显，睁眼说瞎话也就不算太违背良心。

她约莫是相信了的样子，继续往前走去。越靠近海边，脚下的沙子就越发细密，迈出一步，半只脚掌都快陷进了沙里头。

尚蒂于是脱掉了高跟鞋抓在手里，赤着脚接着前进。

我犹豫了一下，只好紧紧跟在后面。

我脚上穿的是运动鞋，平时怕走路不跟脚总会故意把鞋带绑紧点儿。蹲下来松鞋带脱鞋稍微花了点儿工夫，再次站起身的时候，她已经

离我老远了:

我离海水还有100步,她只剩下76步。

我小跑着追上去。此时的沙子冷得惊人,每一步都能感受到寒气钻入脚心,痛得我眼泪都快出来了。

我并不知道尚蒂是否隆过胸,但不管是有硅胶的白骨还是没硅胶的白骨,我都很确定我不想她真的死在我面前。

凌晨五点在海边追着女生跑,这再次创造了我人生疯狂的新记录。

事实上,我是有幻想过类似的画面的:

赤裸着上半身的我,欢快地追逐着前面不时回头的比基尼女郎。女郎发出银铃般的笑声:"来追我呀,哈哈哈哈……"我们脚下踩着羞涩的浪花,浑身都被打湿了,夕阳照着两人的影子,拖曳出长长的甜蜜的身影。

几乎每一个男人都有过差不多的憧憬,只是这幻想变成了现实,来得有点太过仓促,我还来不及作好心理准备就被迫要亲身去实践。

幻想与现实的偏差向来不会让人太幸福,我承认我猜到了前头,但没猜到眼前的结局。

"是海!是海呢!"

尚蒂走到了离海水仅有五步的地方,停下来抑制不住兴奋地尖叫着。

她的语气实在太high,像极了追星的少女看到韩国小天王时发出的狂热高呼:"是Rain!是Rain呢!"

天空倏地泼了一勺洗脚水下来。明明天色就是蓄足了力气准备猛然发亮,头顶上淋着的雨还是自顾自地下得颇欢。

我只是刚刚联想到某个跳舞跳得让人嫉妒的男人而已,竟然真的下起雨来。

还好我没在想雪村。我庆幸地想。

"下雨了,我们回去吧!天晴了再来看海也不迟。"

尚蒂听到了我的呼喊,没有后退,反而又前进了两步。海水猝然冲上岸来,淹过了她的脚背。

她似乎真的很开心,转身面对我而站,嘴角扬起了极大的弧度,像在欢乐地笑。

雨水将她的头发全部打湿,顺着她脸的轮廓流成美丽的曲线。

她的眼眶周围红红的,说不上是冻的还是怎么回事,从眼角到下巴湿成一片,不晓得是雨水还是泪水。

我被她的表情吓了一跳,与其说她是高兴到了极点,不如说根本就是悲伤到了极点。

越快乐,越悲伤;越悲伤,越快乐。

海水吞吐得更加急促,雨水坠落得更加无情。

在海水和雨水的包围下,她哭成了泪人儿。

"大海……"尚蒂指着脚边不断冲上来又倒回去接着再不甘心地涌上来的海水,"说它好寂寞。"

我看不下去了,脱下了外套跑到她面前给她披上。

虽然外套也已经湿透,起不了什么保暖的作用,可我固执地认为这样至少能让她尽可能地少被雨水直接攻击到。

"寂寞的是你。"我将她一把抱在怀里,用我的背再替她挡掉一部分雨水,"寂寞的只有你而已。"

她意图挣扎:"我不寂寞!一点儿也不!你不要胡说!"

我不肯松手:"你很寂寞!非常寂寞!我没有胡说!"

两个疯子一样的人，纠缠在冰冷的雨水里和刺骨的海水中，说着莫名其妙的对话。

如果不是因为我怀里抱着的这个女孩真实得让人难以忽略，我会以为我是在拍一场倒人胃口的偶像剧。

尚蒂停止挣扎，改用手指抓我的胳膊。

我的外套在她肩上，身上仅剩一件白背心，胳膊赤裸地暴露在外头。她的手指轻而易举地就攻破了我的防备，指甲深深地嵌进了我的肉里。

"自从尚天走后。你就一直很寂寞。"

我尽量微笑着对她说话，然而胳膊上的疼痛让我忍不住咬牙切齿起来。

原来这就是咬牙切齿笑。既虚伪又不美丽，既痛苦又不快乐。可不能不笑，也不能不咬牙切齿。同时在残酷着和矫情着的，竟然是一种发自肺腑的悲痛与真诚。

尚天，尚蒂曾跟我提过的，她的亲生哥哥，也是她在这个世上的唯一亲人。

裴哲那天晚上在水晶酒吧告诉了我很多事情。关于尚蒂的事情。算起来比尚蒂告诉我的，关于裴哲的事情还要多得多。

其实这样一点儿也不公平。我都来不及对他们中的任何一个人掏心掏肺，他们已经抢先地掏心掏肺送到了我面前。

而且还是互掏对方的心，互掏对方的肺。

平白有一种狰狞的感觉。

尚蒂和尚天在他们分别是两岁和七岁的时候，被吸毒的父母丢弃在孤儿院里。从小将妹妹视为至宝的尚天，过早地承担起了抚养和保护妹妹的重责。

尚天对妹妹的爱，超过了这世上任何一种亲情所能达到的境界。

他十三岁的生日吃着乞讨回来的半块月饼，却在第二天妹妹的生日当天，捧出了用卖酒瓶子积攒了十个月的零钱买来的蛋糕。

尚天十四岁带着尚蒂悄悄地离开了没什么感情的孤儿院，追寻着幼时模糊的记忆，回到河北老家。

他们的父母几年前就音讯全无，空留下一间连屋顶都不剩的破瓦房。尚天开始玩命地四处打工，所得无几的收入除了勉强供尚蒂吃饱之外，剩余的零钱被他聚在一起，添加上在校长室门前用稚嫩的双腿下跪，硬是将尚蒂送进了小学。

直到尚蒂考上高中也开始打工养家，尚天才略微在操劳之余有了微不足道的些许空闲。他靠读妹妹的课本自学，二十四岁的时候托妹妹学校的老师帮忙获得参加高考的机会，竟然如愿以偿地考取了警校。

这之后的日子尽管依旧艰辛，然而比起十年前的光景，已经足够让兄妹俩知足。

尚天只花了三年就跳级念完了大学的课程。优异的成绩令他刚一毕业，就被分配到云南边区，成为了年轻的缉毒警官。

成为缉毒警，或许正是出于童年时对于吸毒父母的憎恨。

然而快乐的日子永远比我们想象得要短暂。尚蒂大二的第二学期刚结束，她正准备去探望哥哥的时候，却得知了尚天因公殉职的噩耗。

明明期末考试前还来信鼓励自己要加油的哥哥，怎么说死就死了呢？

更令尚蒂无法接受的是，尚天的死显得不明不白。他并非是在执行公务时被毒贩开枪击中，而是在一纸公文上含糊地写着"死因不明"。

尚天的遗体在警队安排的庄严的葬礼后火化。尚蒂全程没有流一滴眼泪，大多时候她总是目不转睛地盯着哥哥火化前的遗体审视。

直到半年后，尚天所在的警队里被揪出了领导与毒贩暗中勾结的丑闻，尚蒂这才明白自己的哥哥在当时一定是事先察觉到了什么，还没来得及向有关部门举报，就成了暴徒们联手阴谋下的牺牲品。

大三一开学，尚蒂毅然放弃了原本就读的建筑专业，开始刻苦地钻研起法医学来。

裴哲告诉我的内容，到此为止。

他刻意用最平淡无奇的字眼来描述尚蒂所有重要的往事，语气轻松得像是在复述一本无聊到极点的小说内容一样，他不时喝着五颜六色的鸡尾酒，打着懒散又悠闲的呵欠。

即便如此，我依旧听得胆战心惊。

就在我们日渐抱怨于电影里关于警匪对决，警察死得不够多，匪徒枪开得不够狠，编剧水平太次，没有让无间道黑暗得更彻底一点儿的时候，发生在我们身边的一丁点儿事迹，即使只带有零星电影里的影子，在混合了真实的鲜血与泪水之后，还是震撼得让人难以平静地站立在原地。

拜尚蒂所赐，我多少了解了在裴哲浮华的外表下，隐藏着一颗如何质朴的心。

拜裴哲所赐，尚蒂的寂寞与悲伤我竟然全都体会得到。那是我一辈子的寂寞和悲伤加起来，再乘以楼下保洁阿姨的寂寞与悲伤，最后加上居委会王大妈的寂寞悲伤次方，都还远远不能抗衡的寂寞与悲伤。

尚蒂的指甲依旧在我胳膊的肉里驻留。力道介于使尽全力和戳穿我的皮肤之间，微妙地疼痛着。

她已经不是为了挣脱我的拥抱而抓我了，而是近乎无助地在抓我。

就好像溺水的人会死抱着一根救命稻草不放手一样，我的胳膊虽没细得像稻草那般孱弱，却也成了眼下她唯一能寄托不安情绪的道具。

"哥哥和他，都说要一起来看海的。"她几乎连气都没力去换，"他们都说，海是这个星球上所有生命的故乡。回到海中，就可以结束流浪，不会再寂寞了。"

她把脑袋埋在我胸前，纠结的长发挂在我背心的边缘，水从她的发梢流到了我的胸口，寒冷得让我心慌意乱。

"你错了。"

我斩钉截铁地说道。

"哦？"

她抬起头，泪水汪洋里泛着迷惘的光亮。

"只要有爱情，即便听不见涛声，我们也不会寂寞。"

"爱情么？"她凄凉地一笑，"爱情大概是这个世界上最容易腐烂的东西了。连确切的保质期都没有，说变质就变质，然后腐烂得一点儿也不剩下，残留的还是只有寂寞，比爱情到来前还要更寂寞。"

我知道她口中的"哥哥"是谁——尚天。

我不知道她口中的"他"是谁——隐隐地猜到了一点儿。除了"那个人"，不会还有别人。

"大海其实就只是一个巨大的腌菜坛子而已。"

"啊？"

明明就是在极度悲伤的时刻,听到我扯出一句似乎是离题很远的瞎话,她不免有些困惑。

"我小时候常常吃妈妈腌好的咸菜。有白菜帮子,有萝卜干,有雪里蕻,有熬得很浓很浓的黄豆酱,你也一定吃过这些,炒熟了之后存在罐子里,就算放上一个月都不会坏。"

我无视于她的小小反抗,硬拉着她往海水里走。

"所以这告诉我们一个道理:咸的东西是可以防腐的。盐是天然的防腐剂。"

"你要做什么?"

看着海水越来越深,她有些惊恐。

胳膊上还留着深深的抓痕,她的拳头现在又捶得我身体深处传来内脏几乎破裂的声音。我仍旧不肯放过她,拉着她右手的手腕,硬是把她拖到了海水深处。

先是没过了膝盖,接着漫过了她的腰。及我胸膛的时候,差点要将她没顶吞噬,我一把将她捞起来抱在怀中,让她的双脚离地微微打着水,我们的胸口齐平高,都浸泡在海水中。

被雨水淋了许久,身体早就冻僵,几乎失去知觉,此刻已经不觉得海水有多冷了,泡了一分钟之后,身体表皮竟开始发热起来,暖暖的,很是舒服。

"爱情总是寄宿在我们心中的。"因为空余不出手来,我只能用嘴唇将她脸颊上最后挂着的两行泪啄干,"现在我们都泡在很咸很咸的水里,就像是泡在一个巨大的腌菜坛子里一样。"

"所以我们的心就有了防腐的能力。爱情不会腐烂,我们不会再寂寞。"

尚蒂愣住了，像是在怔怔地思考着我的话。

她的眼睛不肯转动半分，直直地盯着我的眼睛，从她眼神里流露出的绝望渐渐消失不见了。黑色的瞳孔随着身体发热程度的增加而慢慢温润起来，泪水刚刚才显出干涸的迹象，此刻竟然复又盈满。

"不要哭。"

我冲她摇了摇头，将她抱得更紧些。

"不要让防腐剂流出来了。"

贴在她耳边，我轻轻地说道。

像愈下愈小的雨丝一样轻轻的。像破晓而出的朝阳一样轻轻的。像外出散步的螃蟹一样轻轻的。

像耳边传来的涛声一样。轻轻的。

油麦菜之墓

青春散场,你若还在

门铃响的时候,我正在聚精会神地把一颗鱼丸往油锅里投。

我承认我的厨艺绝对算不上高明,然而,尚蒂非吵着早上要吃油炸丸子,于是我翻遍了冰箱的每一个角落,最后只找出了一袋去年跟同事吃火锅剩下没吃完打包带回来的鱼丸。

心想着反正都是丸子,就牙一咬心一横,炸了再说。

"哪有人早餐吃油炸丸子的?"

在她提出要求的同时,我就不悦地问她。

"谁又规定了早餐不可以吃油炸丸子?"

她同样不悦地反问我。

"总之……就是很奇怪……"我摸摸鼻头,老实地说。

"那为什么过年非得吃年糕而不是年饼、年面、年米饭呢?端午节为什么吃的非得是粽子而不是饺子、包子、无崖子呢?"

"喂!"我低低地叫道,"无崖子是虚竹他师傅吧!"

从大连海边回来后,尚蒂就时常来我家住。

晚上十一二点的时候,用拖把捣我阳台的窗户,然后嚷着说睡不着,便让我把窗户打开,她从阳台跳过来。

或者干脆下班后在路上遇到了,就干脆直接回我的家,一待就待到第二天早上。

当然她也常常煮一些东西给我吃,算作赖在我家不走的谢礼。

拜她所赐,我的厨房总算有了用武之地,以至于某天我在清扫灶台的时候,抹布与不锈钢快乐地摩擦着,甚至让我听到了整间厨房在发出愉悦的欢呼。

我于是跟尚蒂道谢:"谢谢你哦。"

她有点儿摸不着头脑,反而想起了什么,追问我另一个问题:

"说起来,我第一次见到你的时候,你家厨房里那截手指是谁的?"

我不清楚法医是不是也管侦讯,可她的表情看起来的确与古畑任三郎如出一辙。

"其实只是一根火腿肠,加上塔巴斯哥辣椒汁而已。"

我得意洋洋地告诉她事实真相,仿佛被捉弄的那个人是她才对。

"火腿肠是有骨头的吗?"

她狐疑地盯着我,像是在警告我不要试图挑衅她多年的法医经验。

"也许是新出的脆骨口味的火腿肠。"

我顿时没了底气,格外心虚地回答。

虽然尚蒂时常住在我家,但是我们从来也没有同床过。

除了上次在海里抱过她还亲吻过她的脸颊之外,我跟她之间就再也没有过更亲昵的行为。没有接吻,连牵手都没有。

每次都是她霸占我大而柔软的床,我自己抱出备用的被子睡到沙发上去。这一点我还是很庆幸的,因为我家不仅有沙发,而且还恰好没有浴缸。

我承认在感情方面,我还只是个小学生。

尚蒂不见得就比我高明,充其量也就是个初中生的水平。

小学生和初中生待在一起,你还能指望我们会发生些什么?

我不知道我跟尚蒂的关系究竟算什么。似乎不单纯地只是邻居而已了。

隐约像是关系更近了一点儿,然而仔细审视清楚,或许反倒比以往离得更遥远。

有一点明显的改变是，她在私下的时候不再穿着可怕的睡衣、戴着可怕的黑框眼镜了。

她上班的艳丽装扮依旧，平时家居的打扮至少也能跟"邂逅"划清界线。她的视力没有我想象中那么差，偶尔摘下白天出门戴的隐形眼镜的时候，她也自觉地拒绝了黑框眼镜，眯着眼睛坐在我旁边看DVD——我喜欢她这种样子，迷离地坐在电视屏幕散出的荧光里，更显得恬静婉约。

我们看电影的口味很相似。

她喜欢约翰·尼德普的眼睛，我喜欢凯拉·奈特莉的胸部，于是我们一起在星期二电影票半价的时候去看了《加勒比海盗》，然后回家抱着PS2狠狠地对战了一番《海贼王》。

我们吃东西的口味很相似。

她喜欢清淡爽口的食物，我喜欢做起来省时快捷的菜式，于是我们的最爱都是西红柿炒鸡蛋，不管是她做出来的红黄分明、酸甜适口，还是我炒出来的糊里糊涂、面目全非，我们都会吃得津津有味。

我们听音乐的口味很相似。

她一本正经地说她最爱法国香颂，我故作威严地说我最喜柔软女声，于是我在某个周末的夜里放了一张小野丽莎的CD，结果我们两个人全在听了不到半个小时之后沉沉睡去，直到第二天中午才自然醒来。

刘浪说我跟尚蒂都是流浪着的人，有着诸多相似的地方一点儿也不奇怪。

奇怪的人是他，自从尚蒂第一天在我家过夜后，他从那天开始就再也没有从我书房的"通道"来过我的家里。

反倒是那根钢管，一度被尚蒂以为我有奇怪的嗜好而误会我好几天。

刘浪还告诉我，我跟尚蒂凌晨看海的那天，他和裴哲也着急地赶飞机去了大连。

我诧异地问为什么他会晓得我与尚蒂在大连，而且为什么还要把裴哲一起拉来。

他急忙撇清干系，回答说是我弄反了逻辑，晓得我跟尚蒂在大连的人是裴哲，拉着他一起赶过去的人也是裴哲。

不过那天凌晨看完海之后，我就有点儿发烧的迹象。尚蒂在海边宣泄情绪之后，人也平静了下来。

既然两个人都没有在海边嬉闹的心情，我们上午便退了客房，改坐火车回了北京。

刘浪说裴哲下了飞机之后就直奔老虎滩，结果当然是没能找到我跟尚蒂。扫兴之余，他抱着既然来都来了就别浪费的心情，便跟刘浪尽情地享受了一番海滩阳光浴。

有什么事情不能在电话里说呢？我越发纳闷起来，而且大连的海滩有很多，他怎么偏偏晓得我们会在老虎滩？

我一直觉得"老虎滩"这个名字很好笑，在刘浪说完话之后我仔细打量他的样子，由于没有作好防晒准备，他身上晒出了许多奇怪的花纹，看起来着实像只没精打采的老虎。

我也一直没有机会当面问裴哲。

他的日程表跟我永远也对不上，我上班的时候他刚下班，我下班的时候他已经出了门。他家里只留有裴妈妈孤单地待在家里，有时周末白天在家待着，偶尔还能听见裴哲在冲裴妈妈发脾气，发出把碗碟摔碎的声音。

回过来说我现在面临着的大难题。

冻得跟台球一样硬的鱼丸,只要一下到油锅里便吵得人心烦,我生怕油溅到身上被烫脱皮,只好离锅两米远,卯足了精神远距离空投鱼丸。

偏偏这时候门铃又响了。我无助地喊尚蒂去开门,她回了我一句"正在看Leon与Ada感人的重逢呢",便不再搭理。

会是谁呢?我心浮气躁地寻思。

尚蒂已经在卧室里了,而且她习惯了翻阳台体验蜘蛛人的乐趣,早就不会刻意跑到我门前按门铃。

刘浪有专用的"通道"可走,按门铃也不是他的本性。裴哲从来都不会主动拜访,更何况这个时间他应该还没下班。

我没有邀请过任何一个朋友来做过客,邮递员也只会把银行信用卡的账单投递到楼下的信箱里。

到底是谁呢?眼瞅着锅里的鱼丸像在开茶话会一般地聒噪个不休,在门铃响第四遍之前我迅速地关了火,走到客厅去开门。

门开了,门口站着一个满头银发的瘦小老太太,是裴妈妈。

"我要走了。"

我还在犹豫要开口说什么,裴妈妈倒是先说话了。

她的吐字发音还是一样很奇怪,在北京待了这么久,竟然半点儿进步都没有。

她说话的时候一直在笑,很和蔼的笑,有着乡下人特有的朴实。

"走?去哪里?"

我下意识地问。就算要坐车去远一点儿的家乐福超市，也不至于需要特别跑上来跟我报备吧。

"回家呀。"她反倒觉得我问得没来由，不以为意地笑着，"在这里待这么久了，给你们都添了不少麻烦，真是对不住。"

"为什么要回去？"

我意识到她是要回河北的老家，那是她生了裴哲之后就一直没离开的地方。

只是听尚蒂说，那里所谓的"家"，也仅有一栋破瓦房而已。邻里对裴妈妈还算客气，可说到亲人，她仅仅只有裴哲一个。

我以为裴妈妈这次来北京，是为了跟儿子团聚，没想到她此刻突然说要走，让我好生意外。

"我在这里只会让小哲觉得烦。看他过得挺好，还有你们几个朋友关照着，我也就放心了。"她抖抖缩缩地拎着两个塑料袋递到我面前，不知道装了些什么，看起来很重的样子，"知道你爱吃阿姨做的菜，临走前就给你跟尚蒂都做了些家常菜。别嫌弃阿姨的心意就好，只是以后再想吃的话，就不大容易啦。"

老人家的手已经干枯，皱巴巴的，像截风干的枯树枝，我看得一阵不忍，慌忙接过了其中一袋。

里面是一个干净的饭盒，装满了各种菜肴，摸上去还是热的。

尚蒂从卧室门后探出脑袋，可能是好奇我在跟谁说话。

我担心老人家会误会，赶紧冲她使了个眼色，她心领神会地迅速把头缩了回去。

"尚蒂也应该在家吧？我把菜递给她，也顺便道个别。那孩子从小就常来我家玩，我是看着她长大的。是个好闺女呀，只可惜我家小哲没福气。"

老太太越说声音越小,到最后竟像是在自言自语了。她转过身,开始按尚蒂家的门铃。

我慌忙假装咳嗽了一声,隐约听到卧室那边一阵忙乱,然后就是阳台穿来一声"哎呀"的尖叫,随即就是"扑通"一声闷响,像是什么东西倒了的声音。

接着尚蒂家的门打开了,尚蒂伸出了头发凌乱的脑袋,灰头土脸。

"我刚才……在打扫卫生。"

她干笑着说道,冲我瞪了一眼。

"裴哲知道您要回去的事情吗?"我忍不住又问。

裴妈妈叹了口气,生怕我们会乱想些什么,赶紧又换上亲切的笑脸,眼角的皱纹里流露着淡淡的悲伤。

没有什么比母亲悲伤着的笑脸更让人心碎的了。我的心当下一紧。

"他忙,用不着告诉他,免得他为这点儿破事费心。反正车站怎么走我已经晓得了,回头麻烦你再帮我捎句话,就说不管受到什么委屈,我都还是会在那个家里等他回去的。"

母亲是天底下对子女包容度最大的人。无论我们犯了什么错,母亲都会无条件地原谅我们并爱惜我们。

我此时竟然有点小小的愤怒,一半是由于裴哲对自己母亲的态度实在太过恶劣。

还有一半呢?

或许是出于对裴哲能有一个如此善良的母亲的嫉妒。

"您什么时候动身?"我冷不丁地问。

裴妈妈愣了一下,似乎是被我渐渐铁青的脸色吓到了:

"十点一刻有班车,我待会儿下楼拿了包袱就该走了。"

我咬了咬下嘴唇,不晓得为什么竟然渐渐开始生气起来,可能那些不听话的鱼丸真的惹恼了我。

撇一眼脸色同样不怎么好的尚蒂,她大约知道我想说什么,只是有点无奈地摇了摇头。

我实在不了解自己怎么会越来越生气,连拳头也不自觉地攥紧起来。

"如果是要问裴哲上班的地点的话……"

我背后响起一个熟悉的声音。转身看过去,刘浪正坐在我的沙发上,漫不经心地翻阅着今天的报纸。

"我倒是知道详细的地址。"他放下报纸,回头笑嘻嘻地说道。

裴哲工作的地方,倒是离我公司出奇的近。

那是一间位于某栋大厦十九层的酒吧,名字叫作"罗密欧"。

将酒吧开到大厦十九层这么高的位置,已经很匪夷所思了,更何况名字还叫"罗密欧"。

我不由得在想,能在窗台跟罗密欧对话的朱丽叶,是不是长着个长颈鹿般的脖子。

上电梯之前,我问过大厦的保安,他们战战兢兢地告诉了我"罗密欧"在19层的哪个方向,临末还不忘补充一句:"要小心,那里是只有女人才可以进去的哦。"

已经是上午九点过三分了,"罗密欧"显然是刚刚打烊的样子。

各种仿欧洲宫廷风格的水晶吊灯已经熄灭,零散地有几个服务生正在打扫着地面上的烟头、扑克牌和玻璃渣,每个人的表情都很凝重,黑眼圈很深，一副如丧考妣的样子。

偶尔会有穿得很华丽的年轻男子走出来，有的三两个结伴，有的则独自行动，走路的架势十足，仿佛上海滩里的周润发一样，身后全带着风。

他们路过我身边的时候眼神各不相同：要么轻蔑，要么玩味，要么孤傲，要么挑逗。没有一个是真诚而友善的。

我的直觉告诉我，这里不是我应该出入的场所。

然而还没见到裴哲，我心底小小的怒火尚未平息。

"是来应征的么？"最后一个出门的男子将胳膊搭上我的肩，嘴角的笑容风流不羁，"条件还不错，就是土了点儿……还有点呆儿……"

我到底哪里看起来呆了？不仅裴哲这么说过我，现在连一个陌生人也这么说。

"不过也好，毕竟是有自己的类型在的，会有客人喜欢你这一型的。"

男子笑得格外诡谲。

"我是来找人的。"

我不动声色地把他的手推开，学着凌波微步的脚法快速地闪到一边。

"找人？"男子的目光开始闪烁，"哪位呢？"

"裴哲。"

"裴哲？"男子陷入了深深的思考，半天才像是恍然大悟过来，"是说No.1的俊介吧？"

"No.1"是什么？我不晓得，但我相信绝对不是指世界文艺史考试第一名的意思。这里怎么看也不像是什么大学的函授讲堂的样子。

"俊介"又是什么？我也不清楚，不过做编辑的我很了解许多人喜欢用笔名和艺名，我姑且当作这是裴哲在这里的一个化名好了。

"他就在最角落的位子里喝酒解闷呢，晚上遇到了一个第一次来这里的很麻烦的客人，百般刁难地挑剔我们的各种不妥之处，还是俊介出面去摆平的。末了那女人竟然因为一个服务生不小心打碎了酒杯就胡乱发飙，俊介甚至靠下跪才让对方消了气。"

男子似乎有着话多的职业病，一旦开讲就停不下来。

而且他的语气很奇妙，自始至终语调都是轻柔的，像是在讨好你，又不会让你觉得他很谄媚，让你由衷地觉得他是个相处起来非常愉快的家伙。

"你真的不考虑在这里工作试试看么？"他一脸的遗憾，试图劝说我改变心意，"妈妈级的客人们会很喜欢你的。"

我慌忙摇摇手，谢过他的好意，脚下一刻不停地往酒吧里面走去。

裴哲正坐在一个白色的单人沙发里，穿着一身合身的白色西装，皮鞋又细又长。

他衬衫的扣子开到胸膛下方，隐约看得到坚实的肌肉。上次看到的那条价值不菲的碎钻十字架垂在胸口，有气无力地折射着酒吧里仅剩的黯淡灯光。

"你来了。"

在看到我之后，裴哲露出疑惑的笑容，不过并不惊讶，像是猜到我迟早会找来这里似的。

"裴妈妈要走了。"

看到他一脸疲惫的样子，我有点发不起火来。

他面色微醺，眼神有点儿涣散。即便听到我说的话，也表现出没有兴趣的样子，他拍了拍一旁的座位，示意我坐到旁边。

"来喝一杯吧。"

他打了个响指，正在扫地的一个服务生立刻撇下扫帚，飞快地送来一个干净的酒杯，又恭敬地帮裴哲和我都各倒上小半杯红酒。

"我说，裴妈妈要走了！"我微微加重了语气。

"这可是店里最好的酒哦！"他充耳不闻，微笑地冲我扬了扬酒杯，一口饮尽，"我请你喝。"

他舒服地打了一个小小的酒嗝，满意地让红晕爬到脸颊上。

回想起上次在水晶酒吧他喝了那么多都没什么反应，我估计他昨晚喝的酒应该足够我一辈子的量。

我的酒量很差，喝瓶啤酒都会耳热半天，上次我喝轩尼诗也只是出于好奇。酒进了口我就连皱眉头，看来无论多昂贵的酒，我都不具备可以仔细去鉴赏的品位。

用尚蒂的话说，我压根就是一个幻想小资生活的土包子，吃块炖萝卜都能感动半天，真要遇到鹅肝酱配黑松露，反倒会觉得麻木。

"我说！裴妈妈要走了！"

看着他一杯又一杯地在喝酒，手表的时间已经指向了九点二十，我心中焦躁地大声呼喝，音量之大，以至于惊动了其他的服务生。

裴哲没有被我突如其来的大嗓门吓到，他随意地摆了摆手，示意服务生们没他们的事，然后再给自己倒上一杯，放到眼前轻轻地晃着。

这个动作很眼熟。尚蒂跟我吃饭的时候，也曾这样欣赏过红酒的挂杯。

"走了就好。我会比较省心。"他似笑非笑地说。

"怎么可以这样说！"我听得到自己的牙齿在咯咯作响，"她怎么养育你到现在的，你难道忘了么？"

"你也看到了。"裴哲累得连眼皮都不愿抬，他用右手在头顶扫了一个圈，"我在这里工作，这不是个会让母亲们觉得骄傲的地方。"

"陪酒。确切地说是陪女人喝酒。"他噘了一下嘴，示意我在听他说完之前先不要打断他，"虽然不会涉及别的服务，可到底也是个出卖男人尊严的场所。

"讨好女人不是件容易的事。讨好所有女人就更难上加难。我们的任务就是尽可能地讨好女人，让她们点最贵的酒。每到月底就会根据当月的营业额来排名，连续三个月排名在十名以外的就会被开除。在这里赚钱很容易，但赚得越多，尊严也出卖得越快。

"你不是一心想画画的吗？"乘他喝酒的间隙，我插嘴道。

"单纯地画画能吃饱么？"他苦笑，"更何况我并不想一直是无业的状态让妈操心，再让她累死累活地攒钱给我花，这也未免让我的人格卑劣到极点了。"

"所以……你并不是真的厌恶裴妈妈……"

我心中早就有正确答案，但我还是小心翼翼地确认。

"只是，被她知道我的工作情况，估计她也不会安心花我的钱。"

他继续苦笑，喝着杯里的酒。看他别扭的表情，我不由得确信连酒本身都是苦的。

"苦酒"这个词自古就有之。既然酒是苦的，为什么还有那么多的人视之如珍宝？

"苦果"这个词也是自古就有，甚至你用智能输入法去打这两个字的拼音，第一时间蹦出来的固定词组，也会是这两个汉字。但什么果子是苦的，我一时却想不到。

"裴妈妈早就知道了。"

我心不在焉地说。脑海里浮现的是裴妈妈下跪时无助的表情，以及在联想裴哲昨晚下跪时的无奈。

裴哲愣了愣，酒沾到了他的嘴唇，但他没有咽下去。

"裴妈妈怕给你添麻烦，已经准备要回去了。"我平静地说道，"她早就晓得你在做什么样的工作，她从来也不愿意说破，因为她晓得自己儿子选择的道路，总有他走的理由。"

"她还让我转告你：不管受到什么委屈，她都还是会在那个家里等你回去的。"

酒吧里一时鸦雀无声，扫地的服务生不知道什么时候撤了，只有我跟裴哲两个人坐在厅里，除了呼吸，最大的声响也只有红酒在酒杯里流动的声音。

"就这样让她老人家独自回去么？"我问。

裴哲面对我坐着，硕大的酒杯挡住了他的眼睛，让我看不清他的表情。

他把酒杯贴在额头上，闭目养神，疲惫得像是横穿了撒哈拉沙漠的骆驼，他安静地瘫在沙发里，连根指头都懒得动。

"回去也没什么不好。"

过了约莫一个世纪那么长的时间，他从半梦半醒间飘出一句话，我看了一下表，实际上只刚过了五分钟而已。

"裴妈妈会很遗憾的。"我说，"你也会很遗憾的。"

"遗憾么……"他说，"正因为有着许多我们没办法做到的事情，所以才在事后无法挽回的时候被称为'遗憾'不是么？"

"你错了。"我严肃地将他的酒杯夺走,"中国有句古话叫'亡羊补牢,为时未晚',意思是说即使监狱里死了个姓杨的犯人,如果能及时把栏杆上的缺口修补好的话,也不会让更多的犯人趁机溜掉。"

"喂,明明就不是这么解释的好么……"

"寓意是说,虽然世上的确有'遗憾'这种东西,但是不存在无法挽回的遗憾。这个世界上唯一不能挽回的东西,只有胖子的食欲。"

"喂……"他有气无力地抗议。

"裴妈妈是十点多的车,现在跑着去的话,绕开交通拥堵的路段,应该还赶得及。"我迫不及待地站起来要拉他走。

"至少听我说完'遗憾'之后再决定行动的下一个步骤好么?"他慵懒地回应。

"啊?"

"我有AIDS(艾滋病)。"

他镇定得像注射镇定剂过量的病人。

"哦……我家的网络也是用的ADSL宽带。"

我嗫嚅地接话。

"是AIDS……"

"我承认我的那套ARMANI(阿玛尼)西装是假的。"

我越发语无伦次起来。

"A,I,D,S。"

"Adidas(阿迪达斯)新出了一款周年纪念版篮球鞋呢!"

我慌得将我面前的酒杯打翻,一口都没喝的红酒泼在了红色的地毯上。尽管不爱喝酒,我还是感到了由衷的心疼。

"放心,不是性行为感染,是血液感染。"他像是很满意我的反应,"是我在日本念书时的学长传染给我的。"

"我大学三年级外出写生的时候,是跟四年级的一位学长一起去的。"他开始仔细回忆着往事,已经是九点三十二分了,"我们去了一座罕有人烟的雪山。到达山顶的时候我不慎从山崖摔落,右腰处被崖壁上的树枝划破,撕开了一道深及内脏的伤口。"

他将衬衫的衣角掀起,给我展示了一条巨大的疤痕,像条丑陋的蜈蚣一样扭曲着。

"学长把我救回守山人遗留下来的小木屋里,用自带的医疗工具简单地帮我缝合了伤口。然而偏偏碰上暴风雪封山,我跟学长被困在山上无法脱险。因为失血过多,当天晚上我就开始发高烧不省人事。担心我就此死掉的学长,凭着他之前在医院做义工时学到的简单医疗常识,慌忙用他的血给我输了血。好在我们两个都是O型血,我在那种恶劣的环境下居然都没死,还真是奇迹。

"可是我还来不及庆幸自己福大命大,下山就被学长送进了医院,在快出院时最后一次的身体检查中,我被检验出血液中已经感染了AIDS病毒。随后惊慌的学长也进行了血液检验,确认他正是传染我AIDS的病毒携带者。"

我有点儿能体会到"好心办坏事"这句话的嘲讽意味了。以为在电影中才能看到的曲折起伏的剧情,如今竟然从裴哲的口中说出来,多少让我有点儿难以消化。

"所以我才说,让妈她就这么回去,反倒是个不错的结局。"他像在说别人的事情一样,一副满不在乎的神情。

"因此你故意惹裴妈妈生气,就是希望即使你死掉了,她也不会太伤心是吧?"

裴哲没有点头也没有摇头，不置可否地看着我。

"你还真是够幼稚的。"我叹了口气。

他的眉毛上扬了一下，有点儿不满我的评价。或许在他看来，他的决定和行动已经足够煽情。

"不是所有人都会在意你有AIDS这件事的。"我淡淡地说道。

他皱起了眉头，张口想说些什么，可能想郑重声明这绝不是开玩笑那般轻松。

我猛地走到他面前，在他的嘴唇上象征性地轻啄了一下，然后一把将他从沙发里拖起来。

"看，我就完全不在乎。"我笑道，"哪怕你告诉我你穿着Adidas的篮球鞋，套着ARMANI的西装，家里用着ADSL的宽带，身上带着AIDS病毒，我也完全不在乎。"

男人的嘴唇比我想象中要软一些。以往看电影海报或者漫画作品里的男人，嘴唇清一色地都被刻画得坚硬而刚毅。

裴哲的嘴唇很软，而且是丰润的，带点好闻的水果唇膏味和些许红酒的气息。因为没有吻过女生，所以我无法比较他的嘴唇和女生的嘴唇谁更柔软。

我不认为刚才的举动算是"接吻"，因为在我的印象里，男人跟男人之间不存在"接吻"这种事情。

即使在看《断背山》的时候，看到杰克·吉伦哈尔和希斯·莱吉尔嘴唇贴嘴唇，我也会单纯地理解成"断背山上空气稀薄，牛仔们呼吸困难，于是他们在相互人工呼吸"这种完全破坏情调的科学行为。

我的煞风景，令公司里的女同事也感到无趣。牛仔们的爱情故事，让她们感动得足足一个月都在不停地撮合办公室里未婚的年轻男士,唯独我是被忽略不计的特例。她们给我的评价只有一句话:乏味得令纯净水都要打瞌睡的生物。

我其实没有刻意去回避同性爱这回事,我只是由衷地认为,要让N极吸引N极,S极吸引S极,就物理学上来说就是个十分艰难的问题。

我的初吻是要在神圣而浪漫的场合,献给我心爱的女友的。

裴哲不符合我择偶的任何一个条件,男公关酒吧也完全不神圣不浪漫,所以我对裴哲的那一个举动,只是我想在最短时间内证明我的论断的最直接方法而已。

"用不着非得这样吧!"

裴哲涨红了脸,不住地用手背去擦嘴唇,盯着我的目光里满是嫌恶。

"我们之间没有一个人姓杨,但是我还是希望你现在去把牢补上。"我拽着他冲出酒吧大门,"就算关不住你的爱情,至少也要守住你的亲情。"

裴哲不发一言地跟在我身后跑着,脸依旧是红的,说不清是醉了还是突然间跑得太慌张。

"还好我不吃羊肉。"

九点四十八分,我们钻进在马路中央拦下来的一辆出租车里。在关上车门的一刹那,他小声地说道。

不知是在说给谁听。

赶到木樨园长途汽车站的时候,已经是十点十八分了。

尚蒂踮着脚从车门处递了两瓶矿泉水进去,刘浪好整以暇地靠在附近的一根柱子上，一副难以言述的表情。

远远看到我跟裴哲下了出租车，尚蒂慌忙冲我们招手，示意我们赶紧跑过去，车马上就要开了。

偏偏那出租车司机将车停在路对面，我跟裴哲懒得管交通秩序，索性从大马路中间直穿过去，身后响起了无数尖利的刹车声音，以及随之而来的谩骂。

裴哲不依不饶，一边小跑，一边还要举起右手比出中指，看得我脸红一片白一片的，尴尬得想装作不认识他。

冲到客车出站口，裴妈妈乘坐的车正好已经发动了。

我暗暗苦叫一声，心想最怕遇到的场面终于还是躲不过地被我撞上了。

我生平最怕偶像剧和苦情剧里的情节在现实中真的上演。

比如男生背着重病的女生在海边走啊，上飞机前突然有一堆素不相识但一直在暗中支持自己的人来送行啊，为了勒索赎金偿还债务在绑架富家千金的时候说了一句"我想要你"结果被对方误会为是在告白啊，等等，我都很怕在现实中看到。

电视就是电视，有精挑细选的美丽演员，有运镜完美的拍摄技术，有巧夺天工的化妆功力，有煽情催泪的背景音乐，可换到现实中，什么都没有，只剩下相似的场景和相似的台词，不管怎么看都是让人鸡皮疙瘩掉满地的事情。

就像眼下，追车的戏码即将上演，我却无论如何都提不起兴致来。

"妈！"

就在我以为裴哲会像偶像剧里演的那样，保持风度地潇洒跑去追车的时候，他竟然快跑几步，冲到车头的一侧，"扑通"一声跪了下来。

我从来没见他跑得那么快过。不要说风度，根本就是为了追求速度连最难看的姿态也不顾了。

他白色的西装被尘土轻易地蒙上了难看的脏污，脖子上戴着的十字架项链挣断了，掉在身后的路面上，发出"咣啷"的清脆声响。画面没有丝毫美感可言，甚至有点儿尴尬和莫名其妙。

"妈！"

裴哲跪在地上，发出了撕心裂肺的喊叫声。过往的路人被他吓了一跳，看见一个打扮精致的男人不顾形象地开始呼喊，都不禁放慢了脚步，投来好奇的目光。

我并不希望裴哲以及被牵连的我们成为围观的焦点，刚想冲过去把他拉起来，客车已经缓缓地经过了他的身边。

一瞬间我看到了裴妈妈正拼命地拍打着车窗，像是在想尽一切办法要把窗户打开。

"妈！"裴哲用尽这辈子最大的力气在喊，"我爱你！"

坦白来讲，"我爱你"这三个字在平时用来对母亲说，实在有点肉麻。偏偏中国人又是含蓄惯了的，纵然对情人可以每天说上一万遍也不觉得腻，可是到了母亲面前，多少就有点张不开嘴。

裴哲的喊声在此时听来很是突兀，然而我却明白他心里压抑了太久的痛苦，此时一下子宣泄出来反倒天经地义。

他跟尚蒂有太多相似的地方。就连情绪爆发时的激动神态，也都如同镜子里外的同一个人。还好有了尚蒂的前车之鉴，所以在面对眼前的裴哲时，我竟然心平气和地看着他公然在大街上喊得声嘶力竭。

客车并未因为他的呼喊而减慢速度，车里的乘客似乎是被惊动了，许多人都把头转向车尾，凑热闹地盯着看。

裴妈妈终于推开了窗户,她瘦小的肩膀随着车的渐行渐远而显得更加瘦弱。

风吹乱了她的头发,苍白而干枯的发丝飘扬得有些寂寞——她的嘴唇嗫嚅着,像是要说些什么,可又说不出来。

裴哲朝着妈妈离去的方向,恭恭敬敬地磕了三个响头。

磕头在中国的传统意识里,是最有敬意也是最有分量的礼节。任何无法用言语表示出来的尊重和感谢,都可以用磕头来表述心声。

裴哲的三个响头,磕得我左右心室各一阵震荡。有一股暖流毫无预兆地涌了上来,冲得我鼻子好一阵发酸。

"我……我爱你!"

在客车转弯消失在路口的时候,裴妈妈终于用她那特有的,带着浓浓乡音的普通话喊出了心里的声音。

我最后见到她的神情,是严肃的、凝重的、认真的。满是皱纹的脸上带着义无返顾的坚定,眼神却是温暖的、宽容的、慈祥的,有一种心满意足的舒坦。

老太太一辈子没有爱情,也不晓得什么是爱。这是她生平第一次,也是最后一次将"我爱你"说出口。说给她唯一的儿子听,说给她在这个世界上唯一的"爱"听。

裴哲跪坐在地上,精疲力尽,似乎散了骨架。早上最明亮的阳光照耀在他的脸上,两行清泪悄无声息地滑落,在阳光下脉脉地流淌。

我后来再也没有见过裴妈妈。她回老家半年后就死了。死在自家一小块拓荒出来种上了油麦菜的菜地里。死因是操劳过度。

她活着的几十年间,没有过半天宁静闲暇的日子,唯一称得上是最富足安稳的生活,大概还是住在裴哲家里的那短短数月。

可是据说她死的时候是很安详的。被人发现她无声无息地倒在油麦菜丛中间,脸上带着知足的微笑,就像是睡着了一样。

裴妈妈,终于幸福地睡着了。

蝉鸣之时

青春散场,你若还在

我刷牙很讲究。

先从门牙中间开始刷，然后刷左边和右边的牙齿。接着张大嘴，刷完左侧上下两边的牙齿后，再以相同的顺序刷右边的。

通常完成刷牙的全部步骤，我至少需要两分半钟的时间。

但是从"亲"过裴哲的那一天起，我每次刷牙的时间就延长到了五分钟。

我并不是真的在惧怕裴哲所说的AIDS，事实上直到现在我也不太敢相信，这么一个表面上看起来有点浪荡，其实内心充满温暖的男生，竟真的与那只在报纸电视里看到过的绝症扯上关系。

我只是下意识地在延长刷牙时间，有时刷得时间太久了，脆弱的牙龈就会被弄伤，吐出满口的血来。

我究竟在惧怕什么？我自己也不知道。

当我刷了101次牙齿之后，北京的夏天就真正地到来了。

天气还很冷的时候，我就下过决心要在天热之前攒出一台空调的钱来。

然而我总有本事遗忘某些在当时看起来还很遥远的计划，于是每个月的薪水扣除生活必需的交通水电和房租之外，剩下的钱不是被拿来大吃大喝，就是浪费在了收集各种毫无意义的限定版游戏软件上。

"今天是小周末，理应好好慰劳一下自己，所以去吃小火锅吧。"

"难得有机会碰到有在卖限定版的《最终幻想周年纪念套装》的，不买下来实在对不起我这FF饭的称号。"

"据说股市大跌，幸好我没有买股票，不如去海吃一顿铁板烧庆贺一下吧。"

我能找到太多放纵自己钱包的借口。直到我窗外的蝉鸣声吵得我连

《鬼来电3》也看不下去,天热得让我完全感受不到恐怖电影的阴寒的时候,我才醒悟过来:

忘了攒下新空调的钱了!

如果家里有柴刀,我大概会想先劈了自己。

尚蒂最近不怎么在我家过夜了。

确切地说,自从目睹裴哲送裴妈妈回去的那天开始,她就不大愿意来我家了。

"天太热,而且你家没空调,待不下去。"

她一副理所当然的样子。

我倒觉得她是在刻意回避什么。因为我有时跟她在阳台上聊天的时候,她都会故意仰起脖子看星星,闪躲着我的目光。

"所以天上是有尸体星座的吗?"

我好笑地看她装出感兴趣的样子。

"那些黑洞啊什么的,本来就是星球死亡后留下的尸体。"

她白了我一眼,分明就是心虚的眼神。

男人的直觉,要么不准,要么就准得吓死人。

因为屋子里闷热得令人难以忍受,所以我跟尚蒂最多的见面场合,竟然是我们两家的阳台上。

有时我们各自搬一张椅子坐在阳台上,从天文地理到生命哲学无所不聊。肤浅一点儿的话题则包括好莱坞女明星的整容经历以及国内演艺圈里有多少男明星是gay,还有便秘超过几天会得直肠癌等。

"你记得要坚持每天吃两根香蕉哦。"她语重心长地叮嘱我。

"我才没有便秘!"我恼羞成怒地说。

她的固执，始终没有变过。我的固执，也始终没有变过。

所以固执的我和她，似乎又退回到了普通邻居的关系上，每天过着波澜不惊、互不妨碍的生活。

唯一的交集，就是阳台上的彻夜闲聊，不带有任何企图，仅仅只是成了一种生活的习惯。

形容得确切点：就好像是两个漫无目的的流浪汉，既然遇到了，就一起扯淡着打发打发时间算了。

偶尔裴哲也会加入到我们的阳台夜话中来。

他最近似乎作息时间正常了一些，不再总是夜出昼归，晚上七八点的时候，常常能看见他的房间里亮起灯光，白天出门上班的时间，有时也能碰到他在小区的院子里跑步。

那天他追客车的时候跑得太急，我在路上拾到了他脖子上一直挂着的十字架项链。

当时因为气氛有些尴尬，便没有当场还给他。后来在回家的路上也就忘了这事。

直到晚上我脱衣服去洗澡的时候，才从裤子口袋里摸出了那条项链。出人意料的是，项链的巨大十字架吊坠竟然是个暗盒，上下一错就能推开，露出了十字架背后的小小空间。

我当时有种无意中闯入宝藏中的兴奋感。然而藏在暗盒里的并不是什么记录了绝世武功的人皮卷轴，而是一小块被折断的橡皮。

可能因年代久远，橡皮有些发黄，其中一头看来是使用过太多次，已经磨成了椭圆形，还黑黑的，看起来很脏的样子。在橡皮的一侧上写有歪歪扭扭的稚嫩字迹："年五班。"

随后，我一头雾水地将项链还给了裴哲，没有问他什么，自然他也就没回答什么，连声道谢都没有。

我也没问过他是不是依旧在"罗密欧"上班，因为那并不是我关心他的重点。

他同样从不过问我的私事，只是在路上碰到了，就会彼此会心地一笑，不需要说什么，已经足够贴心。

或许尚蒂说的没错，因为四零四空着没租出去的缘故，我与裴哲之间的直线距离，的确是比任何人都要更近。

所以即使我跟尚蒂的关系莫名地疏远了，我跟裴哲的关系反倒莫名地接近了。

都是莫名的。人与人的关系真的很莫名。

至于刘浪，他比我们三个人住得都要高，我能够向左看到尚蒂，向下看到裴哲，但我抬起头来就只能看到头顶上的水泥平台，除非他朝外探出脑袋来，否则我根本不晓得他是不是在偷听我们的谈话。

就连住的位置都那么让人无从窥探，我着实不清楚我到底是了解他，还是不了解他。

只是他还是会不经意地在我们聊起某个美艳丰满的女明星时，冷不丁地插进一句话来。而且自从尚蒂不再来我家之后，他又恢复了从"通道"频繁进出我家的劣习。

他总能在我最需要别人帮助的时候出现——我帮助过尚蒂解开心结，帮助过裴哲挽救亲情。

只有刘浪，我什么也没帮助过他。

我不知不觉地在接受着他的小恩小惠，聚集起来是一笔不小的人情。我找不到偿还他的机会，只能无奈地任它们储蓄在我的心中，哀怨地滋生着利息。

裴哲，尚蒂，我，刘浪。我渐渐觉得我们四人注定就是会在人生相遇的。

依旧燥热的某个夜晚，连风都慵懒地停在树尖上喘息。裴哲趴在阳台的栏杆上，点着了冷烟花，噼里啪啦地捏在手中闪耀，璀璨而美丽。

"还蛮漂亮的……"

尚蒂探头向下张望了半天，咂吧着嘴，发出了小声的赞叹。

"是为了庆祝什么事么？"

我见裴哲盯着冷烟花的目光格外专注，便在一支悄无声息地黯淡下去之后，出声问道。

裴哲又点上了一支，将胳膊伸出阳台，在夜空里摇摆。楼下两三个玩耍的孩童看见了，便是一阵惊呼。

"在日本的时候，一进入夏天便会举行热闹的夏夜庆典。这么比起来的话，你们不觉得北京的夏夜实在太寂寞了吗？"他漫不经心地说。

他说的没错。除了西瓜、冰棍、啤酒和烤串之外，我实在想不出北京夏天的夜晚还有什么代表性的名词了。

原来如果连居住着的人都感到寂寞的话，那么这个城市连带也会寂寞起来。

没有可以聚在一起嬉戏的理由，天热得叫人心烦意乱，只有空调的压缩机在枯燥地轰鸣着。北京的夏夜，的确寂寞得有些过分。

"不如你们都来我家吧，就算开一个小型的庆典好了。"

在第二支冷烟花结束了短暂而精彩的生命之后，裴哲不动声色地说。

明明从我的角度看过去，他的嘴角是含着笑的，可他的语气却平静得不夹杂丝毫情绪起伏。

"好啊，反正闲着也是闲着。"

头顶上赫然有一个声音加入对话，不晓得他是从什么时候开始听我们聊天的内容。

我跟尚蒂都愣了一下，大约没想到裴哲会在这个时候突然提出邀请。

时间是还早，八点多而已。我们惊讶的不是这个他口中的庆典规模小得连人数都只刚好够一桌麻将而已，而是没想到原来让四个人凑在一起的借口竟然可以如此简单。

自从裴妈妈还在的时候我们在裴哲家吃过一顿火锅之后，我们4个人已经许久没有凑在同一处玩乐过了。

阳台上的聊天固然是不算的，在超市买生活用品时碰到了当然也不算。

我从未跟邻居如此亲密过，但这三个住在我隔壁、楼上和楼下的邻居与我的关系，显然比我除了双休日外几乎天天都要见到的同事还要更亲密。

我们是朋友吧？我有时会这样想。

因为我再也找不到更合适的词语来定位我们四人之间的关系了。

"尚蒂弄点吃的来吧，冰箱都空了；谢凯就负责买啤酒好了；刘浪你去楼下的小店里买矿泉水，他们通常会将矿泉水放在冰柜里冻成硬邦邦的冰坨子，买回来敲碎了可以用来冰镇啤酒——现在临时用冰箱去冻冰块已经来不及了。"裴哲一气呵成地为我们分别布置了任务。

"为什么只有你什么都不用去准备？"我们三个异口同声地问。

"因为我提供了场地……"他诡谲地笑了笑，"而且，我已经准备好了夏夜庆典不可缺少的两大代表物：金鱼和烟花。"

拿了钱包和手机走出家门，正遇上尚蒂在按电梯。

她按电梯的手法很奇怪：我们都是用手指直接按电梯的按钮，她却是屈起手指来，只用手指的关节去叩。

"我很好奇，你按电梯的手法有什么特别的寓意吗？"我忍不住问道。

"这样不会留下指纹。"

她言简意赅地回答,连头都没有回过来看我一下。

不愧是法医,连在日常生活中都如此谨慎。

我不由得开始确信,如果哪天她起了杀机将我杀掉的话,警方大概在十年里都不会找到任何线索借以追查到杀害我的凶手是谁。

电梯门开了,她率先走了进去,还是没有回头看我一眼。

我有些不满于被她无视,便故意双脚互绊,摔在地上,发出了"哎呀"的惊呼。

"快点儿,要赶在超市打烊前把吃的东西买好。"

她不耐烦地从电梯里传来声音。

我扫兴地爬起来掸了掸身上的尘土,悻悻地走进电梯。

"你就不能因为我摔倒而担心,然后发现我没事而放心吗?"我摸摸鼻头说道。

"担心和放心一抵消,平常心不是蛮好的吗?"她淡淡地回应。

平常心的确蛮好。我找不出可以反驳的话来。

左手提着整整一箱啤酒,由于我不爱喝啤酒,所以额外多买了一瓶可乐提在右手,左右重量严重失衡,我连走路都是歪歪斜斜的。

裴哲的家门敞开着,尚蒂已经先回来了。桌上放了许多汉堡跟薯条,还有堆成小山的鸡翅以及各色卤味。

我吞了一口唾沫,将啤酒放在墙角,然后把可乐塞进裴哲家冰箱的冷藏室里。

看到尚蒂正站在客厅中央,冲着两个巨大的塑料澡盆皱着眉头发呆。

"这是什么……"

我盯着装满水的大盆，以及放在一旁地上的好多用铁丝和纸扎起来的小网子，无法掩饰内心困惑地发问。

"捞金鱼呀！"裴哲眉开眼笑地走过来，"日本夏夜祭的传统娱乐项目。"

"可……你这是鲤鱼吧？"

我茫然地看着水里几条活蹦乱跳的鲤鱼正摇摆着强健的尾鳍，彼此游弋嬉戏。

"白痴。"

尚蒂抽动了一下嘴角，意兴阑珊地走开。

电梯传来了门打开的声音，随后便是刘浪哆嗦着走进屋来。

他胸前怀抱着两个半人高的大塑料袋，里面装满了冻得可以当成凶器的矿泉水。

"我带回了两袋冰块。"

刘浪面色苍白地将矿泉水放到了冰箱的冷冻室里。

"白痴。"

尚蒂又抽动了一下嘴角。

站在裴哲家的阳台上，四个人并排倚靠在栏杆上，各自举着啤酒杯痛快地畅饮。

只有我是喝可乐，但殊途同归，一杯灌下去之后，我们全都舒服地打起嗝来。

"如果栏杆支撑不了我们的重量，一下子塌了，我们就都这么摔下去会怎样？"

我异想天开地说。

"白痴。"

尚蒂第三次抽动了嘴角。

话虽这么说，我还是看到她明显地往后退了退。

再看看其余两人，依旧是一副伴装镇定的样子，但原本贴在栏杆上的胳膊都不动声色地微微抬起，与栏杆间有了肉眼几乎察觉不到的微小空隙。

"说起来啤酒到底哪里好喝了？"

努力地排挤出胃袋里残余的最后一丝无用的废气，我开始往嘴里塞薯条。

"记得很早以前看过一个啤酒的广告，说他们的啤酒喝起来是初吻的味道。"

裴哲意犹未尽地又给他大大的杯子里倒满啤酒，然后从盛满了冰块的脸盆里顺手捏起几块碎冰丢到杯中，便引起了一阵气泡翻涌。

"初吻的味道就跟马尿一样么？"

我不可置信地张大了嘴巴。

刘浪正在咀嚼鸭脖子，听到我的话之后便使劲地憋着笑，结果由于辣椒太多，他憋得实在辛苦，脸憋成了猪肝色。

"我也觉得这比喻不妥当呢。"裴哲微微一笑，"我的初吻可是巧克力味道的呢。"

巧克力味的初吻？我开始尽力想象那到底会是什么味道，然而我嘴里的薯条盐撒得太多，跟我的想象怎么也同步不起来。

"尚蒂的初吻呢？"

好容易咽下口中的鸭脖子，刘浪慌忙吞了一口冰啤酒，嘴里含着液体，含糊不清地问。

"巧克力。"尚蒂似乎对这个话题没什么兴趣，一副想赶紧跳过自己的样子，"金丝猴牌的。"

她不忘在末尾补充一句。

"你的初吻又是什么味道？"

裴哲双眼眯起来，似笑非笑地问我。

我没胆量承认自己其实没有过初吻，尽管当年蔡学妹曾无数次想要染指我的双唇，都被我以死为要挟贞烈地拒绝了。

但是现在承认自己的双唇尚属纯洁，一来注定会遭人取笑，二来我也并不想让裴哲误会我跟他的那一次与"初吻"有着一衣带水的关联。

"是什么味道呢……"我假装陷入了久远的回忆中，以此证明我实际上拥有丰富的情史，"就好像是汉堡包一样的味道吧！"

裴哲顺手从一旁的小圆桌上抓过一个汉堡塞在嘴里："这就是你的初吻吗？"

"多少有点害羞呢。"我说。

聊到我的时候，我眼角的余光有撇到尚蒂一直在盯着我看。

说不好她的表情是怎样的，隐约有点儿期待，但更多的又好像是失落。

"那你呢？"尚蒂发现我有在回看她，慌忙将话题的焦点丢到刘浪身上。

"唔……怎么说呢？"刘浪慵懒地摩挲着下巴上细细的胡碴，"大约是03年的Pingus（平古斯）的味道吧。"

我昨天刚好在杂志上看到介绍说Pingus是西班牙最昂贵的红酒品牌，这么看来我们四个人中就属刘浪的初吻最精彩。

可奇怪的是，竟然没有一个人对此表现出感兴趣的样子，都只是简单地"哦"了一声之后就没了下文，草草地结束掉了这个话题。

刘浪像是觉得有点闷，自娱自乐地把嘴唇埋在啤酒里吐气，像一只搁浅的鲸鱼。

十一点半的时候,一整箱啤酒被喝完了。

我也一个人解决掉了一大瓶分享装的可乐,颇有成就感地拍着肚子打嗝。

汉堡只剩下几片被挑出来不吃的生菜叶,鸡翅和卤味的骨头散了一桌,入眼即狼藉。

我实在支撑不住饱满的肚子的重量,往后倒头枕在了刘浪的大腿上奄奄一息地喘着气。

刘浪已经躺在了裴哲的大腿上有些醉醺醺地哼哼着,裴哲躺在尚蒂的大腿上,尚蒂则把头垫在了我的大腿上。

在裴哲家不算大的阳台上,我们四个人躺成了一个有点扭曲的长方形,静静地睡在稍稍有些凉快起来的夜风里。

"你们都听到了什么呢?"尚蒂突然开口问道。

被她这么一问,我才注意到这个时候北京已经开始沉睡了。

由近及远陆续熄灭的住家的灯光,渐渐泛起朦胧光晕的渴睡的路灯,叫了一晚上终于疲倦的知了,奔跑起来多少知道要收敛一点儿的汽车发动机,所有看得到的和看不到的都转变成了耳边的窸窣作响,穿过鼓膜,在脑子里逐渐还原成清晰的图像。

"我听到了神风的清响。"她率先说了一句听起来很耳熟的台词。

"我听到了毕加索的思考。"裴哲不愧是学画画的,连听觉都如此抽象。

"我听到了……呃,有人开着VOLVO(沃尔沃)S80经过。"那是我最喜欢的车之一,我恨恨地说道。

"我听到了小肠蠕动的声音,可能待会儿是要放屁吧。"

刘浪很煞风景地打了个呵欠。他大概是嫌躺在腿上被骨头硌得难受，索性自主地往上挪了挪，躺在了裴哲的肚子上。

半晌死一样的沉默。

尚蒂终于克制不住，欢快地笑了起来。她笑得又急又碎，不住地在我的腿上跳跃。

"要是我们四个能永远像这样在一起，多好……"

只有在这种时候，她性格里最女性化的一面才会浮上来。

就像是煮一锅骨头汤，你必须有耐心地慢慢用小火煨，那层有点浑浊的油沫才会不慌不忙地飘在水面上，将油沫全都舀干净，汤也就清澈了。

如果说尚蒂最柔性的一面是骨头汤的油沫的话，我反倒希望她这锅汤更浑浊一些，最好是油腻得无法清澈，那样喝起来才觉得过瘾。

"是啊，多好……"

我也长长地舒了一口气。

习惯了生活中多出这些人这些事，要真的突然有一天告诉我这些人和这些事不会再出现了，我想我还真的是很难适应。

人是奇怪的生物，总是会不断地去轻易接受新的习惯，但真要试图去戒除已有的习惯，反而很难。

"我们放烟花吧！"裴哲不大喜欢略带惆怅的气氛，"谢凯你去帮我把书房里的烟花都拿来.既然金鱼捞不成了，至少烟花要放个尽兴。"

我不情愿地爬起来，有些不满于他为何偏偏指名我去拿。

不过既然都已经站起来了，就当是饱食后的健胃运动，帮助消化也好。

裴哲的书房依旧保持着我上次来的模样，尤其在临近半夜的夜色陪衬下，更是蓝得深邃。

唯一有点儿改变的是，曾经凌乱着的画即使还是躺在原地，但都被人重新调校过位置,变得正经而规矩起来。

我弯腰将一大袋冷烟花抄在手里,打算站直身子的时候无意中看到了角落里的一幅画。

是那幅上次匆忙瞥过几眼,满怀着渴望想看真切却被裴哲中途拉走没能看仔细的画。

我屏住呼吸,听到裴哲正跟尚蒂和刘浪在阳台上有一搭没一搭地聊着没营养的话题,这次应该不会再有人出现打搅我,我总算有了可以认真审视这幅画的机会。

我把装有冷烟花的袋子挎着臂弯上,右手小心地把画拿起来,捧在眼前。

书房的灯是冷光源,幽幽地吐露着迷惘的心情,不耀眼也不至于昏暗,我竟然莫名地开始心慌起来。

这种心慌的感觉很熟悉。尚蒂第一次在晚上闯进我家厨房的时候,我也有过类似的心慌。

画里的女孩子坐在海边的沙滩上,一袭白色的衣裙。长长的头发被海风吹乱了,露出纯净的眼眸,嘴角勾着天真的微笑,赤裸的脚踝被顽皮的海水挠得很痒的样子,她几乎快要睡着,又被挠醒了,游移在半梦半醒之间。

女孩子的笑容我竟然熟悉得很。就连沙滩的大体景色,我也绝不陌生。

我看得目瞪口呆,生平第一次被一幅画作彻底震撼了心灵。

拎着冷烟花回到阳台上,裴哲已经不满地嘟哝开来了:"拿个东西都这么慢,难怪老是交不到女朋友。"

我很想提醒他,动作慢跟交不到女朋友之间是没有必然的因果关系的。

话还没冲出口，尚蒂已经跑过来从袋子里抢走了一支，用打火机点着了，噼里啪啦地烧起来。

"真的很漂亮呢！"

她的眼睛里闪着欢喜的神采，目光清澈而纯净。

"哲二你真是狡猾，这么多年来一直背着我们享受着这么好玩的事情。"

她朝着天空高高地举起烟花，大声地说道。

她无意中说出了"我们"这两个字，看来她也跟我一样，已经养成了把四个人总是在一起当成了理所当然的新的生活习惯。

虽然这习惯来得太突然，养成的时间也很短暂，可就好像是烟瘾一样，要戒除掉就困难了。

"放个烟花都这么大惊小怪，难怪喜欢吃皮蛋瘦肉粥。"

其实这两件事情之间也不存在因果关系，我只是百无聊赖地随口跟了一句，然后自己也点着了一支烟花，漫不经心地在半空中摇摆。

"鸭脖子喜欢吃那么辣，难怪打羽毛球会输掉。"

刘浪倒是没有针对别人，他笑嘻嘻地把烟花当成哈利·波特的魔杖，不断念着毫无意义的咒语。

当然鸭脖子同样不见得会真的影响到球技。

"老是爱管闲事，难怪会便秘。"

尚蒂不依不饶地说道，又抢走了一支烟花放起来。

我已经懒得去纠正她的误解了，反正她的固执我早已领教过，企图辩解只会越描越黑。

闪耀着的烟花越来越多，从每人一支变成了左右手各一支，到后来几乎是人人都抓着一把在燃烧，将裴哲家的阳台照得银白一片。

我从未在夏天的夜晚看见如此众多贴近人类的烟花。

以往都是每到过年的时候就抬头看天上遥不可及的焰火，明明觉得很美，可又觉得好陌生，像是隔着围墙在闻别人家的花香一样。

如今烟花分外明亮地捏在手中璀璨成灿烂的光华，映着眼前3张纵情欢笑着的年轻脸庞，仿佛是自己亲手栽花终于等到了花开荼蘼的刹那，诸般美好，无以言表。

烟花熄灭的时候，一切就将再度沉睡在夏天的夜里。北京的寂寞，不会因为这短暂的欢乐而有所变化。会有别人知道这寂寞的北京夏夜，曾经有过片刻的喧嚣吗？

烟花牺牲了它的生命，换来的不过是漫漫长夜里的一个无关痛痒的短梦而已。

多么凄凉又悲伤的事实。

脑袋挨上枕头的时候，已经是午夜一点三十八分了。

我身体累极倦极，精神倒依然亢奋，想睡睡不着，只好干瞪着眼睛，漫无目的地看着黑暗里的天花板。

正在这时，家里的电话响了。

三更半夜电话响，绝对不是件值得庆幸的事情。是贞子姐姐生怕无聊也好，是地狱少女接受委托也好，总之都跟魑魅魍魉脱不了干系，平白要将人吓出一声冷汗来。

我不住地在心里自我安慰道：日本的鬼大都听不懂中文所以糊弄几句应该尚能保平安，于是翻身打开了床头灯，定睛去看电话机上的来电显示，居然是我自己的手机号码。

"喂……"我迟疑地拿起听筒。

"你的手机落在裴哲家了，刚才你走得又最早，我就给你拿回来了。"

是尚蒂的声音。

"我一看到来电显示是自己的号码,就以为是未来的我在给我打电话呢。"

我松了口气,竟有了开玩笑的心情。

"你的手机上沾有女性的指纹,可见你今天有接触过除我以外别的女性。"

她一本正经地说。

"你不会真的无聊到连我的手机都要拿来验尸吧?"

"说笑而已。"

她在两点四十用冷静的语气开玩笑,实在是让人脱力。

"没有偷看我的短信内容吧?"

"已经看了,乏善可陈。"

"喂!"

"还是说笑。"

"那快把手机还给我吧,我的闹钟就指望它了。"

"唔……"她像是犹豫了许久,半天才淡淡地开口,"陪我去晒月亮吧。"

"你知道北京一天里什么时间是最美的吗?"

旧瓶装旧酒,她酒瓶都懒得换,同样的问题,同样的地点,连语气都是一模一样的。

"不就是七分钟之后么。"我看了看表,还有七分钟就到两点了。

尚蒂不再说话了,她面对着我坐在天桥的护栏上,双脚毫无规律地悬空摇摆着。

我记得她上一次明明是背对着我坐着的,目的就是为了能纵览无遗地将整条街上的交通灯同步变换的奇妙景色尽收眼底。

然而今天即使已经到了两点钟的"梦幻时间",她也丝毫没有转过身去看美景的意思,只是一味地低着头耷拉着眼皮,仿佛刚好梦游到这里的样子。

她不热衷,我倒是紧张得半死。眼瞅着秒针指到十二点的位置上,凌晨两点的时间正式来临,我急忙屏住呼吸,连眼睛都不敢眨一下,生怕错过了半点儿精彩的画面。

眼睛酸涩得无法再勉强张开眼皮,停止呼吸的时间也长得差点儿让我自己窒息晕倒,但是我眼前的交通灯们像是闹了不和一般,即便时间已经是两点过九分,这条街上也还是色彩凌乱得惹人心烦。

我无法置信地张大了嘴巴,足足可以吞下一颗拳头。

不会是泰森的拳头,最多是我自己的拳头而已。

"北京一天中最美的时间,已经消失了。"

尚蒂终于睁开了眼睛,从护栏上跳下——当然还是跳回桥里——脸上的表情说不好是生气还是懊恼,看起来总是不能与开心扯上关系。

"为什么会这样?"话一出口我才反应过来我问了个蠢问题。尚蒂又不是交通部门专门派来管这条街上所有交通灯的负责人。

"不知道。"她摇了摇头,"前几天晚上我就发现了。只是一段日子没来,熟悉的景象就不见了。我开始还以为是时间错开的缘故,但是我一直等到早上五点都没有等到。后来又以为偶尔有几天不会出现那种景象,结果连续四天晚上我天天来等,也都无功而返。"

"我这才确定,有些东西一旦失去,就真的无法挽回了。"

她说这句话的时候,语气跟什么人好像。

然而她的眼神又开始盈满深邃的忧伤,就像那次在海边见到的神情一样，凄凉得仿佛要揉碎世间万物。

我不确定她借着还我手机的名义把我强行拉出来，仅仅是为了告诉我"凌晨两点的北京美景"消失了的事情。

我只能确定一点，她没再在我家过夜之后，有很多个晚上，是她独自一人坐在这天桥的护栏上度过的。

"中国有句古话叫'亡羊补牢，为时未晚'，意思是说有个姓杨的木匠刚刚死了老婆，于是他怀着悲痛的心情继续帮人家修补监狱，结果在工作的过程中结识了一位漂亮的小姐，二人很快陷入爱河，因此再度缔结了一段新的美满婚姻。"

"喂，明明就不是这么解释的好么……"尚蒂小声地抗议。

"寓意是说，虽然世上的确有'遗憾'这种东西，但是不存在无法挽回的遗憾。这个世界上唯一不能挽回的东西，只有女人的购物欲。"

"喂……"她继续满脸无奈地抗议。

"尚蒂。"

"嗯？"

"你还是喜欢着裴哲的吧？"

尚蒂骤然沉默了。

奔跑时猛地站住，听摇滚乐CD时忽然停电，看家庭主妇的菜刀照着偷腥老公的头上劈去时突然插播广告……所有的这种中途被打断，都不会给人带来太好的心情。

尚蒂的沉默也是这样。就连她脸上的表情，同样是瞬间就像被石化一样，凝固成不可思议的雕像，冰冷的，难以融化；坚硬的，难以摧毁。

她的沉默打断了凌晨两点十分的北京夜色，周遭明明就没有什么变化，但是气氛倏地就不对了。

我甚至能察觉得到几只筋疲力尽的蝉，在亢奋点的巅峰紧急住了口,就像是洗澡洗到一半,兴高采烈地涂完沐浴露浑身都是泡沫的时候,一开水龙头竟发现停水了。浑身都笼罩在不舒服的压抑感中。

她缓缓地从内衣里拽出挂在脖子上的项链,正是我上次看到的那个小锦囊。她小心翼翼地从头上取下来,不让红丝线把头发拨乱。然后走到我面前,示意我伸出手。

我隐约猜到会是什么东西,便听话地伸出右手,摊开来,手心向上。

她将锦囊打开,往我手心里倾倒。于是一个小东西滚落出来,静静地平躺在我手掌的中央位置上。

一小块橡皮。发黄的,一头已经秃了,而且脏兮兮的。

"我是从小学二年级直接开始念书的。"尚蒂趁我在打量那块橡皮的时候,开始用平静得波澜不惊的语气说话。

我是知道这段过去的,所以并没有对此表示出质疑的意思。

"上学的第一天,老师布置算术题的时候,我才发现我没有橡皮。"

她上半身前倾,双手撑在护栏上,微微一用力,整个人就稍稍离开了地面,就好像在玩鞍马一样。

"不是忘了带,而是我根本就没有橡皮。就连写字用的3根铅笔,都是哥哥从十公里外的大城市的学校垃圾桶里捡回来的,为此他还特别告诉我,写作业或是记笔记一定要仔细,最好不要写错任何一个字。"

"如果真的错了,就用右手的中指,蘸了口水去擦。"

我突然明白为什么尚蒂第一次见到我的时候,是用右手的中指去推眼镜,那是一种习惯性的动作使然。

"然而在课堂上写第一个字的时候,我就写下了错误的数字。正打算用手指去擦的时候,同桌的男生用胳膊肘轻轻捣了我一下,然后将他自己的橡皮掰成两半,递给我其中的半块。"

我低头细细打量着如今躺在我手心的半块橡皮,在一侧上有几个看得出是一笔一画用心写出来的汉字:"裴哲二。"

"因为橡皮上写着'裴哲二'三个字,所以我当时就以为这是他的名字,即便他后来郑重地跟我纠正过这个错误,但我已经习惯称他为'哲二'了。"

拼上裴哲项链里保存着的那半块橡皮的话,完整的句子应该是"裴哲二年五班"才对。看来喜欢断章取义果然是中国人的传统。

"你们之间的故事真的好适合拍偶像剧哦。"我联想到了最近正火的某部日剧,忍不住叹了口气。

"什么?"她听力依旧灵敏。

"没什么……"我慌忙摇头,把橡皮重又还给她。

她仿佛在接受皇家勋章一般地从我手里接过橡皮,珍重地塞回锦囊里,将袋口封好,揣在衣服的口袋里。

看她专注的神情,好像是刚完成了一件关系全人类命运的重要任务。

"我跟裴哲念同一所小学,上同一所初中,考同一所高中。直到他大学二年级的时候因为成绩优异被保送出国深造,我们都没有分开过。"

尚蒂转过身去,背对着我慢慢地行走。

方向是回家的方向,然而孤单的身影在冷清的天桥上,显得格外单薄和脆弱。

"我以为今后的人生里,一直都会有他的陪伴。没想到他去日本的第二年,就毅然地在一通电话里说了声'我们是时候该分开了',从此杳无音讯,连裴妈妈都完全不晓得他的行踪,只是定期会收到从日本汇来的一笔笔钱,还是事先已经从日圆兑换成人民币的。

"直到他回到国内后,我才陆续从别人那里得知了他的一些消息。"

尚蒂走在天桥的台阶上,郑重其事地往下走,比走金马奖的红地毯还要谨慎。

我并不担心她会中途跌倒,因为那是某香港偶像少女组合和某超女才会做出的搏版面行为。一个漂亮的女生忧郁地走在深夜的街头已经足够显眼了,再增加卖点显然太过多余。

"如果我知道裴哲故意疏远你的理由,你会愿意用一个拥抱来交换吗?"

冲着她的背影,我大声喊道。

这条街上已经没有行人了,在北京熟睡得最为深沉的时刻,连过往的车辆都稀疏得可怜。

我的呼喊居然是此刻在方圆两公里范围内最响亮的声音,空旷地散开来,隐没于钢筋水泥混凝土的建筑物之间。

尚蒂停在了天桥台阶的一半位置上,木然地只将上半身侧转过来,怔怔地看着我。她死死地咬着下嘴唇,眼神充满了落寞。

"谢凯。"她的眼角滑落一颗透明的泪珠,在路灯昏黄的照耀下,折射出七彩的光晕。

原来夜里也会有彩虹。我再次颠覆了被十几年的常规教育塑造起来的世界观。

"即使你不告诉我那个理由……我也愿意,拥抱你。"

北京时间凌晨两点三十八分,尚蒂泪流满面。

虽说是要还我手机,但是尚蒂出门的时候竟然又将其忘在了家里。

"所以你根本就只是想让我陪你散散心而已嘛。"在她家门口,接过她递来的手机的时候,我极其小声地嘀咕道。

"什么?"她不去做谍报特工真是太可惜了。

"没什么。"我弱气地敷衍过去,草草地扫了一眼手机,显示有三条新消息。

"谢凯。"她缩在门缝里，屋里没有开灯，只有走廊上惨白的吸顶灯匀了一丝光亮给她。

"有！"我爽快地应声。

她极少直接喊我的名字。唯独有重要的事情发生的时候，或者她下了很大的决心准备去做什么事的时候，她才会完整地喊我的全名。一个字一个重音，以示郑重。

"谢谢你……"她脸上的泪痕还没有完全干透，双眼略略有些浮肿。

我莫名地开始生起气来。倒不是为了她过于容易动情而生气，也不是因为她总喜欢把烦恼独自憋在心里而生气，更不是由于她老是把真实的思想隐藏在固执的外表下而生气。我是在生自己的气。

生自己不能坦然面对自己感情的气。生自己无法正确把握自己感情的气。生自己最终放弃自己感情的气。

我从来没有这么生自己的气过。好气，好气。简直要气炸了。

如果第二天报纸上刊登了有一个男子活活被自己气死的新闻，那个人一定是我。

我实在看不下去她彷徨的表情，猛地伸出手捏住了她躲藏在门缝背后黑暗里的手腕，将她一把拉了出来。

"你要做什么？"她惊呼加痛呼。

"快去吧！"我把她推到电梯门口，暴躁地按着电梯的按钮，"现在就去！"

"去哪里？"她假装不明白我的意思。

我抓住她的右手，高高地举过她的头顶，她正死死地握着一把牙刷。

"你不是连牙刷都已经握在手里了吗？这说明你已经下定决心了不是吗？"

牙刷是一个人心境最直接的表现。

在洗脸池上的漱口杯里放有一支牙刷，说明这间房子的主人过着单身的生活；每周更换不同的新牙刷，意味着主人的床伴不止一个；两三个月放有固定的两支牙刷，表示情侣间的关系很稳定。

当尚蒂决定把她的牙刷放入某人的漱口杯里的时候，代表她已经做好了要陪伴这个人度过余生的心理准备。

她是个固执的人。因此我有充足的理由确信她的牙齿也很铁齿，所以牙刷的地位对于她而言，理所当然是无可替代的。

"如果你是对我抱有歉意，那么我可以明确地告诉你，刚才你的一个拥抱，已经付完了尾款。我已经赚到了，你不欠我什么，我即使占了你的便宜，也不会还给你。"我不停地敲击着电梯按钮，但是电梯似乎出了故障，一直停留在七楼不肯下来。

"你今晚说的话，很没有条理。"她勉强笑出来，至少表情不再僵硬。

"你今晚又流了好多防腐剂，所以你的心已经不能再起到保鲜的作用了。快去补充新的爱情吧，把旧的统统抛开！"我语气越发不耐起来。

"谢凯……"

"这个世界上最容易腐烂的，就是爱情。"我粗鲁地打断了她的话，同时粗鲁地踹了电梯门一脚。

尚蒂的目光终于明朗起来，从放烟花的时候就开始飘浮着的迷离和哀伤全都不见了。

这是值得庆贺的事情。北京的夏夜尽管依旧寂寞，可终于有寂寞的人要亲手结束掉她寂寞的旅行了。

她一言不发地将我推开，不再管我如何凌虐电梯，而是一副亟不可待的样子，不顾一切地冲进了黑漆漆的楼梯间里。

那是在恐怖电影里常被拿来渲染气氛的可怕场所，连我一个大男人都会在三更半夜对其敬畏三分。尚蒂轻快地在楼梯上跳跃着，欢乐地一路向下奔跑，愉悦得像在夜曲里跳恰恰。

我目睹她的身影消失在螺旋的转角，整个人像泄了气的皮球，一下子瘫在了地上。

无精打采地打开手机的收信箱，两条刘浪的信息：

两点三十二分的一条——"歌德说过，不要为了一个安慰的拥抱，而放弃你真实的心意。"

歌德有说过这句话吗？我完全没有印象，毕竟我跟他不算熟，没在一起打过麻将也没吃过烤串。

只是刘浪这小子最近怎么开始研究古典文学了，而且分明就是晚上喝多了在胡言乱语。我好气又好笑地摇了摇头。

两点三十八分的一条——"时间不可能倒流第二次。"

这个时间不睡觉，还跟我瞎扯什么该死的SF理论啊。我暗暗地咒骂了一句，觉得他有点儿太无聊也太不识相。

最后一条的内容是："我有两张电影票，不知道你什么时候有时间可以一起看。"

在奇怪的时间发来的奇怪内容，我揉揉眼睛去看发信人是谁——是我不熟悉的号码。看一眼信息末尾的署名：

"肖茹。"

正在疑惑间，楼梯间又传来急促的脚步声。

我下意识地往角落里蜷缩一下身子，手机蓄势待发扬在半空，只要待会儿钻出来的是一张非人类的面孔，我便会毫不犹豫地一把将手机甩过去。

古人用过具有攻击功能的飞刀和弓箭传过具有通讯功能的书信，由此可推断，具有通讯功能的手机也应该具备攻击功能才是。

脚步声果然到了六楼的楼梯间门口就戛然而止。我心脏的跳跃速度同时飙升到了人生的最高记录。

走出来的是尚蒂。去而复返。

我没想到她竟然会回来，一时之间竟不晓得如何应对。

在我刚才已经构思好的剧情里，我耍帅的戏份到了她离开后就宣告完结，完全没有打算见好不收加拍续集的念头。

真可惜我没去转行投身电影界，否则我一定会成为一个有原则有立场的优秀导演。我竟在心里泛起了一丝悔意。

尚蒂径直地走到了我面前，无视我愣在半空中的手机，将牙刷竖到了离我鼻子仅有一微米间隔的位置。

"可不可以先让这支牙刷寄放在你家。"

她用的是肯定句，不是疑问句。

"他……已经走了？"

我用的是疑问句，不是肯定句。

她用力地点着头。我很怕她太用力了，以至于她脆弱的脖子会受不了这么大的力度，然后咔嚓断开，头滚落在我的脚边。

能在所有不合适的情形下幻想不合适的情节，是我自以为骄傲的本事。

就连我大学的欧洲古典文学课教授，都会在批改我的"论莎士比亚的浪漫"论文时万般沮丧地附加一条评语："我真恨我不是你的马哲课讲师。"

当然我的马哲课讲师同样也在我的"论社会主义体制优越性"的论文最后发表喟叹："马克思的理论居然有着篮球运动员的激情。"

至于我的篮球社团顾问老师，常常目睹了我的比赛之后由衷地感慨："那一个三分球射篮分明就是李尔王式的悲情。"

我后来常见这三位老师在一起喝酒，喝醉了还会抱在一起痛哭。因为我，而促成了三个人深厚的友谊，我多少为此而有些自鸣得意。

"所以……你要去追他。"

我用的是肯定句，不是疑问句。

"不会吧？"

她用的是疑问句，不是肯定句。

"去吧。"我接过了她的牙刷。粉红色的柄，呈现波浪形的细密刷头，我有些怀疑直接将这支牙刷放到耳边就能听见涛声，"在你来要回去之前，我会先帮你保管。"

她很努力地挤出一丝笑容，很努力地不让眼眶滑落任何液体，很努力地试图跟我说笑：

"不可以自己偷用哦！我不要跟你间接接吻！"

这个女孩子，将她一生中最努力的时刻呈现在了我的面前。努力得让我有些心酸。

"你的牙刷上应该会有尸体的气味，光是想想就倒胃口。"我大笑道。

她放心地点了点头，再度朝楼梯间走去。

"尚蒂。"

我喊住她。

"嗯？"

她有些期待有些惊喜地回过头。

"你已经有了目的，不再是流浪的人了。"我说道，"恭喜你！"

她像是些许失落的样子，转瞬又笑了起来，毫无束缚、畅快明朗的笑。

我从没见过她如此好看的笑容，几乎挑不出一丝毛病，美得浑然天成。

我就那么呆坐在原地，兀自沉浸在她笑容留下的震撼里，连她什么时候消失了踪影都不知道。

许久，许久。直到我的手背上被什么冰凉的东西湿润了，我才醒过神来。

从我的眼眶里不断地涌出了大量的液体，无论我怎样试图止住，所有的办法都宣告无效。

我只能精疲力尽地散成一团，任液体浸湿了衬衫，浸湿了背心，浸湿了牛仔裤，连早上新换的内裤都不能幸免。

少数一部分液体还顺着脸颊流进了我辅助有点堵塞的鼻孔用来喘气的嘴里——好咸，好咸！

咸得让我刻骨铭心。比记忆中奶奶家每到过年前就开始腌白菜的大坛子里的盐水还要咸。

比公司楼下街角转弯处卖鸡蛋灌饼的老王头每次给我在饼上刷的豆瓣酱还要咸。

比天寒地冻时节的大连海滩边凌晨四五点的海水还要咸。

难怪食品厂商总是会在产品的外包装上印着"防腐剂不可食用"的标签，原来防腐剂是如此难吃的东西。

尝过一次，就绝对忘不了。

浪客见心

青春散场,你若还在

天气渐渐冷起来的时候，我已经快要订婚了。

去年过完二十四岁生日之后，妈妈就时常在打电话询问我"最近好不好啊，身体怎么样啊，工作还顺心吗"等等的老套话题最后，有意无意地追加一句"感情方面有没有什么问题呀"。

我不是听不出来她的意有所指，只不过除了我曾如实交代过大学里曾交往过一个女朋友之外，对于感情方面的事情，我就再也没有跟她提过半个字。

从某种意义上来说，蔡学妹留给我的心理阴影太过沉重，以至于凡是涉及"交往"二字，我的心都会莫名地颤抖。

妈妈的询问，在我今年过完二十五岁生日之后就开始变本加厉起来。似乎她也厌倦了花上一年时间跟我打太极，于是索性不再跟我走温情路线，举凡电话一接起来，劈头盖脸的第一句就注定会是："你小子到底决定什么时候结婚呀！"

而且她显然深得韩剧里苦情女主角的真传，只要我一有想转移话题的企图，她立刻就能在第一时间明察秋毫，继而搬出"要是让我在五十五岁之前还抱不上孙子，你可就是我们家的千古罪人了"的泪眼攻势。

于是我只好坦白地跟她老人家承认：我目前有了一个稳定交往中的女朋友，并打算在元旦前订婚。

我没有骗人。我的确在一年里陆续经历了两段感情。

一段只维持了两个月。

另一段则一直维持到现在。

这些事情，当然都是发生在尚蒂离开之后。

忘了补充一句：尚蒂和裴哲相继离开的第三天，就是我的二十四岁生日。

第一段感情，也就是我人生的第二次恋爱，来自于肖茹莱的主动告白。

是的，没错。肖茹莱，就是那个在大学社团同学会上见到的短发女生，低我两届的学妹，尚蒂高中时候的同学。

尚蒂离开后的第二个星期，肖茹莱不再只发信息，而是干脆直接打来了电话，说是她手上有别人送的电影票即将过期，问我有没有时间，愿不愿意跟她一起去看。

我注意到她使用的字眼是"一起"，而不是"陪我"，因此，我确定她不是个会常常感到寂寞的女生。

既然女生主动提出了邀请，而且还是个并不讨人厌的女生，我似乎找不到拒绝的理由，便在电影票作废的前一天，精心打扮了一番与她一起去看了电影。

不是平常电影院发售的门票，而是电影学院的导演系与表演系共同主办的小型电影鉴赏会的门票。当天放映的电影是《蝴蝶》，由何超仪主演。学生们所希望从这部影片里观摩到的主题，叫作"戏剧的冲突之美"。

我并不懂这些未来可能会主导中国娱乐事业的学生们，究竟是在为了电影里的哪些场面而激动。他们不时地发出喝彩声和口哨声，就像是在看世界杯1/4决赛一样地群情激奋，而我则在影片放映的中途陆续睡过去好几次。

不是说影片不精彩，理论上两位女主演之间的激情戏码实在很有爆点。可惜影片里没有一个女演员的身材是我喜欢的类型，再加上头一天晚上真的是打游戏打到太晚，因此除了瞌睡，我完全记不住电影的任何内容。

好在肖茹莱丝毫不介意我的失态。她说这样反而更好，她宁可跟一个会安静昏睡过去的男人看电影，也不要跟一个唠唠叨叨让她没办法集中注意力欣赏影片的男人看电影。

她像是很喜欢那部影片的样子,不仅在回去的路上滔滔不绝地在跟我讨论我根本一无所知的剧情,还在路过地铁口的时候打算从卖盗版DVD的小贩手里再买一张《蝴蝶》的碟片回去重温。

由于当时她的钱包里只剩下百元大钞,我不忍看到小贩面露难色,便替她付了五块钱把DVD买下来。

她便一副很高兴的样子,不住地嚷着既然我送了她DVD所以她理应明天请我吃饭之类的话。

我不太希望让她树立起这种不正确的价值观:比起一张盗版DVD来说,请客吃饭实在是要昂贵多了。

严格说起来,我绝对不是一个会讨女孩子欢心的男人。我没有伶牙俐齿,也不会甜言蜜语。假如缺乏共同的兴趣爱好,让我找到可以聊天的话题实在过于强人所难。

因此我跟她第一次吃饭时几乎全程都很安静,除了刀叉碰撞的响声之外,实际的对话不过寥寥几句。

"我告诉你一个秘密哦!"

"请说。"

"虽然我的名字叫肖茹莱,可是呢,在我喜欢的人面前,我会希望昵称为'肖茹'。"

"哦……"

"所以你是少数知道这个昵称的人哦。"

"真好。"

总共59个字,比一段数来宝还要简短。

第二次吃饭就更简短了,前后加起来只有27个字。

"菜很好吃。"

"是呀。"

"你现在有别的喜欢的女生吗?"

"没的。"

"我们交往吧。"

"好啊。"

糊里糊涂的,我便开始了与肖茹莱的交往。

尚蒂走后,我隔壁的房子一下子空了下来,一天二十四小时都是黑灯瞎火的,窗户始终被粉红色的窗帘罩得严严实实,有种萧瑟的冷清。

楼下也是一样。裴哲的房间同样安安静静的,没有半点人气。

我后来在信箱里发现一个信封,既没有写收件人,也没有写发件人,更没有邮票和邮戳,似乎是直接投递进去的。

打开来一看,里面装着一把房门的钥匙,正是五零四的钥匙。

肖茹莱提出跟我交往而我随即答应了的当天,在傍晚的时候我又进去裴哲的屋里。

一切都保持着放烟花那晚的样子:啤酒瓶子和鸡骨头还散在阳台的小桌子上,书房里的画丝毫没改变位置,奇迹的是澡盆里的鲤鱼居然都没有死,一条条生龙活虎地大概在幻想着自己其实是抹香鲸。

我皱着眉头将鸡骨头丢进垃圾袋里拿到楼下扔掉,啤酒瓶卖给收破烂的大伯换了五块七毛钱,鲤鱼索性送给了同住在五楼的烫发卷子、下巴三层肉和灰色套袖这三位邻居,惊讶得她们目瞪口呆半天说不出话来。

至于书房里的那些画,我心中有所触动,便开始联系一些出版界和美术界的朋友,看看他们有没有妥当的处理方法。

尚蒂的牙刷至今还躺在我的卫生间里。不过我没有将它跟我的牙刷同放在我的漱口杯中,而是特别新买了一个漱口杯,像供奉神位一样,将她的牙刷单独搁置在VIP区里头。

裴哲似乎是一次性付了几年的房租，即使他人长期不在，也不会有丝毫的麻烦。

倒是尚蒂大约是按季度缴纳的房租，她走了两个月后，房东便在一个星期天过来敲我家的门，说是联系不到尚蒂，不晓得她是不是不打算继续租下去了。

我生怕房东转手就将房子另租给别人，便急忙谎称尚蒂是去国外度假了，然后替她垫上了半年的房租，草草地把房东打发走。

为什么会这么做，我自己也不清楚。自从遇到了尚蒂，我就经常做出一些我自己也解释不清的举动来。

也许是我心底里还沉淀着某种小小的期待。

至于是什么期待，我懒得挖掘，也根本不想去挖掘。

刘浪倒依然会隔三岔五地来我家串门。然而他不再从书房的"通道"直接滑下，而是每次都很规矩地来敲我的房门，等我开门后，他再有礼貌地进来。

原因是什么？他没有说，我也没有问。

不过他的心情似乎没有从前那么好了。虽然时常还是笑嘻嘻地面对别人，我却总觉得他的笑容有些牵强，嘴角上扬的弧度不够柔和不说，眼角眯缝时的褶皱也过于僵硬了。

当然这只是我的猜测而已，没有经过证实的事情都只能停留在主观臆断的阶段。

就好像我同样是在主观臆断着裴哲的离去一样，我无论如何都找不到他突然间就不告而别的理由。

我曾在他们二人离去之后的整整一个礼拜里，都幻想着这不过是场打发夏夜无聊的小玩笑而已：尚蒂去找裴哲，发现裴哲不在家。其实他是刚好出门去7-11买包烟,于是几个小时后,他们一起手提着关东煮来找我吃消夜——裴哲还是会抢我的萝卜,尚蒂还是会吃不完剩下了一半。

7-11我依然经常光顾。玩游戏玩到半夜肚子饿到不行的时候,我不再用泡面解决,而是每每都会强迫自己走远点路,走到四十分钟路程之外的那家7-11里买关东煮回来吃。

多少给自己找点走出家门的借口,我不想变成彻头彻尾的宅男,一点也不想。

古怪的是,每次我打算去7-11之前,刘浪都会神准地卡在我出门的前一秒发来短信,叮嘱我也帮他带份消夜回来。

明明就是一个人去,却要买两人份的关东煮带走。因此我又跟那个曾对裴哲反唇相讥的女收银员变得比较熟。记得她的名字很有趣,叫作"向贞德"。

不管我提出什么额外的要求,她的回复通通都是相同的一句,我甚至怀疑她的口头禅是不是太奇怪了点:

"麻烦你帮我多套一个袋子,汤太烫了。"

"先生,我们店里并没有提供这种服务,但是可以多给你套一个。"

"劳驾帮我把萝卜单独装到另一个塑料盒里。"

"我们店里并没有提供这种服务,但是可以给你挑出来。"

"能不能再多给我盛一盒汤,我想回去泡面吃。"

"我们店里并没有提供这种服务,但是就给你例外一次吧。"

她犹豫的时间越来越短,到后来尽管嘴上照例要搬出规章条例,可她已经不会用婉拒的神情面对我了,有时甚至前半句刚挂在嘴边,手里已经不停歇地在达成我的额外要求了。

"你其实可以多笑笑的。你的笑容满好看的。"有一次我拎着两盒关东煮准备离开的时候,回头冲她说了一句。

"我们店里并没有提供这种服务。"她果然就笑了起来,"但是,谢谢你。"

跟肖茹莱的约会依旧保持着每周见两次面:一次我请她吃饭,一次她请我吃饭的频率。

交往两个月后的某顿晚餐中途,她切着火鸡大腿肉的时候告诉我,那次在大连的时候我回给她的"我在看海"的短信,她当时就转发给了裴哲。

于是我便有两个疑问要问她:一是她怎么会有我跟裴哲的电话号码的;二是她为什么要把我的行踪告诉裴哲。

第一个问题的答案很简单,"刘浪"两个字就是关键词。

第二个问题,她笑了笑,轻描淡写地把话题岔开了,不愿多谈。

我一直好奇于她为什么想要跟我交往。我的长相不算难看,可也没有帅到灭绝人寰的地步。我是她的学长没错,然而我们差了两届,根本跟陌路人没有差别——"一见倾心"和"日久生情"这两个决定爱苗萌芽的先决条件都不存在。

她于是反问我:"你怎么看待爱情?"

老实说,我没认真考虑过这个问题,既然她问了,我便得努力给她一个听起来不太瞎的回答。

"爱情嘛,不过是两个寂寞的人用来黏在一起的借口罢了。"

她听了后一阵轻笑,随即又问:"那么为了这个所谓的借口,你会愿意用自己的一切去交换吗?"

"我们的出生本就是一个借口:一种是父母用来掩饰没有保护措施的欢爱的借口;一种则是为了延续家族香火而拼凑起来的借口——这么比起来的话,爱情大概是我们人生里最浪漫的借口了。我想,为了这个借口而放弃其他所有不美丽的借口，还是很值得的。"

她听完就当场愣住，火鸡切了一半就戛然而止，盘子空着正等待她分菜的我不免心急火燎起来。

"对不起，谢凯。"肖茹莱毫无预警地流下两行清泪，"你也是我用来掩饰自己的借口。"

说完她就哭泣着跑出了餐厅，刀还插在火鸡的大腿上，触目惊心。

我坐在位子上挣扎着，内心天人交战了五分钟，最终觉得作为她的男朋友，我不应该让她这么伤心地离去而放任不管。

于是只好冲着根本就没开吃的火鸡吞了好大一口口水，从钱包里点出仅剩的几张钞票拍在桌子上后，循着肖茹莱的踪迹追过去。

肖茹莱根本就没跑远，她趴在餐厅不远处的一根电线杆上号啕大哭，还刚好巧妙地避开了小广告。

我心里燃起了一丝希望，或许简单地安慰她几句，还能赶在餐厅服务生把火鸡撤走之前，回到位子上把未完的晚餐继续进行下去。

我刚要走向她，已经有人抢了先，那人从黑暗的角落里大步迈出来，把她一把搂在怀里。

我还以为是色狼，慌忙四处瞄路边有没有砖头之类的便携性武器。然而肖茹莱已经像无尾熊一样地将那人死死抱住，二人立刻旁若无人地热吻起来。

我羞得赶紧双手捂眼，手指间的缝隙比我的眼睛还要大。转念一想，为什么我自己的女朋友跟别人热吻，我还得不好意思正面观看呢？

迷惘间肖茹莱与那人手牵着手慢慢走远了，看她俩亲密的样子，似乎交往的时日早就不是一天两天的了。就着路灯的昏黄灯光，我粗略地打量了一下那位横刀夺爱者的相貌：清秀的、飒爽的、柔中带刚的。

竟是个帅气的女孩子。

我瞠目结舌地呆在原地，嘴巴张大得可以吞下一颗拳头。

这次不是我的拳头，而千真万确是泰森的拳头了。

晚饭没吃饱，不到十点肚子就饿了。

我没有先回家，而是在路上就顺道去了7-11买关东煮。

看到我垂头丧气的样子，姓向的女店员有些好奇但也没多问。

"可不可以多给我一块萝卜？"

身上剩余的现金连多买一块萝卜都不够，我越发地心灰意冷起来。

"我们店里并没有提供这种服务，但是……但是也不行。"

涉及非免费的额外要求，她终究不能擅做主张。

"拜托，我今天失恋耶！"我摆出副伤心欲绝的表情。

她犹豫了几秒钟，旋即又开口了："我们店里并没有提供这种服务，但是就多给你一块吧。"

她收过了我仅有的几张钞票，迅速地点了点。然后从裤子口袋里拽出一个小碎花的帆布钱包，麻利地点出一张零钞，夹在我给她的钞票里，一起塞进了收银机。

"谢谢喔。"看到她用自己的钱请客，哪怕只是一块萝卜，我也有点不好意思起来，"下次不会这样了。"

"我们店里并没有提供这种服务，"她白送我一个笑容，"但是下次还是可以再多送你一块萝卜的。"

同年年底的时候，尚蒂的房东就又很准时地出现了。

我还是不想让他把房子转租给别人，然而同时担负着两间房子的房租，对我来说未免过于沉重。

于是我决定搬家,把我自己的房子退掉,住进尚蒂的房子里。

从六零四,搬到六零三。

房东似乎有点奇怪于我跟尚蒂的关系。不过对他而言,有房租拿就好,再拜托房屋中介找新房客也是件麻烦事,便当下默许了我的行为,乐呵呵地拿着厚厚的一叠现金走了。

下次再见到他,应该是半年以后。我很开心不用频繁地见到他太尖的嘴和太像猴子的腮。

原来"尖嘴猴腮"只是个贴切的形容词,而并不是贬义词。

"不过我没有多余的备用钥匙给你哦。"临走前,房东像是想起了什么,回头补充了一句,脸上满是幸灾乐祸的表情。

我摆摆手,示意他不用为这件事操心。然后在他狐疑的目光里退回到了六零四,把门关了起来。

我照例从自家的阳台翻到了隔壁的阳台。尚蒂走的时候并没把窗户锁死,所以我很轻易地就进入了她的领地。

这还是我第一次进入她的房间。一直以来,她似乎都不大愿意别人入侵她的私人空间。

为了表示尊重,在打开阳台通往卧室的门之前,我还象征性地问了一句:"我进来喽?"

里面当然不会有人回应,于是我便心安理得地转动了门把手。

门被拉开的一刹那,心里仍然有着小小的恐惧:"不会真的藏了一具尸体在里面吧?"

房间里空空荡荡的——真的是"空空荡荡"的,除了房东留下的最基本的床和桌椅,以及一个漆皮早就脱落得斑驳不堪的衣柜之外,连一件后来添置的家具都没有。即使要在这里打排球,都不用担心会伸不开手脚。

我竟然有点小小的失望，亏我还提前很帅气地做好了开枪射击的姿势。

枪自然是没有的。如果真有丧尸冲出来，成为牺牲品的一定是我——我不过是有点个人英雄主义作祟，外加无聊情绪怂恿罢了。

因为太久没有通风，房间里有股难闻的土腥味。由于北京的气候偏向干燥，所以即使这半年时间里都没怎么接受日照，房子也不至于会发霉。

一跺脚，地上便会扬起好大一阵灰尘。桌子上放着的一大桶矿泉水已经长了绿毛，那个从我家拿走的人体解剖模型正乖巧地躺在桌子的正中央，在黑暗中狰狞地笑着。

我心里有些发毛，顺手将那模型丢到了墙角里。

打扫尚蒂的房子没有花费我太多时间：扫完地，用拖把再拖一遍，取块毛巾沾了水把所有家具都擦一遭，合计起来也才一个钟头而已。因为家具实在太少，根本不需要浪费多余的力气。

幸运的是，在擦床头的时候竟然从枕头底下摸出了一把大门的备用钥匙，不晓得是她故意放在这里，还是根本就遗忘在这里的。但对我而言倒是好事一件，老是翻阳台毕竟不是长久之计，请锁匠来换锁又太大动干戈，既然有了钥匙，日后进出就方便多了。

唯有衣柜我从头到脚都没有碰过。毕竟女孩子最贴身的私密衣物都是会保存在那里面的。我不是变态大叔，对偷窥更没有兴趣，所以我知趣地自动跳过了那一小块领土。

不过即使算上那些在衣柜里存着的未知私物，尚蒂的东西也着实太少——与其说她是个生活朴素的人，倒不如说她从来就没有把这里当成是自己的家。

怎么说呢？硬要形容的话，把她比作是流浪汉，那么六零三根本就是她某几个夜晚临时落脚的桥洞或者公共车站。想走便可以走，不会有半点留恋。

究竟她是怀着怎样寂寞的心情，在这间屋子里度过每一个夜晚的呢？我躺在那张宽大的床上，闭着眼睛想。

只是想了一秒钟，我就不愿继续想下去了。

因为仅仅一秒钟的工夫，我的心就像是被人用手攥紧了一样，痛得我几乎喘不过气来。

不是说这屋子闹鬼。一切都是寂寞使然。

我大约能体会得到尚蒂搬来这里的动机了：她根本就是为了裴哲而来——自始至终，她为的都是裴哲。这个世界上她仅剩的、唯一的、像亲人一般，或者比亲人更亲密的伙伴。

在她二十几年的生命岁月里，裴哲至少陪她度过了三分之二以上的时间。

难怪她会一直那么在乎着裴哲，即使表面上不表现出来，内心其实也在乎得要命。

我呢？我只住在她隔壁半年，算起来连二十分之一都不到。

三分之二对二十分之一。我自惭形秽得要把脸埋到枕头里去。

即便已经打扫干净，我也没有决定当晚就睡在六零三。毕竟这里的空旷让我多少还难以立刻适应，我决定拣明天周末的空闲时间，把属于我的东西全都搬过来，将这栋房子里的每一个寂寞角落都死死地填满，不给孤独半点能够残喘的空余之地。

劳动完，肚子饿得便分外地快，不到饭点就开始咕咕叫起来。为了让肚子更饿一点儿，以显得晚饭吃起来更可口，我决定仍然徒步行走四十分钟，去7-11买关东煮来吃。

不知不觉的，似乎走路去买关东煮已经成为了我生活中的一个新习惯。有时候倒不是真的非吃炖萝卜不可，只不过是觉得说如果不出门走一走，那多出来的四十分钟时间就不晓得该如何打发。

我不是个轻易会戒除已有习惯的人。可是当习惯主动离开了我，我就不得不去找一个新的习惯来填充原有的位置。

有些沮丧的是，人家陶晶莹好歹是走路去纽约的，我走路不过是去7-11而已，在声势上就先弱了几分。

"我明天要搬家了。"交款的时候，我对姓向的女店员说道，"快恭喜我吧。"

"我们店里并没有提供这种服务，但是恭喜你。"

她接过我装好炖的饭盒，重又拿到汤锅前，夹了一个鸡蛋放在里面。

"所以遇到客人要搬家，你们就会免费赠送鸡蛋吗？"

"我们店里并没有提供这种服务，"她冲我神秘地一笑，"但是，算我请客。"

她的笑容越来越自然了。

而我开始认真地考虑，既然六零四和六零三挨得那么近，要不要每天都搬一次家看看。

说是搬家，其实从六零四到六零三的距离，比从我办公室到楼层公用厕所的距离还要短。

但是六零二的户型跟六零四不一样，套内面积略小一些，因此我原本堆在六零四里就显得拥挤的家具和杂物，势必得扔掉一些。

我本来只喊了刘浪来帮忙，结果早上八点的时候，就已经有一批人站在客厅里开始喧哗了。

"学长，这瓶DIOR（迪奥）的香水既然你不要，就送给我好了。"林岱豫像是发现了新大陆一般地惊声尖叫。

如果可以因此换取到片刻的安宁，我倒真的希望把她发配到埃塞俄比亚。

她拿的是已经离职的某位女同事在她的送别会上送我的礼物。因为她离职的原因是嫁给了一个做香水批发生意的富商，所以临走之前无论送给男同事还是女同事的礼物，都是香水。

我没说不要，就算拿来作为生日礼物送给别的女生，也能节省一笔不必要的开支。可林岱豫早就迫不及待地揣在怀里，我也没再好意思开口要回。

"学长，这套《生化危机》典藏套装的外包装体积太大了，你新家一定没地方放，不如送给我吧！"

杨柳学弟抑制不住惊喜地像挖番薯结果挖到了人参，喜不自禁地抱住东西就冲到楼下，放进了汽车的后备箱里。

许久未见的何学妹，显然在战斗力上不如人家夫妻档的配合默契，东翻西翻找不到喜欢的宝贝之后，退而求其次地将客厅里的电子秤一把抓住死也不肯放手："学长……恩……唔……反正你就是把秤送我就对了！"

她着急得连理由和借口都想不到。反正我对于那秤的存在真的感觉是可有可无，便任由她自做主张好了。

这些人的贸然到来，并不像是在帮我搬家，反倒更像是土匪在抄家。我有些不悦地把坐在沙发上看报纸的刘浪拉到一边，质问他到底是怎么回事。

"这样不是很好吗？搬家就该热闹点才对。"他一副做了好事的得意表情，还连连摆手示意我不用道谢。

晚上吃饭，是我请的客。几个"土匪"抢够了东西，还意犹未尽地催促我去烤肉店大吃一顿。

"人生有四喜：久旱逢甘霖，他乡遇故知。乔迁新居夜，金榜题名时。"杨柳学弟附庸风雅地吟诗道，"乔迁算是第三喜，不庆祝一下怎么行。"

"不是洞房花烛夜的吗？"我怀疑地看着他。

"学长不要总奢望一些你力所不能及的事情。"何学妹斩钉截铁地说，把一块牛肉烤得热油直冒。

一顿饭下来，我没吃多少烤肉，倒被灌着喝了许多啤酒。

老实说，我一直都不大爱喝啤酒。然而在尚蒂和裴哲走后，我已经很久没有这么热闹地吃过东西了。其实吃饭也不过是个借口，凑在一起胡闹才是乐趣所在。

上次在裴哲家放烟花的时候，我一口啤酒也没喝。这次被逼着行酒令划酒拳，输得岂止用"丢兵弃甲"可以形容。落魄的将军任一帮土匪宰割，没有砍头示众已经算是客气了，连着喝了两大瓶啤酒，头晕脑涨之余，竟然觉得啤酒也不是那么难以下咽了。

我多少有些感谢刘浪的意思。想来他是怕我寂寞久了会生锈，名义上是喊人帮我搬家，实际上是为了促成一个小型聚会。

转过头去看他，他早已醉得失去本性，脱了内裤套在头上开始跟林岱豫对台词。

"罗密欧啊罗密欧，你为什么是罗密欧？"林学妹终于如愿以偿地念到了这句经典对白，激动得连一旁杨柳学弟的杯子都打翻了。

"只要你叫我爱，我就有新名字！"刘浪将内裤从头上摘下来，恭敬地捧在胸前，大概以为那是罗密欧戴的帽子。

感谢的话语立刻吞回肚子里，把刘浪的人格想得太美好实在是我一厢情愿。

在六零三住了近一年，已经渐渐习惯了在这套房子里的生活。

坦白来说，虽然空间比以前小了，但也间接遏制了我以往乱扔东西的恶习，再加上房租比六零四要便宜一些，目前暂时还想不到搬来新家的任何缺点。

倒是六零四被我退租之后，一年多了竟然也没租出去，一直就空在我隔壁，冷清得让人觉得不舒服。

刘浪早已把天花板上的洞填补了起来，巧夺天工的没留下任何痕迹，令我怀疑他是不是取得过专业的瓦匠资格证书。

只有那根钢管，我实在不晓得该如何处理，就任其矗立在书房里。房东来收回房子的时候，同样一度以怪异的眼神打量着我。

房东方口大耳，一看就是富态之人。在久寻不到新房客之后，他还特地打电话来拜托我，有空多帮他照料一下隔壁的房子。房子一旦无人居住，空久了，难免会风水失调，土木不和。

我依稀想起来，这位房东是姓龙的。而如今住着的六零三号房，合约书上签着的户主名，也是姓龙。这个姓不算是太常见的姓，便顺口问了一句，结果得到的回答是"六零三的龙姓房东其实是我哥哥"。

我当即目瞪口呆，半天无法回过神来。

所谓的"龙生九子，各不相同"——原来中国人的古话从来都是言之有理，绝非凭空捏造。

中国人的确是很实在的民族。

春天结束的时候，我已经开始新的恋爱了。

这次交往的对象说是意外，其实算在情理之中；说不意外，可之前所有认识我的人谁都没有料到。

人生就是这么曲折又平凡。

关于肖茹莱，我至今也说不清我究竟是爱过她，还是根本就没爱过她。

我跟她之间的故事，开始得太突然，结束得同样太突然。就好像是猪八戒吃人参果，还没尝出味来，已经下了肚。

毕竟人参果是三千年一开花，三千年一结果，再三千年才得熟的——我没耐心回过头去思考跟肖茹莱之间的过往种种，眼下我需要认真面对的，是我跟向贞德之间的新感情。

向贞德就是7-11里的那个向姓女店员。她的名字同样个性得让我难以忽略，不过比起"上帝"和"如来"，好歹"贞德"算是个凡人，不至于让我产生太大的距离感。

已经忘了怎么与向贞德正式确立恋爱关系的了。似乎是某次加薪后我去买好炖时跟她的对话起了开头：

"从这个月开始，我的工资涨了两百块钱。所以作为祝贺，你要请我吃魔芋丝。"

"我们店里并没有提供这种服务，但是这次你要自己付钱。"

我略带失望地结完账准备走出门，在将找回的零钱塞进口袋时无意中摸到了什么东西，掏出来一看，是杨柳学弟送我的两张话剧招待券。

"这个周末如果你没事情的话，要不要一起去看话剧？"

我没弄懂我当时说这话的动机是什么，反正我并不确定她周末真的会有空，也不确定她会喜欢看话剧。

"我个人并不提供伴游的服务，"她竟然微笑着点了点头，"但是，我会去的。"

话剧本身真的很无聊。明明转行去做物流的杨柳学弟，竟然还没有放弃对于表演事业的热爱，自己筹钱组织了一班人马作为制作班底，自编、自导、自演了一出主题为"跨越时空的爱恋"的话剧。

男主角自然是他本人，女主角的位置当仁不让地落到了林岱豫的头上。

话剧开场后的前半个小时，我跟向贞德一头雾水地看着舞台上白娘子与梁山伯互诉衷肠，茜茜公主跟哈利·波特双宿双飞，漩涡鸣人劫法场抢走了毛利兰，变形金刚和葫芦兄弟为了争夺埃及艳后而大打出手。

据说杨柳学弟倾尽心血在这出话剧上，独自投资了好几万块钱。然而光是林学妹的置装费就占了总经费的一半还多——瞧见林学妹换着不同的华丽服装，在舞台上过足了扮演历史上各位著名美女的瘾，我宁可相信眼前上演的仅仅是一场蹩脚的COSPLAY，而不是在玷污话剧这门高雅的艺术。

后半个小时的内容我就一无所知了，因为我实在耐不住剧情的意识流表现手法而陷入昏睡之中，直到散场的灯光亮起来我才猛然惊醒，一侧脸发现向贞德早就熟睡在了我的肩膀上。

如果记忆力没有出错的话，我与向贞德的交往，便是从散场后的牵手散步开始。

我实在很想多描述一些我与向贞德之间交往的细节，可惜我发现这是件极为困难的事情。

向贞德是一个很平淡的女生，平淡到所有与"传奇"或"浪漫"有关的词语，跟她都扯不上任何关系。

举个最简单的例子，哪怕我心血来潮地要带她去一间意大利餐厅吃烛光晚餐，她也会嫌太贵而中途取消我的计划，改从附近的超级市场买一些傍晚五点以后打折的牛肉，配齐需要的蔬菜，赶到我家做出丰盛但不至于多到浪费的晚饭来。如果我真的非得强调烛光的浪漫，她便会在开饭前点上两根停电时备用的白蜡烛，正式开动后再迅速吹灭。

她的生活原则是"简单，实惠"就好。以至于她平淡得比寻常人还要平淡——平淡到了一种境界，从某种意义上来看，实属难得。

刘浪对于我跟向贞德的交往没有表示过半点意外，连评价也没有，甚至在跟我单独相处的时候也绝不会提到她半个字。

他并不是对向贞德抱有敌意，事实上他所表现出来的平静，更像是早已接受了这件事情一样，或者说像是早就知道会发生这种事一样。用句稍微贴切点的话来形容就是"久入鲍鱼之肆，不闻其臭"。

"为什么不是前半句'久居芝兰之室，不闻其香'？"我不满地抗议。

"古人没有远见，如今鲍鱼显然是要比芝兰贵的。"刘浪似笑非笑地回答。

我安排他跟向贞德首次见面的时候，两个人在餐桌上基本就没怎么说过话。我有些尴尬地趁刘浪去洗手间的空隙低声问向贞德，是不是觉得刘浪很难相处。

"老实说我不知道别人是怎么看他的，"向贞德淡笑道，"但是，我倒觉得他很亲切。有一种似曾相识的感觉。"

她私下不是在工作的时候，仍然喜欢用转折的句式说话。所以我坚持听她说话要听完整，否则在理解意思上一定会出现偏差。

我们的关系很稳定，交往大半年来从未吵过架。跟她在一起，更多的是一种"过日子"的踏实感，而不会产生过多的不切实际的浮华幻想。

我以前只觉得"踏实"是一个女人择偶时的必备条件之一，没想到原来男人也会很在乎"踏实"的感觉。

怀着这种踏实的感觉，在某天实在忍受不了妈妈电话里的倾情回顾五十年外加飙泪逼婚大作战之后，我敷衍了事地嚷了一句"元旦我就订婚"，然后匆忙挂了电话。

事后我有些惊讶于自己的鲁莽。婚姻大事，真的这么草率的决定可以吗？我甚至连向贞德的意愿都没征询过，说不定她还不想嫁给我呢。

当天我用近乎玩笑的口吻跟向贞德复述我给妈妈打电话的经过，她听了之后，想都不想地当即就表态："元旦订婚是吗？那我们都得抓紧时间攒钱了，到时候的开销应该会很大。"

于是我就惊讶了。

惊讶的不是她答应得如此干脆利落——女生最梦寐以求的浪漫求婚她一点儿兴趣都没有——惊讶的是我竟然真的要步入婚姻的殿堂了。

这样没什么不好。向贞德是很适合过日子的女孩，跟她在一起久了并不会感到后悔。

她不是个会让人后悔的结婚对象，但也不是个会让人期待的结婚对象。

偶尔我也会独自在晚上临睡前躺在床上思考我跟向贞德的关系。毕竟平淡到让我从来都感受不到任何情绪的起伏，多少会让我对于爱情产生一种毫无道理的不信任。

每当这个时候，我就会问自己：我是真的爱向贞德么？

可是往往不等我总结出结论，我已经抵挡不住汹涌的睡意而沉入了梦乡。

这个问题其实没有任何价值可言，我不知道我是不是爱过肖茹莱，我也不知道我是不是爱着向贞德——或者从蔡学妹开始，我就根本不晓得爱情是什么东西。

在这三个女生身上，我从来都不晓得我要的是什么，跟她们交往的目的何在，我也不清楚，直到她们主动提出分手前我都绝对不会开口的原因是什么我更不了解。

突然想起了尚蒂的话："如果没有目的地，那么人生的每一步都是流浪。"

原来在爱情的领域里，我同样是个流浪汉，即便有人陪在身边，也还是感觉寂寞。

尤其我现在还住在六零三号房里。

圣诞节的前一天，就是所谓的平安夜，北京下起雪来。

北京原本就是一个冬天极寒冷的城市，冬天下雪其实不算稀奇。只不过近几年可能受地球变暖的影响，冬天已经没有往年那么冷，就算要下雪，也都会拖到一月或者二月最冷的时候才开始下。

平安夜下雪，多少会让人有些惊喜。因为这意味着明天的"白色圣诞节"终于名副其实了。

归功于各大商场斗法式的借机搞促销吸引顾客，北京人对于圣诞节的重视，几乎要超过了中国本身的中秋节、端午节等一干传统节日。

我说不上这到底是好现象还是不好，不过这种节日本就与我没多大关系：我一不信教，二不会特地为了庆祝而跑到餐厅里排队等吃浪漫晚餐。所以，圣诞节的节日气氛在我眼中几乎不存在，反正公司也不会在这一天多发薪水。

我衡量一个节日隆重程度的标准，是根据我的薪水袋的厚度来判断的。

过年前公司通常会发双薪，所以春节在我心中的地位理所当然是第一；劳动节会额外多发几百块钱的奖金，小长假过得也算心里舒坦；中秋节有免费的月饼领，虽比不上现金来得实在，至少聊胜于无。排名第四的，是我自己的生日。我所在的公司有个贴心的福利：员工生日当天会收到公司赠送的巧克力礼盒一盒。为此，那些2月29日出生的同事无一不捶胸顿足。

向贞德今天轮班恰好休息，早上去我家找我的时候就已经提前买好了菜，打算晚上过去做给我吃——为了体现今天是平安夜的特殊性质，她特别多买了一条鱼。

"只可惜释迦牟尼生日的时候不能加餐。"我不无遗憾地感叹。

"我个人是不晓得释迦牟尼的生日是哪一天啦，"她冲我意有所指地窃笑，"但是，肖茹莱生日那天可以给你加餐。"

她竟然也学会开玩笑了。我为此惊讶不已。

严格来说,"平安夜"是要到晚上才算得上是"Silent Night(平安夜)"的。白天的大部分时间,我基本上都耗在了裴哲的小型画展里。

托几个同是做编辑的同行帮忙宣传,我自己又联系了一家因为生意不好也提供场地出租业务的咖啡馆,总算把裴哲留下来的大量画作一一小心地挂在了咖啡馆的墙上,开了一个为期仅有1天的小型画展。免费入场,不收门票。

我曾在裴妈妈面前夸下过海口,如今不过是在兑现承诺而已。

在构思画展的名字时,我着实费尽了心思:直接叫"裴哲个人画作展"未免太直截了当,不够吸引人;叫"21世纪杰出画作长廊"又过于妄自托大。最后索性命名为"五零四号房里的画",竟然有点信手拈来的后现代主义意味,让我暗自得意了许久。

画展开始后实际来参观的人没有几个,偶尔有误入的少数路人,不是来借洗手间的,就是口渴了来买饮料的。于是那咖啡馆的老板慌忙眉开眼笑地把磨咖啡豆的机器摆弄得震天响,生怕别人怀疑他的专业程度似的。

向贞德对于画没有太大的兴趣,只在画挂上了墙之后大致浏览了一圈,就坐到了角落里去计算她这个月的收支统计表。

咖啡馆的灯光比裴哲书房的灯光要明亮一些,这也是我第一次正式地欣赏裴哲的所有作品:从稍早些时期的稚嫩画风,到逐渐成熟起来的创作意图——即便我不是正规的鉴赏家,也能看出来他一路走来的心境变化。

我最喜欢的那幅画是白衣少女的作品,被我刻意摆在了咖啡馆最显眼的位置,一束橘黄色的射灯灯光打在少女的脸颊上,平白地增添了一抹红晕。

咖啡馆的老板似乎做冰咖啡做多了,除了客人要的一杯以外还多出了大半杯的分量出来。他便全部倒进另一个杯子里，递给我。

我道了声谢，拖过张椅子坐在白衣少女的画前面，边喝边看。

少女的相貌是我所熟悉的，海滩的景色也并不陌生——我之前就说过这幅画在我眼中，有种难以言述的亲近感。此刻冰咖啡一入喉，冰凉的液体刺激了口腔和食道，鼻子竟然莫名其妙地开始发酸起来。

原来不止饥寒交迫惹人内心酸楚，下雪天喝冰咖啡一样叫人伤怀往事。

"因为哲二的小名叫虎子，所以从小他就嚷着要带我去老虎滩看海。"

一个声音蓦然出现在我身后，就像是半夜梦醒了就立即听到花谢的声音一样，蓦然之余，还有些不真实，难以置信的不真实。

我慌得从椅子上摔了下去，手中抓着的咖啡倒是在第一时间本能地举在头顶，所以，即使我臀部跌坐在地上，咖啡却一点儿也没泼洒出来。

"你这抠门小气的个性真是一点儿都没变。"那声音继续说道，同时还响起了赞赏式的拍掌声。

我清楚拍掌声是为我的动作敏捷而响，绝不是为了表彰我的"抠门"和"小气"。

从地上爬起来，我先将咖啡杯搁在一旁的桌子上，然后略微掸了掸裤子上沾到的灰尘，接着深吸了一口气——吸到我的肺里再没有丝毫空隙，才肯万分留恋地慢慢呼出来。

"你回来了……"转过身，我面无表情地说。

"我回来了。"

尚蒂站在另一束橘黄色的射灯灯光下，笑靥如花。

裴哲，尚蒂，我，刘浪

青春散场，你若还在

"裴哲他还好么?"

我跟尚蒂并排坐在白色少女的画的前方,她一副疲倦已极的样子,神情倒是兴奋的。

"他?"尚蒂摇了摇头,"我不知道。"

"你不是去追寻他的么?"我抑制不住满心的讶异。

尚蒂打了一个很长很长的呵欠,足足花了三分钟之久。

"他如果认真地想要躲起来,谁也找不到的。"她略微垂下眼睑,露出了颓丧的神色,"我也找不到。"

我担心她会就这么睡着了,要把她搬回家实在麻烦,便去跟咖啡馆的老板要了一杯黑咖啡,特意叮嘱他煮得浓一点儿。

"这杯是要单算钱的哦。"老板格外认真地提醒我。

"知道了。"我也格外认真地回答他。

端着咖啡递给尚蒂,突然想起来,她的家现在已经是我的家了。即便她搬回去也不合适,何况六零三房间太小放不下沙发,而且卫生间里也没有浴缸。

向贞德出去买矿泉水了。她说她喝不惯咖啡馆里的咖啡,又贵又难喝。我知道她是想留个说话的空间给我和尚蒂,怕她在场我会尴尬。

她知道我所有的故事,从蔡学妹到肖茹莱,其中自然包括尚蒂。

因为她太平淡,平淡到我只能添油加醋地叙述自己的故事,来增添我跟她在一起的趣味。

描述尚蒂的时候,我总是以"邻居"的身份称呼。

"她在你心中应该不只是单纯的邻居而已,"向贞德有时会这么说,"但是你表面上还是只把她当作邻居来看待。"

"为什么这么说?"

"她虽然跟你相处的时间不是最长的,"向贞德微微一笑,"但是,她在你所有故事里的篇幅,是最长的。"

我不是个会坦然承认自己内心感情的人,除非别人会直白地揭穿。

可惜揭穿我心事的人,竟然是我现在的女朋友,我尴尬得无以复加。

"那个女生是你的女朋友吗?看起来满温顺的。"

尚蒂竟然没有认出来向贞德就是她曾在7-11遇到过的女店员。我也懒得解释这件事情,毕竟我现在关心的重点不是向贞德的真实身份。

"这一年半,你去了哪里?"我小心翼翼地问。

"去了哪里呢?"她啜了一口咖啡,闭起眼睛开始冥想。

她回忆的时间未免也太久了点。我怀疑她是不是借机睡着了,正打算悄悄靠近她嘴边偷听她有没有在打呼噜的时候,她突然开口了。

"一个人流浪了一年半。"

"咦?"我惊讶道,"怎么又是去流浪了?"

"虽说是流浪,但性质与以前不一样了。"她兴致勃勃地纠正我。

哪里会不一样呢?难道说以往是穿着衣服流浪,这次是衣不蔽体地流浪吗?我精神恍惚地暗自寻思。

"我沿着我一路走来的足迹,再按部就班地倒退着走回去,才发现,这么多年来,我喜欢过的东西,仇恨过的东西,遗憾过的东西,放弃过的东西,其实一直都不存在。"

"东西本身是不存在感情的。会去喜欢或仇恨,只是我们自己的心情使然。古人所说的'不以物喜,不以己悲',正是这个道理。"

我不大明白她说的这些话里到底包含有怎样深刻的道理,一年半不见,她难道已经从一个只会解剖尸体的法医转职成了一个只会说大话的哲学家。抑或是,一个会在说着大话的同时解剖尸体的哲学家?

我不寒而栗。

"从这个意义上来说,人之所以会寂寞,其实寂寞的只有他的心情而已,他的人是不寂寞的。"

尚蒂一口气喝完了咖啡。看来话多的人的确会常常觉得口渴。

我还在犹豫要不要再帮她要一杯咖啡,手机突然响了起来,拿出来一看,是一个陌生的号码。

咖啡馆里信号不大好,我接起来放在耳边,只是断断续续地听到了一句:"谢谢谢……"

前两个"谢"字,可以理解成是感谢的意思。后一个"谢"字是我的姓氏——连起来读的话,是说打电话给我的人正在感谢我。

只不过把"谢谢"跟我的姓氏连读总是觉得有点奇怪,不知情的人,大概会以为打电话的人在口吃。

我冲尚蒂点头示意出去接个电话,她恍若不觉地兀自盯着对面的画看得专注。

走到咖啡馆外,手机的信号格立刻增满了。我赶紧抓着手机"喂"了好几声,生怕对方已经先行挂断。

电话那头传来了爽朗的笑声。是爽朗的没错。即使气若游丝,像是随时会失去全部力气一样,但笑声听起来还是爽朗的。

"是你……"我眼眶有些发热。

"谢谢谢……"他又道了一次谢,不过这次不是因为信号不好,而是中途他剧烈咳嗽了几声,打断了原本完整的话。

"不客气。"我一时不知道如何应对,只能遵循几千年来的固有礼节简单地回应。

街头的风渐渐强劲了起来,席卷着大片的雪花,吹得行人四散奔逃。

我站在一块禁止车辆左转的蓝色指示牌下,那铁牌正在无辜地发抖。

"我……你。"

那是他说给我听的最后一句话。话说完，电话就断了。手机被挂断后没有忙音这种东西，我连打算发呆的借口都没有。

脸上骤然冰凉一片。我的眼前有些模糊，用手在脸上摸了摸，满是透明的液体。

应该是雪花吧。被我的体表温度融化了。我想。

风声太大。他说的话，我没有听清。

回到咖啡馆里，我整个人都要冻僵了，被空调的暖风一吹，酥然得让我想发出舒服的呻吟。

尚蒂已经不在了，在她的位置上，坐着向贞德，正抓着一瓶矿泉水，有一口没一口地喝。

"她说她先走了。"向贞德头也没回，在我刚刚走到她旁边的时候就开口说道。

"嗯？"

"她说祝福我俩幸福。"

"哦？"

"流浪的时候，你会想借助什么交通工具？"

"啊？"

向贞德忽然不用转折句说话，我竟然有点不习惯起来。

"步行、自行车、吉普车、马、筋斗云。快选一个。"

"什么？"

"快选一个！"向贞德难得地露出了不悦的神色。

"那……我选步行吧。"没听说过流浪汉还能奢侈地开着吉普车的。

"尚蒂她自己选的是自行车。"向贞德把一瓶水喝完了，空瓶子装进手提袋里。这是她的习惯，一个空瓶子能卖一毛钱，她从来都不会随手扔掉。

"自行车的轨迹通常是一条,只有在犹豫的时候才会出现两条,但即便是两条,轨迹之间也都是紧密地纠缠在一起的。这表示在爱情里,选择骑自行车去流浪的人总是固执而且坚定。就算有了第二种可能,他们也没办法放弃原本的目标。"

"那……步行代表什么呢?"

"步行拥有无限种可能。换句话说,也会因为可能性太多而迷失了自己真正想要的方向。选择步行的人,大多会优柔寡断,考虑别人的感受多过于自己。"

"哦。"我干笑着摸了摸鼻头。

"吉普车代表率性。选择吉普车的人,能够果断地做出决定,他们在爱情里从来不会勉强自己,一旦发现苗头不对,便会率先离开。"

"马代表束缚。选择马的人,会被诸多外界的因素所困扰,从而不能做出正确的选择。一旦有人帮他们把缰绳摘除,马会跑得更加自由和欢快。"

"筋斗云呢?"我很好奇除了孙悟空以外,谁又能驾着筋斗云四处奔波。

向贞德没有理会我的发问,而是站起身来朝咖啡馆门外走。

"你去哪里?"我问道。

"快去追她吧。"

向贞德冷不丁地甩出一句话来,重重地丢在背后的地面上,响亮得让我的鼓膜震得作痛。

"她只是我的邻居而已。"

我连忙解释,不明白她为什么这么轻易就误会了我跟尚蒂的关系。

"她的故事,在你所有故事的篇幅中是最长的。"

向贞德的表情是笑着的,然而微露出嘴角的小虎牙还是证明了她正在咬牙切齿。

咬牙切齿笑。我已经多久没有见过这种笑容了。此刻见到,隐隐有了一种他乡遇故知的喜悦之情。

"如果是在说我的故事的话,一定不会有这么长。"她泄气地说道。

向贞德说的其实没错。我之前在跟她说尚蒂的故事的时候,从早上出门逛街就开始说,到吃完晚饭开始看快乐男声复活赛的时候居然还没有说完。

如果是在说向贞德的故事,我想大概只要五分钟就说完了。

"虽然我没有提供成为你素材的服务……"

她顿了一下,照例又是她招牌式的句式。

"但是,至少这一次,我希望能给你在说我的故事的时候,创造出一个小高潮来。"

之后,她就不再回头地大步走出了咖啡馆,步伐迈得坚定有力。

这个平淡已久的女孩子,难得地不平淡了一回——消失在我的眼前。

我不知道在别人眼中看来,她是不是也一样的平淡。可是她今天走路的背影就绝对不能说是平淡:似乎是带着一抹怒气一样,在街头横冲直撞——远远看起来,竟像是一辆吉普车。

我心中有所触动,立刻抓起手机拨了个电话给肖茹莱。

"步行、自行车、吉普车、马、筋斗云——如果让你选择一个作为流浪途中的交通工具,你选哪一个?"

电话刚一接通,我就不顾一切地发问。

"唔……我选马。"肖茹莱被我突如其来的呼喝吓了一跳。

果然是选马的女生。我叹了口气。

"怎么了？"肖茹莱试探地问我，"是不是尚蒂回来了？"

女人的直觉，要么就仅有一点点准罢了，要么就准得让美国的间谍卫星都望洋兴叹。

不等我回答，她就开始说话了，像是憋屈在心里许久的牢骚终于能够畅快地抒发出来一样：

"跟你分手后我就一直在想，'肖'字比'尚'字差了两笔，'向'字比'尚'字也差了两笔——或许对于你来说，我跟向贞德都不过是你本能的用来弥补尚蒂不在时的代替品罢了。"

"喂，明明是你甩了我好么？"我低声吼道。女人还真是喜欢颠倒黑白。

肖茹莱完全不理会我的抗议，接着像在领诺贝尔奖一样地说着她的感言：

"虽然是代替品，但'肖'和'向'都差了那么两笔，还是无法完全取代完整的'尚'字。所以你一直都清楚你自己的心意，只不过你总是像个徒步旅行的流浪汉一样，散漫得不肯去追求你的目标。"

她怎么晓得我选的是步行？我倒吸一口凉气。

之后她继续说了些什么，我就没太留心了。因为我的目光不经意地被一幅我从来没见过的画所吸引。

裴哲走后，我就没有刻意欣赏过他的画。即便是今天开画展，我也都是吩咐工人帮我把画统一运过来摆放好——吸引我注意力的这幅画，就我而言是件全新的作品。我发誓那天在裴哲的书房里拿烟花的时候，根本就没有这幅画的存在。

画的内容远远看起来是个不起眼的长方形。不是数学领域常见的规矩的四方形，画里的这个，完全不精确，扭曲得像是左撇子用右手涂鸦出来的一样。

走近了细细审视，会发现长方形的四条边，各是一个躺着微笑的人：没有五官，只有一张勾勒着爽朗微笑的嘴。四个人分别将自己的头，枕在邻近一个人的大腿上——唯一有一个例外的，是将头靠在了另一个人的肚皮上，这也正是导致长方形扭曲的罪魁祸首。

裴哲所有的画作都没有标题，然而这一张却写上了标题。

我揉揉有些酸涩的眼睛，凑近了画纸去查看写在右上角的字迹，是5个漂亮而工整的汉字："我们的时光"。

跑回公寓楼，刚进入门厅，已经看见刘浪站在电梯门口，活动着四肢。见我回来了，便停止压腿，站直了身子冲我轻松地笑。

"有什么好事么？"我问。心里莫名地涌上一丝压抑。

"我是来跟你道别的。"他笑道。笑容明显比前段时间明快不少。

"为什么？"

"来这里已经待得够久了。"他继续笑，越笑越开心。

"不能再多待一段时间吗？"

"不能。"他笑得几乎嘴都合不拢了。

"对不起。"

"不需要道歉。虽然拖了这么久，好在你遇到的人都还不赖，因此即便结局与我期望的并不相同，但毕竟仍然是你觉得正确的选择——这一点，我想我不会后悔。"他耸耸肩，笑到露出了最深处的牙齿。

"我会想念你的。"

"很荣幸。不过，"他笑得几乎要喘不过气来，"没必要。"

我于是陪着他一起笑，不间断的笑、放纵的笑、毫无顾忌的笑。笑得我精疲力尽，笑得我声嘶力竭，笑得我眼泪止也止不住，肆无忌惮地奔流在脸上。

会在平安夜里大流眼泪，神父大概会以为我是个虔诚的信徒吧。

"那么，再见。"他冲我扬了扬手，走进了电梯里。

"还会再见吗？"

"'再见'基本上有两种含义：一是今天一起逛街回家，在路口互相道别，约着明天同去某家有帅哥服务生的甜品店养胃养眼球，之后再去ANNA SUI（安娜苏）的小店淘些小玩意儿，两个女孩怀着憧憬挥手告别，甜甜道一声'再见'，顾名思义，明天或改天再次见面的意思。二是男女情侣爱得真切，男主人公突然移情别恋，半带冷漠半含情地跟女主人公提出分手，一通哭天喊地摔脸盆之后，男主人公毅然走向房间的门口，女主人公蓦地从桌上抓过一把水果刀，狠狠地扎进男主人公的腰际，看着所爱的人在鲜血中倒下，女主人公无限伤感地说一句'再见'，引出隐语，是永别无法相见的意思。"

他临末都不忘记废话一番，顿时破坏了我好不容易酝酿起来的伤感情绪。

"我们的'再见'，与那两种都不同。"他的声音逐渐被关起来的电梯门所阻挡，"如果你的流浪旅途又会出现迷惘，那么我们就可能还会再见。"

电梯门完全合拢了。刘浪的笑容于是完全看不到了。

我猛地想起了什么，冲着电梯大声呼喊："如果让你自由选择流浪途中的交通工具，你会选什么？"

电梯里侧无声无息，只有楼层显示屏在有气无力地跳跃着数字。

手机响了，我急忙掏出来查看，是刘浪发来的最后的短信息：

"陪着上帝去流浪。"

在平安夜发来这么一条读起来似乎在忤逆宗教的信息，实在是有些可笑。

于是我开始新一轮的大笑，不间断的笑、放纵的笑、毫无顾忌的笑。笑得我精疲力尽，笑得我声嘶力竭，笑得我眼泪止也止不住，肆无忌惮地奔流在脸上。

真是奇怪，就像是有人按下了录像带的倒带重播键一样，我竟然把刚才的动作又重复了一遍。

耶和华和耶稣两父子啊，请原谅我的放肆，我并非存心冒犯你们，只不过这人生也未免太过可笑了。

爬楼梯爬到六楼，六零三的门敞开着，已经是晚上八点半了，屋里没有开灯，黑漆漆得连楼道里的吸顶灯也无法入侵分毫。

我走到门口，不意外地看见了尚蒂的背影。她正站在桌旁，歪着脑袋听电话答录机里的留言。

早上起床后我留意过答录机，确定出门前没有任何来电留言的。

答录机是我搬来六零三的时候，尚蒂屋里就已经存在这东西了。

我自己极少使用这种机器，何况手机就等于是现代社会的隐形枷锁，找我的人直接拨我手机就能二十四小时全年无休地缉拿到我，固定电话对我而言的作用除了可以给电脑接通ADSL的宽带网络之外，它本身的基本功能完全被我遗忘在脑后。

尚蒂按下了答录机的播放键，传来一个男子虚弱但倔强的声音：

"小蒂，谢谢你帮我安排了我妈的后事。只可惜我跟你说过，我这辈子最多只会说两次那三个字，既然一次已经给了我妈，那么你只能算没福气喽。不过我还寄存了一次在谢凯那里，想听的话，就让他重播给你听吧！我的力气到此为止，好累啊，去睡觉觉啦！"

留言播放结束。黑暗与寂静再次吞没了尚蒂的身影。

尚蒂抬起右手，迟疑了半秒，复又按下了重听键：

"小蒂,谢谢你帮我安排了我妈的后事。只可惜我跟你说过,我这辈子最多只会说两次那三个字,既然一次已经给了我妈,那么你只能算没福气喽。不过我还寄存了一次在谢凯那里,想听的话,就让他重播给你听吧!我的力气到此为止,好累啊,去睡觉觉啦!"

我愣住了。眼见她第三次按下重听键,我连呼吸都不敢大声,害怕打搅了她片刻的沉思。

在黑暗中,尚蒂笔直地站在原地,像一抹旷古的幽灵,凄丽又绝望。

她一遍又一遍地收听着答录机里的留言。最后重拨按键拨烦了,便从桌上拿过一本字典,压在重听键上,自己冲到厨房里翻出一块抹布来,浸湿了水,开始从家具擦到地板。

她沮丧地跪在地板上抓着抹布擦地板,每一个角落都不放过,甚至连上个世纪的房东还在的时候墙角的老鼠洞,她也都伸进手指去细心地抠出污垢来。

当然,老鼠们早就不在了。这个屋子被我住了一年半,再怎么坚强的生物,也都在这一年半被欺凌至死或者识相地搬家了。

她擦完了所有的地板,疲累地坐在客厅中间,头发里袅袅地升起了热气。

"去吃饭吧。"我终于走进门,把字典从答录机上挪开,站在她面前说。

"吃什么。"她的胸口因喘息而剧烈起伏着,声音里透着倦意。

"面包、米饭、牛排、烤红薯……吃什么都行。"我伸出手,一把将她从地上拉起来,"总之,不要再寂寞地吃东西就好。"

走在雪渐渐停止飘落的大街上,尚蒂将她的随身包裹丢给我,是一个有些磨损的麻袋,里面不知装了什么,重得可以砸死一头大象。

"刚才干吗不放在家里？"我问。

"家里没有浴缸，我并没想好要跟你一起住。"她回答得理所当然，从口袋里掏出一把瑞士军刀边走边修指甲。

"如果我们能换个身份——不再只是'邻居'的话，你就可以名正言顺地住回六零三，而我也不用去睡浴缸了。"我鼓足勇气大胆进言。

这大概是我这辈子的所有勇气相加之和了，大学毕业离校那天，我孤注一掷地把毁了我大学时代青春的蔡学妹单独约到校门口，用力甩了她一个耳光后扬长走人时聚集的勇气都没现在一半多。

"如果么？"她淡淡地一笑，不置可否。

"'如果'这东西，都是当不得真的。"她修完了指甲，把刀折好，收进口袋里。

我毕生的勇气被她四两拨千金地化解得一干二净。我突然后悔大学毕业旅行的时候没在武当山多待几天。

晚饭是在一家街角的小饭馆吃的。

因为是平安夜，凡是装修上点档次的饭店，全被附庸风雅的情侣们气势汹汹地霸占了座位。就连必胜客门口也都排了有二十米长的等位队伍，在店里已经用上餐的年轻男女透过窗户，用得意洋洋的眼神打量店外等候的人群，似乎在耀武扬威地宣布今夜耶稣是要降生在他们家一样。

我不确定耶稣的降临跟吃地中海超浓芝士至尊披萨之间有什么样的关系。可我确定尚蒂显然并不想尴尬地站在夜风里等上一个小时就为了吃一口外国的烙大饼。

于是我就近选择了一家不起眼的饭馆。像圣诞节这样的节日，也只有这样的地方还始终如一地冷清。

这是一家足以被送进博物馆供人缅怀瞻仰的饭馆。房子的建筑方式绝对会令国外的建筑师啧啧称奇：几块三合板和四面媲美比萨斜塔的土墙以令人匪夷所思的结构牢牢地拼在一起，完美体现了中国人民的伟大创造力。

更引人注目的是，门口居然还装了茶色的玻璃门，推拉式。玻璃上用塑胶纸贴了"内设雅座"的字样。

正要进门，恰好从门里走出来一个女孩子。由于她只顾弯腰将玻璃门关上，没留意在转身的时候一头撞在了我的肩膀上。

"真是对不起。"女孩子慌忙道歉。

她有着长长的头发，柔顺而黑亮，好看地垂在肩膀上，婉约得如同夜晚里漂浮在路灯下的天鹅绒。

偶尔有凋零的雪花飘落在她的发梢，便正好相得益彰，成了天鹅绒上开放着的雪莲花了。

尚蒂在我身后"啧啧"了两声。

我明白她的意思。她也在赞叹这个女孩子的轻灵优美。

只不过，会从这么一个看起来自从开张起就应该生意没好过的店里，走出这么一个看起来自从出生起就应该不断受到别人赞美的女孩子，多少显得有些不可思议。

女孩绕过我们，轻手轻脚地离开了店门口。不过没走远，而是停在了附近的一棵树下，像是在等什么人。

接着从店里又走出来一个人。这次是个男生，高高的个子，表情略微有点沮丧和恍惚，似乎是被黑心老板娘宰了好一顿饭钱似的，流露着尚未正式踏足社会的大学生的气息。

我叹了口气，约莫觉得那男生走路的稚气背影，有些像是六七年前的我。

那么如今站在我身后的尚蒂，又会觉得我现在的背影是怎样的呢？

我不敢问她。

更不敢听她回答。

不是自欺欺人,而是惧怕"寂寞"。

刚从店里走出来的男生,迎着轻灵的女孩子走了过去。

约莫是发现那女孩子有些冷,男生爽快地脱下了外套,披在了女孩子的肩上。

或许还是对情侣吧。我暗暗地想。

竟然连这种地方都有情侣的存在,我突然觉得我跟尚蒂是此刻这个世界上最尴尬的组合。

"进去吧。"尚蒂轻声说。

她似笑非笑,脸上的表情有一种哀切的平静。

确切地说,是经历过哀切以后的平静。哀莫大于心死。

可我实在没胆量把手放到她的胸口上,以确定她的心脏还在跳动着。

坐在这间小饭馆里,我胡乱地看着菜单。没有几个人在吃饭,角落里零星两桌,也都是刚忙完一天的活儿在喝酒看电视里球赛的工人。我下意识跟老板娘点了猪头肉和一些小菜,也没什么特别的原因,就是想点。

如果刘浪在这里,他一定能很好地解释我点菜的动机:"因为你身处在一个很合适点猪头肉的环境里,所以你只会顺理成章地点了猪头肉,就像你在高级餐厅里只会想点牛排一样,倘若反过来,你在高级餐厅里点猪头肉,那就是莫名其妙了。"

想到这里,我不禁哑然失笑起来。

竟然又想起了刘浪。我一边笑着,一边努力按捺着心头开始翻涌的一种名叫"酸楚"的情绪。

"你笑什么?"尚蒂把沉重的包裹勾到自己脚边,对于我的莫名发笑产生了一丝好奇。

"在圣诞节跟'上帝'吃晚餐,这难道还不够好笑的吗?"

我把桌上的空玻璃杯率先抢在手里,先用湿纸巾里外擦了个仔细,然后又从邻桌上放着的保温瓶里倒了点开水涮了一下,这才放心地搁到了尚蒂的面前。

"什么时候你也开始随身带湿纸巾了?"她有些讶异地看着我。

被她这么一问,我也愣了一下。

对啊,什么时候开始的呢?

我怔怔地盯着手上捏着的湿纸巾,一句话也说不出来。

人类是奇怪的生物,总是会不断地去轻易接受新的习惯,但真要试图去戒除已有的习惯,反而很难。

反复咀嚼着"习惯"这个词。某个关于烟花的片段开始像跳针的老唱片一样,不规则,甚至有点扭曲地在我的脑海里不断回放。

然后我不由自主地捏紧了湿纸巾,连带地眼前也一同湿润地被挤出水来。

"就算没有跟向贞德一起吃圣诞晚餐,也不用立刻就在我面前表现出难过的情绪吧?"

尚蒂用开玩笑的语气说话。然而她自己也是一脸的疲倦,玩笑立刻就有些冷场。

"因为我是走路的人,无论如何也追不上吉普车的速度。"

我缓慢地说,用我这辈子最慢的语速说,生怕尚蒂听不真切似的。

"那么马呢?也是追不上吗?"她大约想起了她下午告诉向贞德的那个心理测验,表示出了些许的兴趣。

"尚蒂，其实你是知道的吧？"我看向她的眼睛，她的眼睛依然是好看的，只是比起上一次我见到她的时候，多了些血丝，多了些抑郁，也多了些坦荡，"肖茹她对你……"

"吃饭吧。"

最后一句话是老板娘插的嘴，她端了饭菜放到桌上。大概是怕自己会影响他人的食欲，又挤到后屋去了。

尚蒂竟像是松了口气一般，狼狈地躲开了我的直视，开始用筷子玩弄起猪头肉来。

"现在再问你'流浪'是什么的话，你又会怎么回答呢？"

猪头肉被她用筷子拨弄得面目全非，就连死后都不能安息，我几乎看得有点不忍。刚要出声阻止她，她已经先行开口了。

"流浪就是为了寻找下一个人生的目的地。"

我想也不想地就脱口而出。

"这句话，是刘浪告诉你的吧？"她释然地笑了出来。

这是我今天晚上第一次见她如此毫无保留地微笑。没有任何拘束，没有任何羁绊，一看那嘴角的肌肉舒缓状态，就能知道她是发自内心的在舒心开怀。

这句话有这么好笑吗？我反而陷入了迷惘中。

"是他说的。"我点点头，"但也是我想说的。"

"无所谓了。"她索性把筷子一手，整个人仰在椅子里，歪着脑袋看墙上的电视机，"不管是你说的，还是他说的，结果都是一样的。"

"因为在找到了下一个目的地之后，我们也还是会继续流浪。"

"我们，都是不能让寂寞停留在身边的人。"她说。

我像是听懂了她的话，又像是没听懂她的话。心里鼓动着莫名的烦躁。

她似乎真的打算不再做法医,改行做哲学家了。

我一边舒心地叹气,一边失落地叹气。

能同时叹两种气,我果然也开始不正常起来。

"有机会的话,代我向肖茹莱和向贞德说一声'谢谢'吧。"

"谢什么呢?"

"谢谢他们代替我,陪伴了你这么一段时光。"

"为什么你不亲自跟她们道谢呢?"

"我们一起去看电影吧。"

她兀自又冒出了一句请求,透过她高高仰起的下巴,从她眼底的余光里,我看到了她的强烈渴望。

于是顺着她的视线,我也看向了那台小电视。球赛的中场休息时间正在插播电影的预告——《伤城》。

金城武和梁朝伟,一个是帅得翻天,一个是翻天的帅。

既然两个男人一起出现在同一部电影里,我实在想不到还有什么借口能让女性不对这部影片抱有热情。

她已经开始说"一起",而不是"陪"了。我猛地留意到。

这说明了什么呢?

我的筷子失神地从手指间滑落,赶在掉在地面上之前又被我一把抄在怀里。然后我便开始为自己的敏捷身手而自鸣得意。

饭根本就没吃两口,猪头肉已经被她捣得连法医都辨认不出它生前是何生物了,还好有乱炖——我刚打算多少吃上几口免得浪费太多,她已经先下手为强地把土豆跟蘑菇一并捣成了地球上最可怕的存在物。

"晚了就赶不上下一场了。"她的眼睛始终没离开过电视机。虽然预告片已经放完,画面又切回到了有气无力的足球赛的半场转播中。

我落寞地站起身来,将钱放在桌子上等老板娘来收——钱刚接触到桌面,那老板娘已经生龙活虎地扑了出来,百米冲刺的速度连刘翔也望尘莫及——离开座位前还特别对出锅未吃身先死的菜们鞠了一躬以示哀悼。

"如果我也能穿越时空的话,一定也会选择再次回到与你相遇的那个时刻。"

走出店的时候,尚蒂突然在我耳边说。

我还没来得及反应过来,转眼间我们两人就已经被街头巷尾传出的《平安夜》的歌声给淹没了。

坐在电影院里的时候,四周照明灯已经都熄灭了。

我跟尚蒂什么也没买。没有买饮料,没有买爆米花,什么都没有。就那么安安静静地坐在相邻的两个位子上,直到影片正式开演,连一句话都没有说过。

先是梁朝伟出场了。不出所料地,场内的所有女性都统一地掀起了一阵骚动。

之后是金城武。女性们的骚动来得更加明显。

伴随着第二波骚动的爆发,我还听到了一阵男人的嘘声,虽然轻微,但却听得格外真切。

再接着,专爱跑龙套的杜汶泽也出场了。骚动竟然比前两波都要强烈。

我分明听到了坐在我前面的一个少妇在恶狠狠地咆哮:"快把那肥脸从镜头上挪开,挡到我家小武了!"

我想这位少妇在任意地起小名之前,一定没有先得到过金城武的同意。

"果然是寂寞人们的电影呢。"

在听到开场时那一段蓝调爵士唱腔版的《平安夜》时,尚蒂轻轻叹了口气。

我侧脸打量了她一眼,看到她正把随身行囊的包带牢牢地抓在手里。

"这是我们第一次一起看电影吧?"我问。

"据说这是出悲剧,不过,我不会哭的。"她说。

"因为我不打算让防腐剂流出来,我心里有好多好多的爱要长久地贮藏着呢!"她又说。

说这话的时候,她的表情似乎和缓了不少。明明是寒冬的天气,竟然有如春暖花开一般。

接着就夏日炎炎了——我出了一身汗,只得把外套脱下来。原来是影院里的暖气开得太大了。

"有那么多吗?"

看到她的笑颜,我竟然也情不自禁地陪她一起笑起来。

"嗯!"她认真地点着头,每点一下就说出一个人的名字来。

"尚天的。"一下。

"裴妈妈的。"两下。

"肖茹莱的。"三下。

"龙房东的。"四下。

"向贞德的。"五下。

"刘浪的……"五下半——半下是怎么回事?

"裴哲的。"七下。

她在说到裴哲的时候,把刘浪的半下补完了,还特别又郑重地多点了一下头。

"还有,"她专注地看着我,此刻大银幕上正放着金城武的特写,"你的。"

她连续点了两下头。

连续两下。

仿佛慢镜头分解动作一样的,坚定的,两下。

只用九下点头就总结完了她的人生,我开始觉得有些好笑了。

奇怪,是有人又在按重播键吗?我竟然在平安夜里第三次笑到流泪。

这实在太古怪了!

"该安静地看电影了。"

她将食指竖在嘴边,比出一个"嘘"的手势。周围的观众早就开始用愤怒的目光瞪着我了——女性观众是在瞪我居然在梁朝伟阴冷地行凶时大笑,男性观众是因为女性观众逼他瞪我而瞪我。

"看这种电影我会中途睡着的。"我擦掉眼角笑出来的眼泪,平静地说道。

"那你就睡吧。"她拍拍我的肩膀。

"不可以不睡吗?"

"你不睡的话,我就没办法从座位上离开了吧?"

"第一次一起看电影就睡着,说出去很丢脸耶。"

"那下一次醒着一起看完就好了。"

"还会有下一次吗?"

"谁知道呢。"她若有所思地回答。

于是我开始睡觉了,将身体往下陷,脑袋靠在座椅的靠背上,像烂在位子上的一摊软泥。

眼睛紧紧闭起来,一丝光线都不让从缝隙里透进。双腿太长,直接穿过了前排座位的底下,碰到了前方少妇的脚,惹来一声轻呼。

双手交扣摆在胸前,有节奏有规律地开始打起鼾,连音量也恰到好处,不至于惊动周围观众,却也能让旁边的人清楚我正在从事的行径是什么。

"睡着了么？"

她凑过来，在离我脸颊三公分的地方停住，小声地问。

"睡着了。"

我喃喃地呓语着。

"裴哲他说……在你这里寄存了一句话，可以现在说给我听吗？"

我咬了咬嘴唇，半晌没有开口。

银幕传来激烈的飙车追逐战的声音，和着扣人心弦的打击乐，在观众五花八门的聊天声中将气氛烘托到最高点，让耳边充斥着喧闹刺激的听感。

"我……你。"

"嘈杂声太大……我听不清……"

一滴冰凉的液体溅落在我的手背上，让我没有防备地颤了一下。

然而我不敢睁开眼，死也不肯睁开。

就算这一刻龙卷风吹翻了屋顶也好。

就算世界末日提前到来也好。

就算外星人全面轰炸地球也好。

就算家乐福挂出了跳楼血价大减价的招牌也好。

就算林志玲泳装在我前方跳桑巴也好。

我都不会睁开眼。绝不。

因为我睡着了。

我答应过她，我要睡着的。

我不能不睡着。

我必须睡着。

手背上的液体渐渐蒸发了，耳边的各种吵闹声渐渐消失了，眼皮上闪烁着的光亮渐渐暗淡了。

我就渐渐的，真的睡着了。

当我醒过来的时候，电影已经临近尾声。

没有看到中间曲折离奇的勾心斗角，我直接就看到了金城武在面对梁朝伟，二人缓缓道出了一切前因后果。

这种感觉很不好，就像是只知道了谜底却不晓得谜面是什么的谜题一样，直白露骨的有些无聊。

我用双手撑着座位的扶手，将身体向上拔了拔。两只脚早已麻木，此刻稍微动一下，都酸痛得让我龇牙咧嘴。

旁边的位子，早已没有人了。

用手摸一摸坐垫，冰凉的，丝毫没有因为剧场内暖气开得太大而有半点人体的温度。可见曾坐在这里的人，早早地就离场了。

座位扶手上有一个凹洞，那里原本是用来让观众放置饮料杯的地方，然而此刻在凹洞里没有饮料，我干渴地舔了舔下嘴唇，心里泛起一丝失落。

将手伸进凹洞里，摸出来两样东西。

抓在手心里，摊在眼前就着银幕的光细细察看，发现是两截断开的老旧橡皮。

一块的上面写着"裴哲二"，另一块写着"年五班"。

而在两截橡皮的另一侧，也都同样被人写了字。

字似乎是最近才写上去的，字迹的清晰度和色彩，都比之前的要来得鲜明。

"裴哲二"的那块上，被人新写了："谢谢你"。

"年五班"的那块上，也被人写了："谢谢你"。

一个是娟秀细致,一个是苍劲有力。

重又把橡皮牢牢握在手心里,我深深地吸了一口气,又慢慢地呼出来,肺叶里满是香烟和瓜子的味道。间或有话梅和薯片的气味夹在其中,巧克力跟啤酒也来捣乱——我有点分不清楚我到底是在电影院还是在零食大卖场。

握紧橡皮的时候,意外地发现我左手的手背上竟然也有字迹。

什么时候被人写上去的呢,我毫无知觉。

我下意识地摸了摸裤子上系着的腰带——还好,没有被人解开过的迹象。

"下一次的目的地,我会希望是六零三。"

是娟秀细致的字迹,很好辨认。

于是我开始用手心里的橡皮擦手背上的字迹。

擦啊,擦啊,擦啊。

直到我连手背上的皮都擦破了,殷殷地渗出血来,那行字迹也没有彻底地擦干净。

接着便是一声清脆的枪鸣。

我吓一跳地赶紧看向银幕,生怕自己错过了什么精彩的画面。

手上却依旧不停歇地继续擦啊擦。

梁朝伟神情安详地坐在原地,从他的额头上流下了一道血痕,掺杂着配乐里藏也藏不住的寂寞,统统地奔流到了摄影机的镜头拍也拍不到的边际去了。

我神情安详地坐在原地,从我的手背上流下了一道血痕,没有旁人看见,也不会有旁人知晓。

灯光亮了起来,观众赶在制作人员名单播放结束之前,作鸟兽散地迅速离场,留了一地的垃圾和一屋子的劣质烟草气味。

我没有动。还是坐在位子上，双手托起了腮帮子，直直地看着银幕上最后一行字幕的淡出。

《平安夜》的歌声又响了起来。

从入口处和出口处的大门滚入了影院里，带有香甜的奶油爆米花的诱惑，歌声越发显得让人心猿意马。

明明就是"安静的夜晚"，可这歌怎么唱得人更加蠢蠢欲动了呢？

一阵浓郁的困意袭来，我禁不住伸展双臂，打了个巨大的呵欠。

已经睡了好久，还是觉得困。不如再回去睡一觉吧。

我这么想着，也就决定这么做了。

站起身来，在负责清扫的工作人员的疑惑眼光中，从容不迫地走出了电影院。

我甚至都没有回头看一眼座位，以确认是不是有什么随身物品遗落了。

因为我很确信，我的的确确是遗落了东西——

我把"寂寞"遗落了。

裴哲、尚蒂、我、刘浪。

我们都把"寂寞"刻意地遗落在了这个星球的某个角落里。

如果被你拣到了，请扔到远远的地方去。

千万不要还给我们！

千万不要。